Elizabeth Bowen

Hotel

・コレクション2

ホテル

エリザベス・ボウエン
太田良子訳

国書刊行会

ホテル◉目次

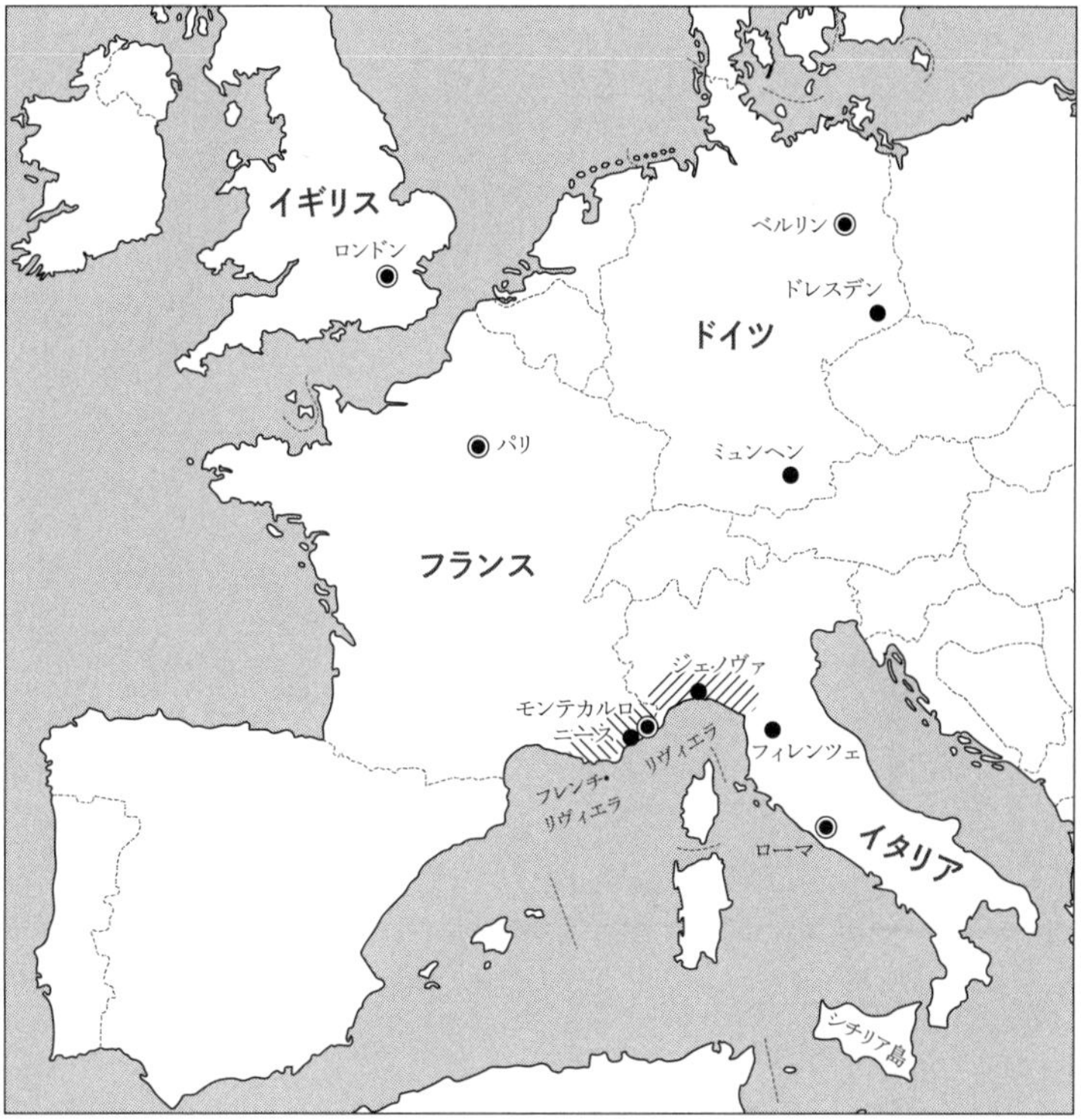
イギリス
ロンドン
ベルリン
ドレスデン
ドイツ
パリ
ミュンヘン
フランス
ジェノヴァ
モンテカルロ
ニース
リヴィエラ
フィレンツェ
フレンチ・
リヴィエラ
ローマ
イタリア
シチリア島

ヨーロッパ地図

【主な登場人物】

ミス・フィッツジェラルド　名はエミリ。ミス・ピムと長年の友人同士。

ミス・ピム　名はエリナ。海外旅行中の独身女性二人組はイギリス文化に不可欠の人物。

ミセス・カー　未亡人、名前と亡夫の身分その他は不明。

ロナルド・カー　ミセス・カーの息子、ドイツ留学を中断して帰国、間もなく二十歳。

シドニー・ウォレン　二十二歳、両親なく、キャリアとして医者を目指す。ミセス・カーに影響を受ける。

テッサ・ベラミー　シドニーの従姉、四十歳。既婚者で子供なし。この旅ではシドニーの保護者。夫アンソニーはマレーシア駐在。

アレック・デュペリエ大佐　第一次大戦の退役軍人。妻が死んだら恋愛して再婚するのが夢。

ミセス・デュペリエ　インドのダージリン駐在中のデュペリエ中尉と十九歳で出会って結婚。夫の夢を理解している。旧姓マクリーン。

ハーバート・リー＝ミティソン　六十四歳、かつて英連邦マラヤ駐在。若い女性に出会うのが旅の楽しみ。当時流行の植物マニア。

ミセス・リー＝ミティソン　編み物をしながら夫を観察している。

ヴェロニカ・ロレンス　ロレンス三姉妹（父親は医者）の一人。論戦を好む行動派。

アイリーン・ロレンス　三姉妹の二番目、ミルトン牧師と話が合う。

ジョーン・ロレンス　ロレンス姉妹の三番目。戦後の社会不安と戦争再発の可能性を感知している。

ジェイムズ・D・L・ミルトン牧師　英国国教会の教区牧師、四十三歳、独身。「牧師」はイギリス伝統の風習喜劇には不可欠の人物。

ミセス・ルイザ・ピンカートン閣下　故エドワード・ピンカートン閣下の未亡人、子供なし。

ミス・ロジーナ・ピンカートン閣下　故エドワード・ピンカートン閣下（パーク卿の嫡子）の妹。

ヴィクター・アメリング　第一次世界大戦に従軍し神経症を患って帰国、父母とともにホテルに滞在、求職中。

ミス・ブランサム（ズ）　ホテル滞在中の従姉妹同士の二人。一人はヴァイオレット・ブランサム。

コーデリア・バリー　滞在客のバリー家の長女、十一歳。

ミセス・ヒリア　イギリス系インド人《アングロ・インディアン》の女性客。インドに長くいた。

ホテル

Elizabeth Bowen
the Hotel, 1927

1　いさかい

ミス・フィッツジェラルドはホテルから急いで出て道路に入った。そこでしばし立ち止まり、目がくらむような日光の中、当てもなく左右を見渡し、手袋の指先をつまんだ。心の中の静寂と、人生で一度考えるのをやめたら、二度と考えなくなるかもしれないという思いが恐ろしかった。パラソルが作るさまざまな色合いの円盤の下で婦人たちが道路の中央を歩いている。彼女らは少しコースをそれてミス・フィッツジェラルドを通り越した。彼女らの表情には伝えるものが何もなく、ときどき微笑むので、ミス・フィッツジェラルドは喉と顎を引きつらせて、礼儀上、少しこわばって一礼を返した。そして孤立無援でその場に立ち、友達でも待っているようなふりをした。

ミス・フィッツジェラルドが、あれほど急いでホテルを出たのに、ただそこに突っ立っているだろうとは、ミス・ピムの計算にはなかった。彼女は、自分の部屋で一時茫然としたあと、階段を疲れたようにこっそりと降りはじめた。そして耳を澄ませた。階段の手すりにしがみつき——階段のどの曲がり角でも身がまえて、すぐ引き返せるようにした。昇降機《リフト》の軸《シャフト》がラウンジからまっすぐに上がっていて、階段がそれをぐるぐると取り巻いている。彼女は金網に覆われたシャフトの向こうを長い間じっと見下ろし、ラウンジが無人かどうか確かめた。誰もいない。下には誰一人いなくて、物影にも動きはなく、時間は十一時、みんな表に出て行き、お店か図書館へ、丘に上がるか、テニスコートへ下るかしたのだろう。応接間のベールが掛かったガラスドアを横切る影ひとつなく、海からの照り返しもベールがさえぎっている。喫煙室から聞こえる音も一切なかった。ミス・フィッツジェラルドはいなかった。

ミス・ピムは彼女はいないものと確信していたが、それでも安堵の溜息をついた。ミス・フィッツジェラルドは出ていったのだ。ロッカーの中で最後にほとばしった苦言を残して、逃げ出したのだろう。興奮を抑えられないこの危機に、エミリは（あれほど親しく知り合っていたのに！）丘に向かったのだろう。ミス・ピムは彼女の姿をなんなく思い描いた、日照りの中、喘《あえ》ぎながらオリーブの木陰を目指して、険しさを増す坂を胸突き八丁で登っている。逃げだすにしても、彼女にもう少し時間をあげないと。

ミス・ピムはラウンジにとどまって、残る二、三分遠慮がちにまわりを見てから、きっぱりと向きを変えてその二、三分に対峙した。彼女は自分が冷静で、言い訳ができ、理性的であるのを知って驚いた。待ちは長引き、数分が終わらないみたいだった。彼女はときどきラウンジの時計を見た。掲示板にピンで留めてあるお知らせを読み、手紙の棚をさっと見て、新しい到着客を待ってコンシェルジェの机に目立つように立ててある封筒に書かれた名前を読んだ。これらの封筒の長い影がホテルの入口をいつも暗くしていて、ミス・ピムを興奮させた。決して到着しない到着客に対して、彼女は微妙な気持ちを胸をいっぱいにため込んでいたのだ。彼らが（いますぐにも）待っているのは牧師《クラージーマン》であるレヴァレント・J・D・L・ミルトン[*1]——Jはジョン、ミルトン[*2]のジョンか？　であった。彼宛てに来ている三通の封筒と請求書（あるいは領収書だろうか？）のように見える郵便物が、彼女がよく知っている住所、ダービシャーのカントリーハウスから転送されてきていた。嬉しくなるわ、親密な世界が自然に収縮し、友達が勝手に集まってくるんだから！　社交生活って素敵だわ、まるでジグソーパズルみたい！

　ミス・ピムは誰かが階下に降りてくるのを聞きつけ、掲示板から急いで離れた。しっかりした急がない足取りで、軽く途切れずに近づいてくるさざ波は、ミセス・カーの足音のようだ。階段の角口に現われたのはまさしくミセス・カーで、緩やかな白い薄絹を手首にまとっている。わざわざラウンジの中をのぞくことなく、「シドニー……シドニー」と呼んだ。居場所を聞くとか呼び出したいとか思わずに、忘れっぽい自分が送った先の冥界からシドニーが姿を現わし、階段を昇ってくるものと決めていて、そこに彼女の友人が麗しく立っていて、前に出ようか、じっとしていようかバランスを図っているのだった。

「ミス・ウォレンはいませんよ」ミス・ピムが言った。「テニスコートに行ったのではないかしら、ええ。廊下で私を通り越して、ラケットを持っていたわ、ついさっきだけど」

　ミセス・カーは「ありがとう」と言って微笑んだ。ミス・ウォレンがどこにいようと別にかまわないらしく、さっきの「シドニー……シドニー」は、おざなりに出たものに違いない。「では、私はコートに降りますよ」と彼女は言い、階下へ降りてきて、傘立てからパラソルを取った。彼女は自分の素敵なパラソルをそこの傘立てに気軽に立てかけることにしていて、誰が借りてもいいように、自分の部屋に持っていくことはなかった。ミス・ピムの真剣なまなざしに、ミセス・カーは同行は避けられぬと感じたのか、全然似ていない三本のパラソルのことと、ミス・ピムがまだ後ろにいる気配とで板ばさみになり、魅力的に、希望をにじませて訊いた。「あなたは下に降りますの?」

ミス・ピムはテニスコートの近くにすら行ったことはなかったが、そこまで歩いて降りてミセス・カーと共に人前に出る図を思い描くと、嬉しくなった(可哀そうにエミリは、丘を一人でよじ登るのだ!)。彼女は、まだ芽が出ただけの、店まで行く計画を断念し、二つの名前――自分とミセス・カーの名前――がこの先カップルになるかもしれないと思った。かすかな奇妙なスリルを覚え、感謝というか畏敬の思いでスウィングドアをぱっと開けた。ミセス・カーはなんとなく首をかしげて、彼女の前を通り過ぎた。彼女らはホテルの百はある窓の下の砂利道を一緒に横切った。

しかし二人が門を出たところでミス・ピムはどきっとして眩暈《めまい》がした。ミス・フィッツジェラルドが立っていたのだ。両手の指を捩じり合わせ、二人をじっと睨んでいる。そこで待っていたのだろうか、意地悪に辛抱強く? 待ち伏せされていたのか? ミス・ピムはただちに見抜いた、エミリは干からびきっていて、意志のかけらもないのだ。彼女ら二人が目に入っていないようだ。もしかしたら文句を言うためにこっそり出てきたのかもしれない――だがその傷ついた姿は、やはり激怒していた。ミス・ピムは目をそらした。

「あそこにミス・フィッツジェラルドが!」ミセス・カーが嬉しそうに言った。

「ええ?――ほんとだ」

「あなたを待っていたんじゃないの?」

「私は――」

「私を利己主義者にしないでね」とミセス・カー。

ミス・フィッツジェラルドは、徐々にこの二人に焦点が合ってきたはずなのに、神経質にさっと向きを変えて急いで行ってしまった。イギリス女性が海外に持って出るあらゆる物が彼女の腕で踊り、それをばたばたさせながら逃げていった。色付きの麦わらの小型バッグ、本国産の雨傘、ゴルフ用のセーター、網の袋、これは麦わらのバッグの補充用だった。これらが流れるように二人から遠ざかり、ミス・ピムの見るところ、憐れな亡霊だった。このすべてを携え、その日の遊覧の準備万端がほこらしいエミリは、友達の部屋のドアロに姿を見せていたのだ——一時間も前に。

「あなたは一人で行くのね?」ミス・セス・カーがそれを見て言った。

「そうね」ミス・ピムが同意して、そのすぐあとで注意深く唇をなめた。

ミセス・カーは、肩の上でパラソルのバランスをとりながら歩き続け、落ち着いて前方を見ていた。誰が次に何を言おうが、てんから頭にないようだ。それが自分に少しでも関係があるという顔もしていない。いま言ってもいいことがあまりにもたくさんあったので、ミス・ピムは何を取り上げてもよかったが、ミセス・カーはその一つすら言わず、無関心な横顔を、嫉妬がらみの横目で探っているミス・ピムの視線に晒《さら》していた。何一つ漏らさぬ横顔だ。それが表わしているのはファッションへの皮肉な趣向で、帽子のヘリの曲線、髪の毛の柔らかなウェーブ、きらきら揺れるイアリング、首に回したスカーフの溶け入るようなうねり。ミセス・カーはファッションを手中に収め、征服し、しかも彼女自身であった。

ミス・ピムは、自分の深みでこみ上げて、ミセス・カーに何でも話す気になっていたが、きっかけがつかめなかった。ミス・ピムは臆病な女だったが、苦しむ者の大胆さに瞬時見舞われていた。ためらい、思いあぐね、自問自答し、するとまた気おくれがして今朝のことを振り返った。

あれは彼女ならいさかいと表現するほかないような出来事だった。「一瞬」のことだったし、その瞬間は続かなかったし、愛情のある寛容な小道から彼女とエミリが足を踏み外す恐れもなかった。いわば揺《フレ》らぎ《ア》——というかシミを消すというか、どのようにそれを表現できるだろう？——しわ一本がそうやって顔を仕上げるのだ。こぼれたインクの忌まわしい黒さのように、あっという間に全体に広がり、彼女たちは互いに残酷な光を浴びた相手を見つめ、互いに相手が洗練を欠いていた。それがどうやって始まったのか、彼女には覚えがなかった。何がきっかけになったのかも覚えていない。エミリがドアまで来たとたん、彼女に関する何か耐えがたいものがあった……。それはもっとも悪質な怒り、すべてを見すかす明るさである。すべてがつまずいたその瞬間に、崩壊ではすまない感じがした。疑念がその瞬間に全力で湧き上がるのを二人は感じた。いままで何かがあったことはなかったか？　突然ふりかかってきた疑念が一人歩きして、ミス・フィッツジェラルドは途方に暮れてしまい、震えているミス・ピムを置き去りにして階段を降り、写生帳と削ったばかりの鉛筆をほったらかして、湯気が立っているコーヒーを魔法瓶からごみバケツに空けた……。もしミス・ピムがこのすべてをミセス・カーに話したら、ミセス・カーが何と言うか彼女には想像できなかった。

気づいてみれば、ミセス・カーは長い間発言一つしていなかったので、彼女が自分のことをどう考えているかと思うと、胸が苦しかった。ミセス・カーの頭がかすかに動いて、お化けのような薄笑いが浮かび、イアリングがせわしなく鳴ると、ミス・ピムはたちまち感じた、ミセス・カーには話せないと、彼女は怖かった。

「思うに、多くの人が主張しているみたいですね」ミス・ピムは必死になって口を開いた。「ここは冬を過ごすには理想的な場所だと」

「私もそう思うわ」ミセス・カーが言った。

「ただ一つの例外は、スパルタ族ですわね、彼らはあられや霧を楽しむとか、または楽しむそうですが、彼らが主張するのは、忍耐が、つまり、行動することで鍛えられる忍耐が、楽しみの構成要素だということよ」

　ミス・ピムは見事な皮肉にピリオドを打ったが、ミセス・カーはそれを無視して、非常にまじめに言った。「あら、それって、誰もが思っていることなの?」

「私は——私はきっとそうだと思って」ミス・ピムはそこまで言って、言葉に詰まった。「でも、どうなんでしょう、〈率直な人々〉は、つまり自分にフランクで、人生の困難と不快さから逃げているのを自認している人たちは——もし彼らが、経験を拒むことなく、〈責任〉を回避することなく、また、〈他者〉を傷つけることなく、そうできるなら——そのときは……」

　ミス・ピムはどこまで行った? 何を言おうとしていたのか? こうやってミス・ピムとエミリは日がな一日おしゃべりしながら、丘を登り、地中海を縁取る暖かな岩に囲まれて座っていた。お互いを意見に引きこんだり、自分の意見を引き出したり、呼吸するような穏やかなやり取りだった。もっとも危なっかしい倫理上の精妙な問題点を突き止めては、夢中になって疲れを忘れて分析した。彼女たちがお互いに言い合うことは、すべて真実だった。だがいまこれはすべて、ミス・ピムの耳に無意味になり、無益になった。乱れた波長が戻ってきて、何かにぶつかって砕け散った。このやんごとなき聴き手を相手にする試練に、ミス・ピムは耐えられなかった。ミセス・カーはこんな風なのだろうか、シドニー・ウォレンが話すときも?

彼女は苦しい吐息をついて、続けた。「そうなんです、〈率直な人々〉にとっては――でも私は、ええ、思うんですが、人はそうであればあるほど、ますます認めないと、自分は〈享楽主義者〉なのだと、そして、争ったり頑張ったりしないで、自主的に発展するほうがいいことを認めないと――」

「ええ、そうね」ミセス・カーが言った。「ほんとにあなたの言うとおりだと思うわ。人の第一の義務は、これはたしかよ、暖かくしていることだわ。海外に出ないことに理由をつけて気取りたい人がいるけど、私とあなたはもっと賢いから」

道は前方にまっすぐに伸びていて、海岸線と並行し、栗の木が規則的に両側に植わっていた。右手の丘陵地は別荘群が上まで登っている。左手は庭園で混み合って海に達していた。ミス・ピムはどんどん歩き続け、落胆しても集中して、自分は享楽主義者だと告白したら、ミセス・カーは彼女の腕にそっと触れて、言った。「違うわ、ねえ、こっちよ。テニス・クラブのほうに曲がるのを忘れちゃった！」そしてミス・ピムの袖にもう一瞬だけ手を置いて、彼女を優しく案内した。入った道は右のほうで両側の高い庭園の壁に阻まれているために、太陽も漏斗《じょうご》のように細くなり、二人並んで歩くことができなかった。ミス・ピムは、気分が上ずっていて、困ったわねと言って、連れより先に細い道にさっと入り、連れのほうは立ち止まって、壁から垂れ下がっている蔦《つた》の小枝に絡んだパラソルを外さなくてはならなかった。ミス・ピムは横向きにカニのように歩きながら、痩せた背中に当たる熱気を感じたが、関係のないことをしゃべるだけで、あえてパラソルを開こうとはしなかった。パラソルは、神経が苛立っているときは手間取るものだから、もしミセス・カーの目を突き刺したらどんな感じがすることか？

テニス・コートに近づくと歓声とボールを打つ音が聞こえ、走り回る輝くような人影が見え、日陰になったパビリオンのバルコニーが見えた。ミス・ピムは背後でミセス・カーが離れていくのを感じ、もうこれで自分が捨てられたのだと観念した。ミセス・カーはコートの金網越しに中を見ている。コートからコートに視線を移し、不満そうに振り向いてパビリオンに向かって何か訊き、それからコートが空くのを待っているグループやカップルが座っているベンチを見た。しばらくこうしたベンチを観察していたが、ミス・ピムがそのミセス・カーを観察していた。

「まあ、素敵なことじゃないの……」ミセス・カーが言った。そしてその声は告別を告げるように薄れていった。素敵なことだったわ……。ミス・ピムはテニス・コートの近くに足を運ぶことができなかった。すべての人々に気後れしていた。決してここまで来るのではなかった。彼らはまぶしく輝き、真っ白で、明るいウールのようなマフラーが彼らをプロの選手にしていた。その険しい冷静な無関心な凝視には人の心を見抜くような資質があり、コートの照り返しと、太陽をはらんだ空気と、木のないことと、いたるところにある積極性が相まって、ミス・ピムは高揚させられていた。彼女には、これらの素晴らしい肉体には、蓄積され、訓練され、目的を持ったエネルギーがあるのだという感覚があり、自身の体調不良から、耐えがたくなっていた。彼女はパニックに陥ってミセス・カーにいきなり告げた。「私、戻ります、私は――」

別のある人物が回転木戸の出入口にじっと立っていた。彼女の目は、故郷に帰ったように、その目が出会った顔に無抵抗に注がれていた。

「私、戻ります……」そう、それはミス・ウォレンで、真紅のハンカチで頭を包み、彼女らに気づいて電流が走り、半分立ち上がって、コートの向こうからじっと見つめていた。ミス・ピムがまた、前より声を大きくして話しはじめたが、ミセス・カーは、回転木戸を通り過ぎながら、何の注意も払わなかった。ミス・ピムが道の途中で身を引いた時になって、ミセス・カーは連れに気づき、振り向いて、曖昧なしぐさと聞こえない声で、別れを告げた。

＊1　レヴァレンドは Rev. と書く牧師の尊称。

＊2　ジョン・ミルトン（John Milton, 1608-74）、英国の詩人。『失楽園』（*Paradise Lost*, 1667）が代表作。

2　シドニー

「だって、彼らがあなたはもう下に降りたって言ったから！」シドニー・ウォレンが叫んだ。壁にそってコートのはじまで来た彼女は、パビリオンのミセス・カーが座っている後部上段のベンチにやっと着いた。ミセス・カーは微笑んで、悠然と周囲を見渡した。この高い座席からはコートが素晴らしくよく見え、向こうからはほとんど見られずに、日陰の奥に座っていられた。その足下にはぎっしり並んだ見物人の列があり、彼らは太陽の中に身を乗り出している。

「一時間近く待ったんですよ」シドニーが言った。「デュペリエ大佐は、あなたが下に降りたのを誓って見たと。よくわからなかったけど、私は来たわ。想像もしていなくて――」

「私も思いもしなかったわ、あなたが待っているなんて。まったく必要なかったのに。でも、とにかく、素敵だったでしょ、デュペリエ大佐と一緒に歩くのは」（シドニーは顔をしかめ、デュペリエ大佐はお断りだった）。「私はミス・ピムと一緒に降りてきたのよ」ミセス・カーは満足してそう言った。

「知ってます――ぞっとしました。子猫《プシー》ちゃんの一人ですもの」

「あら、彼女はそうなの？　インテリに見えたけど。自分は享楽主義者だと言っていましたよ」

「どの程度の？」

「享楽主義者なのよ」

「ずいぶんヴィクトリア朝なのね！」シドニーが怒って言い、ラケットで靴の先を叩いた。

「そう思う？」とミセス・カー。「でも、どうかしら」彼女が打ち明けた。「人は忘れるの。私たちはみな老いぼれプシーだわ」

「まさか、そんな――」

「マイ・ディア・チャイルド、私はミス・ピムと同い年よ。よく会って、話すの。どうやら彼女は友達といささかいがあったみたい、もう一人の芸術家の友達と。ラウンジでたまたま彼女に出会ったけど、半泣きだったたし、もう一人のほうも泣きそうになって、道路に出ていったわ。そうよ、女の人生はみな人騒がせ《センセーショナル》ね。あなたは私たちに我慢できなくなりそうでしょ？」

シドニーはこのささやかな人間性の噴出に驚いたようだった。彼女は、見るからに熱烈なこの友人をじっと見つめ、それから憂鬱そうに顔をそむけた。「ああ、女の人生って……」

「まあ、一貫しないと思うけど」ミセス・カーは言った。「私はフェミニストじゃないわ、だけど女であることは大好きよ」

本人個人に接近するのは困難と思われた。シドニーは快活に言った。「ああ、そうですね、もし人が女の一種なら――」

「まあ、あなたもそうよ」ミセス・カーはそう言って、若い友人を何となく見た。シドニーは、おそらく二十二歳で、明るい顔色と整った目鼻立ちをしており、表情が豊か過ぎて顔のしわがしょっちゅう伸びたりちぢんだりしている。言われたりほのめかされたりすることに大袈裟に反応し、眉が悲劇的に吊り上がったり、瞳を凝らしたり、口元をすぼめると一本の線になり、それは大人の口元になる前触れだった。額は広く愛らしく、感情を出さないでいられたかもしれない。頭に巻いた真紅のハンカチは、彼女の黒髪と顔色を引き立てていた。彼女のドレスと外観とその他もろもろに共通しているのは、ときどき覗く神経質な尊大さだった。

「あなたは人を惹きつけられるわ」ミセス・カーが言った。「でも、あえて言えば、楽しませたい欲望を理解しない仲間には無関心なのが、実際には一番の安全策ね——あちらに行ってテニスしないの？」

「Eコートでプレーが終わる人を待っているんです」シドニーはそう言って、ゆっくりと立ち上がり、いまの言葉を解散とみなして怒るべきかどうかわからなかった。ミセス・カーは、孤独に戻る様子を見せ、解放されたのが楽しいのか、前のめりになって、下にいる誰かに合図、その誰かは長い間上を向いて彼女の視線を空しく受け止めようとしていたのだ。「あら、だったら」彼女が答えた。「さっさと行ってテニスをなさいよ。パートナーから離れているのは賢明じゃないでしょ、コートが空くのを待っているなら？」

「でも、あなたは何をなさるんですか？」シドニーが訊いた。ミセス・カーは答えなかった。「つまり、私に向こうへ行って欲しいんですか？」シドニーがまた訊いた。彼女はパビリオンを離れたくなくて、この「あなたの年ごろの女の子」的な口調は、いま実際に使われてみると、何かしら腹立たしい余韻を残した。彼女はやはりコートまで降りたくなかった。もしミセス・カーがここに座って、思慮深く彼女を観察しようものなら、プレーがめちゃくちゃになるのがわかっていた。

「あなたのサーブのことはよく聞いているの。今日こそ拝見するつもりよ」

「今日はオフの日なんです」

「ねえ、シドニー、私が来るといつもあなたは今日はオフの日だと言うわね」ミセス・カーは笑った。「私は運が悪いのね」

「あら、そう思いますか？　あなたがここに来たその瞬間から、私は何も打てないんです」

「いったいどういう意味なの、マイ・ディア・シドニー！　聞き捨てならないことを！　いままで思ったこともないわ、私の目が邪眼《イーヴル・アイ》[*1]だなんて。私はもっと散文的なことを言ったつもり——私は物事を見過ごすこともあるのよ」

シドニーは自分は愚かだと感じた。またやってしまった（ミセス・カーも同意するだろう）、行き過ぎた、あまりにも病的な言いがかりをつけるなんて。いつもの自分を忘れて、あまりにも大胆な断定を口に出すなんて。

「運というのは、面白いですね」彼女は言った。「いつも決まって良いとか悪いというのではなく、太陽みたいか月みたいか、なんですね、この意味がおわかりだったらだけど、人はこちらかあちらかを持って生まれてくるんだわ。私の運は月みたいで——もう下に降りたほうが」

「そうね、お引止めするべきじゃなかったわ」

シドニーはひどい試合をして、デュペリエ大佐をびっくりさせた。彼はついついチッチッと舌を鳴らしてしまい——遠回しの賛辞として——「ブルータス、お前もか！」と受け取った彼女は皮肉をこめて喉を鳴らして笑った。彼らは互いにむっつりして位置を替えてプレーした。神経質にひろがった視界のへりに沿って、肩をすくめるのが見え、見物人が失望して徐々に去っていく。かつてなく高くしたネットに向かって、デュペリエ大佐の対戦相手、チャインズリーは顔をしかめて、身を低くしてから信じられないぐらい跳び上がった。彼のパートナーはそうとう後ろにいて、気楽にボールに跳びついていた。パビリオンの奥のほうで、ミセス・カーは相変わらず座っていた。スカートのすそとパラソルの先が日向に出ている。彼女の残りを隠している暗い影から、彼女の電気仕掛けのような監視の目が、シドニーの意識を絶え間なくついた。

試合が一セット終わり、というか急いで終わった。デュペリエ大佐のプレーは、パートナーの自滅のおかげを被った。対戦相手がそぞろ引き上げていくと、彼は自嘲するように笑いながら、身をかがめてラケットにボールをすくい上げた。彼にはシドニーの失策を払拭するためにとってある愉快な文句が色々あったが、彼女から何か説明が出ないと、愉快な文句を出す鍵は開かない。彼はどう始めるべきかわからなかった。彼女は謝罪せず、彼の困惑はつのった。本人以上に哀れな娘を気の毒にと思う者はいなかっただろう。――立派なプレーヤーでも、この嘆かわしいマヒ状態には勝てない。彼はトーナメントで彼女と組むよう頼まなかったことを神に感謝して、二度と組むまいと心に決めたものの、彼女に対して用心深い特別な親切心を発揮した。

「恐ろしくまぶしいね」彼が言った。

「だいたいいつもまぶしいわ」

「今日はとくにまぶしかったように思ったんだが……」

「私は気がつかなかったけど」彼女は素っ気なくそう言って、これからどこに行こうかと思った。どこでもいいけど、と彼女は思った、結局は、パビリオンに戻ろうと。

「僕らはもう移動しないと」彼は言って、彼女をうながした。「彼らがコートを欲しがっている。それで、僕らはもう二回、コートを使う投票をして、また僕らのコートに戻ってきましょう。いいですか？」

称賛する彼の気持ちは続いていたが、ミス・ウォレンがホテルで人気がないことについて、彼はもう驚かなかった。傲然としたあの暗い目つきが……。彼は内心言った、彼女は妙に忌まわしいと。あの娘の中には、たしかに何かがある。一般的に言えば、彼は気楽に出てくる人を好んだ。彼女は彼のタイプではない。コートから出てくるときに、彼は義務感から彼女に並んで歩いた。それから彼の顔が晴れやかになった。彼にはわかった、間もなく彼女から解放される、ミセス・カーがパビリオンの陰から彼らを見て微笑み、うなずいているではないか。「さあ、早く！」彼は熱心に言い、彼女は無理やり彼の前を歩かされた。

「さあてと？」ミセス・カーが言った、勝者のカップルに言うように。

「まぶしくて、参りました」デュペリエ大佐が言った。

「そうでしょうね」彼女は同意して、二人のために場所をあけた。デュペリエ大佐は元気になった。間もなく彼は、その目鼻立ちと態度と表情に溶けこんだ静かな様子で、下方のプレーヤーたちを見やり、本当に元気になっていた。彼が立ち去ると、ミセス・カーがシドニーに図書館まで一緒に歩こうと誘った。「もし」と彼女。「またプレーするのでなければ」

図書館に行くためには、歩道の突き当たりで右に行かずに左に曲がる。栗の木がずらりと並び、その大枝がアーチになって頭上を覆っている。この時間、道路はさらに往来があった。ランチタイムが目に見えるもっとも早い引力だった。観光客は真面目な顔でホテルのほうにぞろぞろと進んでいる。別荘族は、みな犬を連れて、明らかに身分違いを誇っている。車の往来はここにはなく、イギリス人の足の長い少女が一人、道路の真ん中で、見れば彼女は歩きながら、警戒することもなく本を読んでいた。

「ほんとにいい方ねえ、デュペリエ大佐って！」ミセス・カーが言った。

「ええ、とても我慢強くて」

「それは妙な資質ねえ、あなたを惹きつけるには」

「ほかの人だったら、誰だって今朝の私を殺したでしょう。きっと、彼は忍耐を学んだのね。妻は――」

「可哀そうな女性ね！」

「神経症をクロロフォルム漬けにできたら、もっと親切でしょうに――私のサーブ、認めてくださる？」

「マイ・ディア・チャイルド、そんなに英雄ぶらないで！　ひどかったという記憶はないけど。私は知らないのよ、もちろん、あなたがどんなにプレーがうまいかなんて」

　シドニーは黙っていたが、突然浮かんだ疑いが心に刺さった、ミセス・カーはテニスが彼女にいいなどと思っていないのだ。もし彼女がミセス・カーにとって、テニスのプレーヤーとして存在していないなら、それがいままで通用してきた彼女の人気の一面なのに、彼女の存在をミセス・カーはそもそも感じたことがあるのか？　それはもはや訊くまでもなかった――ミセス・カーは彼女のことを考えたことがあるのか？――というか――彼女は一度でもシドニーについて考えたことがあるのか？　心の中で覚えてもらえていない可能性は、シドニーにとって、それだけで消滅したのと同じだった。ミセス・カーは友達がたくさんいる。それらの半神《デミーゴッド》は、その中のもっとも小さな者の一人に言及すると、飛びついてくるのだ、影のように脅しつけるように。非凡で比類なき美を持つ男女として、本人が現われることはないし、決して描写されないので、威信が落ちることもない。ミセス・カーが彼らを決して称賛しないという事実そのもの――事実、彼らを一様に軽く見ているようだった――それが、自傷行為の新たな理由になった。「愉快な女の人……なんだかチャーミングな人……私は面白い男性だと思った……」これらがそのままシドニーにとり憑き、彼女の友人である ミセス・カーのこうした友達はみな偉そうに反目し合っていた。人が知らない人々は異なった地平にいるから、人の批判に晒《さら》されない。シドニーは自らリアリストと名乗り（同年齢の友達には）、おそらくそのせいで、自身で厳粛に扱っている彼女の想像力は、曲折して彼女に復讐を果たすことができた。

ひと息ついてから彼女が言った。「ええと、私のプレーについて、一つわかったでしょ――もし関心があればだけど。どれほどひどいときがあるか、おわかりでしょう。どん底なんだと思う」

「それは、それは」彼女の友達が情愛深く言った。「すみませんが、もう一冊別の本を選んでくださる?」

「さっきのはもう終わったんですか?」

ミセス・カーは首を振り、独自のやり方でシドニーを横目で見た。そして溜息をつき、まぶたを微妙に悲しげに瞬いた――愛らしい人だ。

「ああ」シドニーは言って、密かに有頂天になった。「あなたは手に負えません。どうして私に本を選べと言うんですか?」

「何かがきっとあるのは、わかってるの」この口振りはシドニーにとって、彼女の友人の友達で永遠にいることとから除去されたのかもしれなかった。「わかってるのよ、ええ、きっと何かがあるのは。そういうのを読みたくて――読めたらどんなにいいか」

「あなたに本を選ぶのは、もう諦めます」

「あら、そんな、そう言わないで……シドニー・ダーリン。私は、ほんとに、手に負えないかもしれないわね。いまも面白いから読んでいるのかしら」

「でも、それって、まさに――男性が面白いのはわかっているの。男性は目を見張るような心を持っていて、――あなたの心に訴えかけるような」

「きっとそうでしょうね。でもねえ、男性は私には利口すぎて、ただ退屈に見えてしまったの。だから私はいまも本が好きなのは、そうね――何て言ったらいいかしら？――まともでいるためなのよ。でも、それが通らないのはわかっています。あなたたちはみんな、たいそう純粋な心を持っていて……ごめんなさい」

「あなたは悔い改めたようには全然見えないわ。教えて――ロナルドはとても『純粋な心』を持っているんですか？」

「驚くほどよ」彼の母親が言った。「でも彼は、私の限界を尊重することを学んできたから」

シドニーは、自分でもときどきこうした限界を意識していたから――遠く、夢の中のように――ロナルドを思って微笑んだ、手足の長い、真面目な顔をした思春期の青年で、会う見込みはなさそうな人だった。ロナルドは遥か遠くにいた、ドイツに（シドニーは、彼の母が持っている二枚の写真から、ぼやけたスナップ写真と薄暗い肖像写真から、自分のロナルドを合成していた）。ロナルドにはみな微笑みたくなる。彼を想像をするのは苦痛ではない。彼は半神《デミーゴッド》の中にはいない。微笑ましい母親らしいほのめかしに晒し出された彼の中に自分の資質を見るのは楽しいことだ。ロナルドは「若い」。しかしこれは彼に有利に働くとは限らない、もしロナルドがドイツに留まることが確かでないようなら。

「ロナルドに会いたいわ」シドニーは情愛をこめて言った。「ところで」彼女は言い足した。「テッサにもう一冊、別の本を持っていかないと。何でもいいから、明るくて愛情あふれるのを、病気のことも含まれていて、彼女にすごく役立つような、前に読んだ覚えがなければだけど……。いまは言わないで下さいね、私がテッサを怖がっているなんて。彼女は自分なりの本の趣味があるのが楽しいんです。私もそうだけどいま彼女には、小説を読む時間がなくて——彼女はボードワン[*2]を読んでます」

「何にもならないわね」ミセス・カーが言った。「ミセス・ベラミーにあなたの気が滅入る本を一冊返しても」彼女は腕をシドニーの腕にさっと通し、振り向いて二人で寒い階段を図書館目指して上がっていった。

＊1　"an evil eye"（「邪眼」と訳されている）という表現があり、この眼に見つめられると災厄がくるという。

＊2　シャルル・ボードワン（Charles Baudouin, 1893-1963）、フランス、スイスの精神分析家。

3　ランチに遅刻

テッサ・ベラミーは、今日もまた気分がすぐれず、自分の問題は何か、知りたくてたまらない思いで横になっていた。たしかにいくつかの不具合がイギリスを発つ前に何人もの医者から示唆されていて、その可能性のほとんどを十分心に受け入れて、海外に出たのだった。不具合のうち、納得できるものは一つもなかった。何か事を収めてくれそうな、昔の家族の召使のように単純で行きすぎない何かが欲しく、そうすれば互いに知りあえて、互いの方法を理解するだろうと思った。永続性のない示唆に彼女は困りはてていた。彼女は孤独な女だった。〈人〉は自分の人生に〈何か大事なこと〉を持たなくてはならない。彼女は寝室のビロードのソファに横になり、頭を窓から遠ざけて、信仰のある女だったらよかったと思い、まもなくランチの時間だから、シドニーがすぐ入ってくると思った。

テッサは、もしどうしても必要ならばと、ダイエットについてホテルの〈経営陣〉と特別な取り決めをしていた。五%の別料金を払って、食事ごとに前もってメニューを持ってこさせるようにしていたが、目下のところ、一つひとつの物音がとても好ましく、面倒をかけるのはとても嫌だったので、何かを変更するように頼んだことはなかった。彼女はいまこの取り決めを続けるべきかどうかわからなくなった。そうなると、好奇心とサスペンスの楽しみは奪われる。一方、メニューが到着すると、朝のうちに何か考えることが与えられる。このことについて早く決心できたらいいのにと思いあぐね、頭をクッションに埋めて、溜息をついて、両手を胸の上で組み直した。〈人生〉においては、人は常に決断を迫られているようだ。

シドニーは入ってきて思った、テッサは眠っているにちがいないと、日よけのブラインドがついたジャルージ窓を閉じて濃緑色の暗がりの中で横になっていたからだ。立ったまま一瞬見下ろし、(自分の現実的な安堵感を高めるために)テッサは死んだと自分に言った。彼女はテッサが好きだったが、想像はしばしば感情と絶縁することがある。いま心に浮かんだのは、こうした不測の事態になれば、ミセス・カーと日光から離れてロンドンに戻らなければということだった。なぜなら彼女はここではテッサのゲストだから、テッサにはもうその費用を払わなくてよくなる。しかし、そのあとに、彼女は絶望の本当の痛みを味わった――テッサが去ったら、自分自身の苛立ちと冷淡さがいかに自分を睨み返すことになるか！

テッサは片方の手を上げて前髪を叩き、それから目をあけてシドニーを思慮深く見上げたが、いま起きたばかりの人ではなかった。

「色々なことをあれこれと考えてしまって――」彼女が言った。

「よかった！」シドニーが叫び、テッサを慕う彼女の気持ちが現われていた。「メニューのことだったら、そうよ、私がやります。素晴らしい方針だから、支配人がその件であなたを尊敬しているのはたしかよ」

「あら、そう思う？」テッサは言って、目を丸くして見上げたが、知的な人々は楽しい仲間を作らないというのは、まるでウソだと思った。「でも、あなたも知ってのとおり私は嫌なのよ――」

「面倒をかけるのが？　でも支払いはしているんだから……。どんな感じがするの？」シドニーは気遣って彼女を見た。病気になったと思うこと、そのことだけを思うこと、そこまで追いこまれることは恐ろしいにちがいない。

テッサは、二重になった顎を引いて、横になったまま束の間考え、それからシドニーに自分が本当に感じたとおりのことを話し始めた。まだ話している最中に、銅鑼《どら》が鳴った。彼女は起きあがって、今度は姿見の前で、髪の毛をまた軽く叩いた。溜息に見切りをつけて、白粉《おしろい》で鼻を叩いた。その間シドニーは、ジャルージ窓を開けた。もしそうしなかったら、テッサは薄暗がりでしたメーキャップに満足して、かわいい道化師が階下に降りてきただろう。

シドニーの親戚は、彼女が従姉のテッサと一緒に海外に行くのを喜んでいた。シドニー問題の素晴らしい解決になるものと思われた。その娘はあまりにも多くのこの種の試験に合格を果たし、精神破綻の瀬戸際に追い込まれ、精神破綻が本物になりそうになり、一年間何もしないで休養するよう厳しく言い渡された。そして理想的な冬がやって来た。日光と社交的な楽しい集い。シドニーは一日中戸外にいられる。テニスのトーナメントで名を上げてもよかった。婚約してもよかった。そしてテッサはとても親切だった。テッサはいま四十歳で、既婚者で、母性的だった。彼女には神経がなく、子供もいない。彼女の内部が彼女を幸福に興味深く保ち、神経症になりがちな人の理想的な仲間だっただろう。シドニーを称賛し、シドニーを陽気で楽しい人のままに維持した。シドニーにとってはいいことだった、彼女のことを陽気で楽しい人ではないと考えるのを拒否する誰かと一緒にいるのは。シドニーは原則として、友達の選択において不運と見えた。

シドニーは赤いハンカチをほどき、髪の毛を額から後ろにかき上げた。そして鏡の自分の映像を見て顔をしかめた。人々が自分を見るとき、彼らが現《げん》に見ているのがこれなのか？　彼女は、自分にも顔があるのを忘れるという有利な立場から、人々を見るのに慣れていた。彼らにも考えがあった（彼らに考えがあることも彼女は忘れていた）、彼らが自身を見るときに彼らも考えたか？　不思議なのは、猫はキングを一目見てそうと知ることだ。我らキングは、猫はそこにいるだけではないことをしばしば忘れる。

「――ラッキー・ガールね、あなたは」テッサはそう言っていた。「顔を焼かないで太陽を浴びて歩き回れるなんて……。アスパラガスのオムレツが出てくるはずよ、シドニー。ほら、『ア・ラスペルジェ』。もう下におりましょうか、用意ができたら。すぐオムレツを持ってくるわよ、それに、ウェイターにはフェアじゃないけど……」

ウェイターに対してフェアかフェアでないかを気にする人は、ほとんどいないだろう。残るウェイターたちがダイニングルームに二人また三人と次々に入ってきた。テッサが確保したテーブルはいい位置にあり、ドアの近くで窓から離れすぎていなかった。シドニーは頭を少し傾げて涼しい風を顔に感じ、日除けテントの下に、下の庭園から伸びている棕櫚《しゅろ》の木の葉と、実がなっているオレンジの木が見え、その背後の街が空を背景に鮮やかだった。ミセス・カーのテーブルは右手に当たり、彼女らが座っているところは、あまり観察されない角度にあって、シドニーのほうはそれが観察できた。普段はもっとも長期間、無人だった場所だ。テッサの後ろには二重ドアがもてなすように広く開いていて、支配人《メートルドテル》の両手のようだった。彼方に向かう、階段の下に広がる前景には、客たちが無表情に列をなし、姿勢を正して入場を待っていた。時間厳守がやや都会的だと思う人が何人か、空席がたくさんあるのを一目見て、怒って消えた。その他の人たちは泳ぐように前に進み、開拓者の一団のように、無人の空間ごしにテーブルからテーブルに親しげに話しかけていた。妻を伴わずに入ってきた男たちは、こうした人々が入って来ても目を上げなかった。夫に先立って現われる女たちは、気を張ったまま、向かいの空間を腹立たしく見つめ、フォークの先をきらめかせるようにして食べた。夫が入ってきても、何か言葉が出るまでに長い時間がかかった。こういうカップルを見ると、男と女が一生涯、カップルでいるのを期待されていることが、シドニーにはいつにも増して奇妙に思われた。

コースとコースの間の合間に、親しい対話を奪われた女たちは、向かいのテーブルを物欲しそうに見つめた。ミセス・ヒリアは友人に褒めてもらおうと、店で買ったクレープデシンのスカーフのはじを摘《つ》まみ上げた。彼女はそれを結婚祝いに買ったのだが、あまりにもそのグリーンの色が愛らしいので、我慢できずに身に着けてしまい、夕刻に使うだけなら、しわは取れるはずだった。ロンドンの医者の美しい三人の娘は、窓の一つの中にしつらえたテーブルについていて、うるさいのを離れた一段高いレベルにいた。彼らはミスタ・リー＝ミティソンに最初に邪魔された人たちで、というのも彼は植物の箱を開いてテーブルを一回りしようとしていた。彼は丘陵で見つけた滅多にないアネモネの根っこを見せた。三人のロレンス嬢は、輝く顔を向け、植物箱を見て鼻にしわを寄せたが、ミスタ・リー＝ミティソンはそこで引き下がるつもりはなかった。彼は根っこを一本掘り出して彼女らに見せた。彼の歯と眼鏡が情愛深く輝いた。

「妻と私は」彼が言った。「明日は丘陵をもう一度探索したいと思っていて、ピクニックの支度もしています。たいへん嬉しいのですがね、もしお若い令嬢がお三方でご一緒してくださったら」彼はヴェロニカ・ロレンスの椅子に手を置き、彼女の頭の上ににこやかに笑いかけた。ロレンスの三姉妹は目を丸くして見つめ合い、涼しい顔でしゃべっている。彼女らの父は、娘の責任はとらないとばかりに、後ろにもたれて窓の外を見た。「特別な招待状があるんです」彼女らの友達が続ける。「ミス・ヴェロニカにあてたもので、彼女は素晴らしい歩行者だと思いまして」彼は植物箱のふたを閉じて、ヴェロニカに恭《うやうや》しくウィンクすると、もう一つのテーブルに移っていった。

ロレンス姉妹は、おおよその役割として、ホテルの主役の青年、ミスタ・アメリングを受け持っていた。彼は戦争のあと、仕事が見つからなくて、その結果、神経衰弱を患い、父母とともに当地に来て休養しているということだった。彼は戦後にそういう境遇に追いこまれた三十代の青年で(パブリック・スクールと大学教育を受け、活動的な優秀なスポーツマンで、一般的な能力に恵まれている)、『タイムズ』紙の個人欄に何でも積極的に引き受けますという広告を出していた。活動せぬよう強制されたことは、哀れなミスタ・アメリングには非常に辛《つら》いものがあり、固い表情で一日中テニスをし、夜はほかのホテルに出かけてロレンス姉妹とダンス、そこで彼は「大戦」についてパートナーたちにひるむことなく立派に話した。

ミスタ・リー＝ミティソンは短くひと息ついてから――遠慮からではなく、ただ彼が知り合った人たちの豊かさにまごついたのだ――左に曲がって、アメリング家のテーブルに近づいた。だがヴィクターは、彼が近づくと、地元の新聞を取り上げて、滞在客のリストを両親に向けて読み上げ、それに彼らは聞き入った。ミスタ・リー＝ミティソンが近づくと、ヴィクターは声をますます大きくして読み、両親はますます熱心に聞き耳を立てた。彼らのグループにはきわめて家庭的な何かが漂い、ミスタ・リー＝ミティソンの社交センスをそれとなく撥ねつけていた。彼は背を向けた。アメリング家は彼のアネモネを見るべきではない。彼がミセス・ヒリアと言葉を交わそうとしたら、彼女はスカーフのはじを彼のほうに振って、話すのが嬉しいようだった。そしてメラーシュ夫妻を訪ねるのをやめようと決めた、夫妻は結婚したばかり、口数は少なく、互いに食べるのを心優しく見つめ合っている。

ミセス・ピンカートン閣下とその義理の妹ミス・ピンカートン閣下は、アネモネに関心があると打ち明けていた。自宅に最高に素晴らしい庭園があり、リー＝ミティソン夫妻は訪問したいと思っていた。この二つの家族は申し分のない関係にあり、事実とても親密になっていたとはいえ、ミスタ・リー＝ミティソンは、こうしたやんごとなき女性には食事時に近づきたくなかった。彼女らは、その場に座っているだけで、閉じているように見え、閣下《オナラブル》という特許によってお濠で囲まれているようだった。彼女たちの毛糸のような白い頭の回りに階級が線を引いていて、居並ぶ顔から区別されていた。階級は彼女らの滑らかなサテンの衣装からそのひだの重なりまで流れていた。穏やかな忘れがちな彼女たちに一礼して、ミスタ・リー＝ミティソンはその場を通り過ぎた。

シドニーの目はテッサの肩を通り越して、ドアロに据えられていた。それを見たテッサのかすかな微笑みは、気づかれないままにすっと消えた。

「ミセス・カーはまだおいでにならない？」ついにテッサが言い、こう切りこんで、死んだ微笑の恨みを何食わぬ顔で晴らした。「彼女ははっきりしない人ね！　心配だわ、オムレツに間に合わないわよ」

「彼女はオムレツが好きじゃないから」とシドニーは言って、暗く緊張した目で厳かにテッサを見た。そして危うく絶叫しそうになった、ミスタ・リー＝ミティソンが音も立てずに背後に来て、彼女の椅子の背に手を置いたからだった。箱をテーブルの上に置いて、彼は根っこを見せた。彼はテッサが好きで、いい話し相手だったが、彼の招待状のあて名はシドニーだった。「私の妻と私は――」彼が言い出し、テッサを残念そうに見た。彼女はもう若いとは言えない……。「――ピクニックの支度をしています」彼は話を結んだ。

「いつですか？」シドニーがやにわに言った。

彼は、忍耐しろとばかりに、手で空気を払った。「いまから言うところでした。我々はありがたく思います、もしみなさんが明日合流してくださったら――」

「あら、ありがたいけど、私はダメだわ。申し訳ないけど、先約があって」

「おや、まあ」テッサが言い、これはシドニーにはいいことだったと思った。ミスタ・リー＝ミティソンは信じられずにじっと見た。

「チッチッ」と彼。「では、考え直して……」シドニーの不可解さは彼を悩ませた。ロレンス家はとても喜んでいるように見えたのに。給仕用のリフトを隠しているつい立ての後ろから、ウェイターたちが湯気が立った料理を持って突然流れ出てきて、テーブルの間を蜂が飛ぶように飛び回った。失礼しますと言って、ミスタ・リー＝ミティソンは自分のテーブルに急いで戻ると、夫のハーバートの人気に歓喜している彼の妻が、この間じっと座って編み物をしていた。いま彼女は横に動いて彼の椅子を彼のために引いてやり、編み物をバッグにたくし込み、もっぱら夫に注目した。この帰還は本質的に故郷に帰るのと同じだった。彼女は常にこの雰囲気を作り出せる妻の一人だった。

「それで？」彼女が言った。

テッサの後ろ、ドアはまだ無人の額縁だった。食事が次々と運ばれる。ここにいるのはほとんどがイギリス人だ。グリーンの縞の日除けテントの下の窓は開かれていて、空気が心地よく入って自由に通り、その冷たい指先が火照った顔から顔を撫でていった。誰も急がないし、気兼ねもしない。時間は強制することもなく、午後が行く手に伸びているようで、伸びるその先は明るい空白のようだった。しかし午後の上には、習慣が義務という網を張っていた。網は限りなく繊細で、もろく、無法を働けば必ず破れた。ダイニングルームの向こうでは、広々としたラウンジに沿って、テーブルを早く立った人たちが、先着順というルールに大人しくしたがって互いに待ちながら、予約をかなえようとしていた。有閑《レジャー》は無為《アンニュイ》と分かちがたく絡み合っていて、格子の奥に周到に閉じ込められてきた。アームチェアも棕櫚《しゅろ》の木も窓口も、ひとつ残らずそれぞれが待合場所になり、カップルが待ち合わせては急いで出ていったり、グループが再集合したりしていた。

波をかき分けるような動きで、パラパラとこぼれ始めた脱出劇にぶつかるように、ミス・ピムがずいぶん遅れて入ってきた。目が真っ赤で、最後の涙はついさっき拭ったに違いない。喉の奥で何かが動き、彼女はその喉に巻いた色の薄いトルコ石のネックレスを指に巻いたりほどいたりしていた。そしてみんなを見ようと集中したかと思うと、急いで目をそらした。シドニーは頬杖をついて、一、二分ドアから振り向いてミス・ピムを観察した。彼女は、「成長した大人」と自分で呼ぶものが、目に見えて感情に揺さぶられているのを見たことがなかった。年上の人たちの感情の幅は、シドニーには狭く見え、ステレオタイプ化していると見えた。彼らは外界からの刺激に、手もなく反応していた。しかしミス・ピムはなぜか、内部から攻撃されているような印象があった。

ミス・ピムはウェイターを盗み見た。そして自分からオムレツを断ると、ウェイターは肩をすくめて、召使のランチからマカロニを一皿持ってきた。憐れに傷つきながらもこの人は、空腹を隠せなくて、食べはじめた。イギリス人のマカロニ相手の伝統的な悪戦苦闘のほどは、彼女を悲劇の人から茶番劇の人に格下げした。シドニーはいたたまらなくなって溜息をつき、その場を去った。

ミセス・カーは、ダイニングルームに来る途中で、驚いて辺りを見た。自分の遅刻は横において、ほかの客たちが奇跡のように消えたのが信じられないようだった。眉毛が、「おかしい！」と言っていたが、思案する様子はなかった。彼女は座って、オレンジの木を見た。それからタウフニッツ*1を取り上げて、部屋にはもう目もくれないで、読み始めた。

テッサとシドニーは延々と座り続け、ランチの全ドラマをカーテンが上がる時から降りる時まで、全部見た。正直、急ぐのは賢明ではないのをテッサは知っていた。フルーツ・バスケットを考えながら何度も次に回し、そのたびにオレンジを取っては皮を摘まみ、またバスケットに戻した。見た目がもっとも美しいのが、もっとも味がいいわけではない。人生の難問がもう一つある。

「どうしましょうか」テッサがやっと言った。「もう一つオレンジを取ろうかと、でもここでは食べないわ。上の私の部屋に持っていって、そこで食べるとか。きっと、ええ、オレンジはみな美味しいわ……。でもあなたを引き留めませんよ、シドニー、もしミセス・カーのところに行ってお話しがしたいなら」

「どうして私がミセス・カーのところに行って話すの？」シドニーが無関心な声で言うと、人が去って、散らかったオレンジの香りがする広いダイニングルーム中にこだまして響き渡った。

＊1　ドイツの印刷・出版業者のクリスチャン・ベルンハルト・タウフニッツ（Christian Bernhard Tauchnitz, 1816-95）。英米作家の作品を廉価版で出版したタウフニッツ・エディションのこと。

4　バスルーム

ミセスとミス・ピンカートン両閣下は、二階の廊下の突き当たりにある広いバルコニーがついた部屋を占領していた。ホテルを五回取り巻くように、廊下が各階に走っていた——暗い色の分厚いカーペットを敷き詰めた廊下で、ベッドルームのドアは羽目板になっていた。表の部屋はまぶしく広がる市街と空と海を見渡していた。裏の部屋はより小さくて、明るさはなく、丘陵側に栗の木が並ぶ道路を見渡していた。ここに北の光が斜めに入っていた。そうとう身を乗り出さないと空は見えず、生い茂るオリーブの木と不安そうなヴィラの小さな顔が見えた。ヴィラから見ると、眠りからやっと起き出した人のうつろな目を覗き込むことができただろう。ホテルのこちら側は、観察される可能性を防ぐために、半透明のガラスで仕切られたバスルームに充てられていた。

ミスとミセス・ピンカートンは言うまでもなくサニーサイドで、そのバルコニーからの景色を寵愛していた。景色は彼らのものだった。入れ替わる景色のカーテンの精神的な美、ありのままの美、半分不快な美を彼女らは楽しみ、特徴はないが、ときたま船が通った。そして人を通さないジャルージ窓の後ろに、白昼の攻撃を跳ね返すバリケードを張った。専用のバスルームがついたスイートは、ここにはなかった。彼女たちはそれとなく納得していた、このタイプのホテルには、それは存在しないのだと。だから彼女らは、しかるべき費用を払って予約していた、彼女らの部屋の向かい側にあるバスルームを自分たちだけの専用にすることを。「専用」か、ものは言いようである。ここは白いタイル張りの聖域で、石鹸入れのボウル、ヘチマ、香料入りのバスソルトを無法者から遠ざけておける。それにまた、ここでは彼女らのメイドがちょっとした洗濯をすることができ、ラジエーターの前に掛けて衣類を干すこともできた。そうやってだいたい衣類を干すのだ。二人は外国人の洗濯女が信用できず、それなりの理由があったのだろう。

二階のその他の客たちはこの取り決めを尊重しており、そこに一種の美を感じていた、特権を示すものだったからだ。彼らは廊下の反対側の突き当たりのバスを使った。そのバスルームが使用中で三階に上がっても、バスを使うことはできなかった。しかし、ジェイムズ・ミルトンは、牧師で、これに気づかなかったので、到着後に階上へ上がり、ミセス・ピンカートンのバスルームに鍵をかけて閉じこもった。ここで彼は湯気と長風呂によって、大陸横断旅行でこびりついた垢を落としてピカピカになるまで磨き上げた。これが三十六時間この方、固く自らに約束していた風呂だった。それだけが麻痺した知性に先んじて旅の限界を照らす光だった。彼はバスソルトには気づかなかったが、何も考えないで、ヘチマは大いに利用し、どうしてヘチマがここにあるのか不思議だったが嬉しかった。

彼は遅くに着き、夕食は列車でとり、彼の到着を目撃した人はほとんどいなかった。大柄な男が巻き付けたマフラー越しにイタリア語でしゃべり、荷物運びなど雑用をする少年とホテルの管理人に向かってあれこれと通じない仕草をしていた。彼らがいかに立派な英語を話すかを認めたくないようだった。それを見ていた人が二、三人、その場に居残り、一秒に満たないこの観察についてしゃべり、薄汚れた彼に厳しい目を注いでいたのだ。ミスタ・ミルトンは輝くような清潔なみんなの顔に気づき、しみ一つないシャツの胸に気づいた。彼は彼らが無視できないほど目を背けていると感じた。追い払われ、疎外され、フクロウのように瞬きし、暗い中をドライブしてきたあとの明かりの中で容赦しない詮索に晒《さら》されて、彼は一瞬立ちすくむと、さっと二階へ駆け上がり、ミセス・ピンカートンのバスルームのほうに行った。

彼がきちんと一九号室に入り、部屋付きのメイドが明かりを点《つ》けると、その部屋が裏側に面していて、荷物を置く場所がなくて、家具の配置が考えを乱して不満をそらしたが、体の移動を妨げるべくそなえ付けられていることがわかった。レースのカーテンがかかった窓は暗闇を背景に青ざめている。その窓を少し開けると、冷気が入り、棕櫚の木のそよぐのが聞こえた。マフラーをほどき、コートを脱ぎ捨て、あとはスポンジを入れたバッグとガウンを取り出し、タオルを身にまとうだけだった。そして廊下を進み、部屋付きのメイドに三種類の言語で呼びかけ、いまから自分はバスを使うと伝えた。彼は自立した男で、年月とともに依存度が増すばかりの土地かんがあり、何の苦労もなく、歓迎しているように見えるバスルームのドアまで来た。

ミセス・ピンカートンと義理の妹は、ほかの婦人たちが集まっている応接間に一分ないし二分以上いたことは一度もなかった。早めに自室に引き上げ、そこで刺繍をし、小さなケーキを食べ、コーヒーを飲んだ。ここに招かれた人は一人もいなかった。そんな招待はほとんど期待できなかったが、ピンカートン家の人々は、ミセス・リー＝ミティソンのコーヒー・パーティには一度か二度出ていた。おそらくこのところの夕暮れ時に、彼女らは少し寂しく感じたのだろう。囲みの外に出す人がいないと、囲いの居心地の良さは失われる。天井の高い部屋で表面が大理石の家具に囲まれて、彼女らは、育ちの良い注意深さで互いの呼吸に耳を澄まして座っていた。薄い壁を通して、廊下のビロードのような静寂の中、足音やドアの閉まる音が筒抜けだったに違いない。だが今宵、婦人たちは何が起きるかなど、いささかも感じなかった。何らかの兆候が彼女たちを悩ますこともなかったようだ。

エドワード・ピンカートン閣下は父のパーク卿に先立って死んでしまった。彼は死んだとき若くはなかったが、彼に求められていた人生の高い目的が挫折したことが——一人息子だった——若さの哀れを残した。彼の未亡人がさほど実体がなく、近ごろのお出ましがさほどなかったら、彼に寄せられた付託によって、彼は成年に達する前に死んだとして通ったかもしれない。彼は「憐れなエドワード」として残り、生きている者の憐憫と庇護の中に、防腐剤で永久保存された死んだ子供のようになった。彼は彼女たちのうちの三人目となり、今宵もまた、頬髯のある温和な顔は、描かれた死者の顔に空想がまま与えるあの畏怖の表情を浮かべて、サイドテーブルの上にあるシルバーの栓がついたボトルの上に影を落としている、渦巻き模様をあしらった巨大な額縁からこっちを見ていた。同じような写真が彼の妹、ロジーナの寝室を見下ろしていて、その他の親族を排除していた。彼女は明かりの下に置いたアームチェアに座り、手仕事を目に近づけて、一心に刺繡していた。ミセス・ピンカートンと義理の妹は互いによく似て育ち、同じメイドによってお化粧も身なりも整え、よく似た先入観を胸に抱いて動いていた。そしてエドワードの思い出によってさらに親密な一体感を持ち、エドワード自身との親密さを上回るまでになっていた。どういうわけか、エドワードは死の瞬間まで、この二人を避けていた。彼女たちが親しみもなく近づいたのは、彼の死後のことだった。大切にしてきたささやかな反感が互いの絆をいっそう強めた。ロジーナは、もし自分が彼の妻だったら、彼に子供をたくさん生んでいただろうという消しがたい思いを抱いていた。ルイザはつとにこれに気がついていて、ロジーナには目立つほど寛大にしていた。ロジーナは提供されるものを断る立場にはいなかったのだ。

ミセス・ピンカートンは座って、『タトラー』誌のページを繰りながら、刺繍をしているロジーナに話しかけていた。

「へえ」彼女が言った。「ウィントン家のお嬢さんが結婚するようよ」

「ええ?」ロジーナが言い、金メッキの鋏で糸を切った。「お相手は誰なの?」

「バーという人よ、そう書いてある」

「バーという人たちって、いたかしら? 私は聞いたことがないけど。どこの出身ですって?」

「ここに書いてある」彼女の義理のルイザが新聞をしっかり見て答えた。「ハンプシャーですって」

「ハンプシャーにはバーという人たちはいないわ」ロジーナがきっぱり言った。

「じゃあこれはもう一つ別の結婚かもしれない」彼女らは溜息をついた。

「エリッサ・ハワードが」ミセス・ピンカートンはさらに楽しそうに続けた。「とても愉快な楽しそうな手紙を書いているわ。彼女は察しがいいわね、人が海外に出たり病気になったりすると。彼女は何かと情報が得られる人なの。来月はニースに現われるのよ、ええ」

「手が届く所にエリッサがいるなんて、楽しいでしょうね。すごく一人ぼっちだと感じる人には」

「あら、残念ね。ロジーナ、あなたはホテルが好きじゃないのね……。私には理解できないわ、どうしてニースに行く人がいるのか。フランスのブライトン[*1]だという噂よ。大衆的な観光地だって」

「カーニヴァルがとても美しいという話よ……。だけど、正直な話」ロジーナは不用心に付け加えた。「あちらはもっとお高いそうよ、私たちが――」

「それはいいの――」ミセス・ピンカートンが口を開いた。「さあ入って！」彼女は激した声で言った。


メイドのラーガンが角張った長い顔をドアから一部覗かせた。「まことに恐れ入りますが、マダム」彼女が言った。「一時間前に、お衣装のシェトランドセーターに空気を入れようとしたんですが、バスルームに入れませんで……」


この報告の三分か四分後のこと、テッサは物思いをしながら、ボードワンの本を目の前に立てて髪の毛をほどいて下ろしていたら、いつになく生き生きしたシドニーが入ってきてびっくりした。

「ミセス・ピンカートンとロジーナが」シドニーが言った。「専用のバスルームに入れないらしいの。ともかく入れないんですって。私、見ていたんです。部屋のドアが開いていて、代わるがわるバスルームのドアをがたがた叩くんだけど。もう可笑しいったらないの。あなたもちょっと覗いてみたらいいと思って。彼女たちのメイドは、てこでも動かないネズミとして一行の差配をしているので、当たって砕けろ、とばかりに、肩をいからせてドアに体当たりしたら、ロジーナが叫んだの。『駄目よ、やめて。いけません――誰かが中にいるかもしれないわ！』

「まあ、お気の毒さまね」テッサが言った。「お二人はさぞかしお困りでしょうに！　支配人を呼びつけるんでしょう？」

テッサは、ふわふわした髪の毛が取り巻く丸い無邪気な楕円形の顔に、物問いたげな表情を浮かべていたので、いっそう若く見え――ほかに適当な言葉がないが――甘く見えた。キモノを体にしっかり巻き付けてから、シドニーのあとについて廊下の突き当たりの暗がりに入り、そこなら誰にも見られずに観察できるはずだった。だが一瞬後にミス・ピンカートンが廊下の向こう側に出てきて、こちらの方角にとがめるような荒々しい顔を振り向けた。そしてちょっと躊躇してから、テッサその人の中にある何かが彼女を彼らに向かわせた。ミス・ピンカートンはテッサの脱衣状態を無視した。「まあ、ミセス・ベラミー」彼女が口を開いた。「どうなんでしょう、もしあなたが……。ちょっと厄介なことに……」

「わかっています。申し訳ありません。何かお考えでもありまして？」

「理解できませんの」ミス・ピンカートンが言った。「信じられないんです――」

「わざとしたはずはないわ」テッサが慰めるように言った。

「どうしてベルを鳴らして支配人を呼ばないの？」シドニーが事件になるのを懸念して言った。

「この事情だから、女性支配人《マダム》を呼んでもらうほうが賢明だと思うけど」

「でも中に男性がいるかもしれない」

「絶対に紳士じゃないわ……」

ミセス・ピンカートンが寝室のドアロに姿を見せた。オリンピック級の髪の毛の雲から出た顔は無表情で、巨大に見えた。彼女が言った。「私の妹が我々の困難についてお話ししたでしょうか？」

「何もご存知ない？」テッサはまた希望をこめて言った。

ミセス・ピンカートンは頭を振った。「ここに突っ立っているのを見られたくないわね」彼女はそう言い、中に招き入れる明らかな意志を込めたので、彼女らは彼女の部屋に戻っていった。その敷居を踏んだのは彼らがホテルで最初の人たちだったに違いない。テッサの人間性に払われた敬意だった。ドアを少し開けたままにして、彼らが耳を澄ませると、全開にした二つの水栓から遠慮なくほとばしる湯水の音が聞こえた。シドニーは『タトラー』をこっそり引き寄せて、パラパラと頁をくったが、女性二人の動転した雰囲気が部屋に充満していて、重苦しかった。彼女には察しがついた、彼女らが代価を払った甲斐がなかったということよりも、もっと悪いことに違いないと。事態はもっと深く沈潜していた。彼女らは愚かだったが、下品ではなかったと彼女は感じた。レースと皮革製品のすべて、いたるところにある頭文字、そして分厚い銀箔は、おそらく彼らにとってよりも彼女自身に大きな意味があり、富と地位は彼女らにとって利用できる便宜だったに違いない。ピンカートン家の生活がよって立つ巨大な前提の一部であった。ピンカートン家は確信をもって世界を相手にしていた。いま彼女たちが被った仰天するばかりの事態は、個人的な侮辱には当たらないもので、個人的な怒りが欠如しているがゆえに、彼らの気高さは損なわれることもなかった。そこで哀れ昔ながらの物事が、結局のところ、岬になって、世界に出ることになった。

　ラーガンが来て、ドアのところに立った。「お考えになりましたか」彼女が言った。「少なくともあん人《ィー》[*2]はマダムのシェトランドセーターに気づいたはずだで、ラジエーターに掛けといたんだから」

「お前がどうしてそこまで言うのかわからないけど——」

「あーい！」ラーガンは片方の手を挙げて制するように言った。

　水栓が閉められ、水流が止まると、見事なバリトンの声が浮かび上がった。「讃えよ、喜ばしき光を……」彼は歌った。夕べの祈りの讃美歌だ。

「歌ってるよ！」ラーガンが言った。言葉もなかった。

「美しい讃美歌だわ」テッサが宥《なだ》めるように言った。そして明るい顔になって、周囲の人たちを見た。「わかったわ」彼女が言った。「あれは牧師よ。あのミスタ・ミルトンがいたでしょ」

「もっと繊細にやっていただきたかった」ミセス・ピンカートンが言ったが、なるほど、その点で、ミルトンの弁護はできないと感じた。頼みのラジエーターは……。彼女が力なくシドニーを見ると、シドニーは、あくびをするのと大笑いする両方の欲望を克服し、それぞれお部屋に戻りましょうと提案した——当面、打つ手はなさそうに見えたからだ——そして、ピンカートン姉妹とラーガンは徹夜で見張りをすることになった。

「何とかしましょう……」ミセス・ピンカートンはそう言いながら、考えこんでしまった。

「または、明日まで待ってからにしましょうか、それとも終わりまで讃美歌を歌わせたら、出てくるかしら？」

「人生にはいろいろな事情があって」とミセス・ピンカートン。「そういうのに直面すると人は無力です」彼女が言いたかったのは、人生の戦いにおいて唯一障害となるのは、高貴であらんとする義務感なのだということだった。テッサとシドニーは、ミセス・ピンカートンは困り果てたのだと思った。少し間を置いて流れた短い静寂は、言葉にならないことを表わす意図があり、彼女たちは互いに「おやすみなさい」と囁きかわし、ドアの中に消えた。

ジェイムズ・ミルトンは、出てくる彼女たちに会った。入浴後十分で彼が引き出されたのは、生涯消えることのない苦行の場であった。彼は立ち上がり、暖かい空気に包まれて湯気を立て、それからその体をこすって乾かし、思った以上の素早さでガウンをまとった。あふれた湯は黒い立派なタブのふちからその側面を流れていき、引いていった。彼は頭脳明晰にして元気な自分にまた戻れたと感じた。ベッドに入って、手足を思い切り伸ばしてストレッチするのが楽しみだった——昨夜列車で縮こまっていたから——荷をほどいて、あとは理不尽な部屋に馴染むまでだ。そして熟睡したら、窓の外の棕櫚の木が青い空気と白い日光に包まれているのを見るのだ。そして目を開けて最初に飛び込んでくるのは生きいきとした明るい理想郷。彼は夜遅く訪問地に到着することに子供じみた喜びをいまだに感じていて、目隠しをしたままその場に連れてこられたように感じていた。グレゴリオ聖歌[*3]をハミングしながら、音を立ててドアのボルトを開いたら、目の前に二人の女性の顔があった。一人はガウンをまとい、向かい側のドアから出てきたところだった。

テッサは仰天し、廊下を逃げた。彼女の部屋のドアがばたんと閉じるのが聞こえた。シドニーは目を丸くした。彼女はどうして自分が引き下がらなかったのか理解できず、瞬時、ミルトンのほうがそうすると思い、彼の修羅場を見る楽しみを捨てられなかった。ミルトンは茹でタコのようになり、顔と首と耳が真っ赤になった。立派な髪の毛が逆立ち、湿った口髭は垂れ下がってアザラシの髭みたいだった。そして衣類とタオルを無様な包みにして胸に抱きしめた。

ミルトンも目を丸くしていた。引き下がることに思い及ばず、行くべき場所もなかった。そして彼はシドニーにはどこかで会ったことがあると思った。彼女の黒い眉、四角い額、傲慢な顎に見覚えがあった。この夕べの不可解さと新たな印象の元では、彼女が場違いに見え、彼自身の回想の中から一歩踏み出したようだった。彼はわれ知らず深く一礼し、彼女の背後のドア口には、恐れおののいた顔が一瞬現われ、またさっと消えた。

＊1　イングランド南部のイギリス海峡をのぞむ観光地で、海水浴場、ロイヤル・パビリオンなどのある英国有数の行楽地。
＊2　"he"を"e"と言うのは、労働者階級またはロンドンっ子のなまり。
＊3　教皇グレゴリウス一世（Gregory I, 540-604）にちなむローマカトリック教会の伝統的な単声礼典聖歌。

5　ピクニック

ミスタ・リー＝ミティソンの遠足の一行は、指示のとおりラウンジに集合、階段の下に集まっていた。グループ一つにまとまって、手持ち無沙汰な感じで目を見交わしている。ヴェロニカ・ロレンスが階段を降りてきて、スカーフを喉の回りにさっと巻き、フェルトの帽子を目深に引き下げた。ミスタ・リー＝ミティソンは、彼女に向けて時計の蓋をカチッといわせて開いた。

「あら、ごめんなさい」ヴェロニカが叫んだ。「みなさんをお待たせしたのかしら？」

ヴィクター・アメリングはアームチェアから身を起こし、大股で歩いてくると、背を丸めて、決めかねた様子で、若いツグミのような頭をかきむしった。彼はポケットの蓋《フラップ》を引っ張りながら立っていて、ミセス・リー＝ミティソンはうろうろ動いて、最後の調整に我を忘れ、彼の足にけつまずいた。

ミスタ・リー＝ミティソンはパナマ帽を手に持ち、頭数を数え、急いで計算して、コンシェルジュのデスクにあるランチの包みをチェックしていた。そして妻に声をかけた、妻は難所に備えて登山用の杖を持つように言っていた。「では、もう全員いますね？　まだほかに誰か？　用意したランチの包みが一つ多すぎたかしら」

「一つ少ないよりいいわ」女子の一人がそう述べて、残りが上品に笑った。

「三――五――六――八――。いいわ、もう来る人はいないわ、ホテルのほうで間違ったのね。さあ、ハーバート、女性たちはみんな揃ったようよ」

「では、出発、進行！」ミスタ・リー－ミティソンが叫ぶと、五名の女性たちはうしろにリー－ミティソン夫妻を従えて一列になってミスタ・ミルトンが押さえているスウィングドアを通過し、ミスタ・ミルトンは最後尾についた。彼がガラス越しに振り返ったら、なぜか、いましがたパーティから抜けたばかりのヴィクターが、残ったサンドイッチをポケットに入れたのが見えた。これは密かに行われたが、急に決めてしたことではない雰囲気があった。ミスタ・ミルトンは戸惑いながら、何事も経験だと気を引きしめ、ほかの人たちのあとを追った。

彼らは軽快な足取りで進み、道路の中央にほどよく広がっていた。馬車がときどき音を立て追い越していき、車も一台、これにはデュペリエ大佐夫妻とミセス・カーが乗り込んでいて、ミセス・カーは国境近くにいる友人たちを訪ねるために同乗していた。彼らは笑顔でミスタ・リー－ミティソンの一行に手を振った。これこそミセス・リー－ミティソンにとっていちばん楽しいひと時だった。彼女は空が怪しいので持ってきたマッキントッシュコートを腕にかけ、同じ場所に長居をする場合のために編み物袋を持参、美味しいものが入ったバッグにはデーツ（ナツメヤシ）とチョコレート、これらはハーバートの好きなランチの補助食品《サプリメント》だった。硬い帽子の下で、彼女はいたって幸福だった。そして、バッグをお持ちしましょうと言うミスタ・ミルトンをきっぱり断った。

「あら、まさか、どうか」彼女は懇願した。「私どものピクニックですから」そして彼は見て取った、彼女の一日は台無しになるのだ、もし彼女がイエスのそばを離れないマリアでなく、裏方を引き受けるマルタ役になれなかったら[*1]。

ミスタ・リー‐ミティソンは、あらゆる人と同じように妻が気に入っていて、ときどき彼女のマッキントッシュのひだを愛情深くポンポンと叩いた。出発はどんな組織体にとっても気がもめる一件だが、何の支障もなく、見事な滑り出しだった。そして彼は満ち足りた気持ちで五人の女性を見つめ、短いスカートと清潔なくるぶしが彼の前を歩いていた。ミスタ・リー‐ミティソンほど酒と女が好きなサテュロスと無縁の人もいなかっただろうが、彼は明るい顔にとり囲まれるのを愛し、もっとも明るい顔が若い女性の顔なのは異論のないところだった。

彼は自分が若い人とうまくやれる自信があった。作り話がいくらでもできて、何時間でも動物の真似ができた。東洋での生活を地理的に話し、写真のアルバムで状況を裏付けることができた。若者たちとの交際に不自由することのない自分がわかっていた。女性たちも彼を自然に受け入れているように見えた。彼は若い人妻はどうでもよくて、他方、未亡人にはうんざりしていた――哀れな魂よ。今回の場合、シドニー・ウォレンを確保したのが、特別な勝利だった。彼女は独特の早足で彼の前を歩いていて、ほかの者とはテンポが合わず――セーターのポケットに両手を押し込んでいる。彼がさっと見た限り、彼女は楽しそうに見えず、彼女の背中もその印象を訂正する様子はまずなかった。もしそうだとしても、と、ミスタ・リー‐レミティソンは考えた、丘で過ごす一日は彼女にとっていい効果があるに違いないと。

五名の女性たちはみな沈黙がちだったが、突然、アイリーン・ロレンスが歌い出した。彼女らの行進にテンポが合った歌声だった。

懐かしき我が家を出て――遠く――遠く。
　お前は思わないか、よくやった――よかった――よかったと？
おやじは飲んだくれ《ドランク》、おいらはトランク持って、
　家を出てきた――遠く――遠く――

「さあ、歩調を合わせよう、シドニー！」

「そうよ、アイリーン！」ミセス・リー＝ミティソンはこれで気分が一気に高まったことに感謝して、笑顔を浮かべたが、通過する通りにある別荘の窓をちらりと見上げた。ロレンス家の姉妹の愛らしいこと、夫のハーバートが愛してやまない彼女たちだが、あまり騒々しいのはごめんだわ。

「また学校みたいな感じがする」アイリーンが言った。「左――左――左」

「みんなどうするのかしら」ヴェロニカが意見を言った。「もし父親が飲んだくれだったら」

「お医者さまは、そうね――」

ほかの二人、青白いミス・ブランサムの二人組は、興奮してくすくす笑っている。

「とくにお父さまは」アイリーンが続けた。「私が知る限り、誰も殺していないわ」

「まあ、アイ、アイ、アイリーンたら！」とミセス・リー＝ミティソン。

「はっきり言って」とヴェロニカ。「もし私たちがここで、父が飲んだくれだというふりをしたら、ここにいる人たちは私たちを信じるでしょうね。陽気な人たちだから」

「上等なジョークじゃないわ、残念だけど」ミセス・リーミティソンがピンクの顔で遠慮がちに言った。

ジェイムズ・ミルトンは、最近の教区では信者の多くが高齢者とあって、目の前にいるこれらの現代娘を興味深く見つめていた。シドニーがふいに振り向き、彼が好奇心から楽しげに彼女らを見ているのを目撃し、彼の視線が希望をこめて自分を見ているように感じたので、さらなる献金を、もう少しピクチャレスクな貢献を、と期待しているのかと思った。彼女はわざと口をつぐみ、それは彼を失望させたいからであり、自分がロレンス家とは調和していないと感じたからでもあった。そしてもう一つ、彼女は自意識があり、悪ふざけのようなものは不慣れで苦手だった。

ミスタ・ミルトンは、すでにラウンジでミスタ・リーミティソンから全員に紹介され、ミスタ・ミルトンをどうぞよろしくと推奨してもらい、みんなに拍手してもらった。リーミティソン家の人たちは格別に努力して他人に快活に接し、ミスタ・リーミティソンを中心とするホテルの社交生活に彼らをできるだけ早く引っ張りこむよう努めていた。彼らは前もってミスタ・ミルトンに有利になるよう配慮していた、というのも彼が朝食に降りてきて卵を一個オーダーした事実があったからだ。これは彼らには勇気があると思われた。失望させられるだけの朝食に降りてくる人はほとんどいないのに、リーミティソン家の人たちは定刻どおりに姿を見せ、周囲に明るくうなずいて、雰囲気を醸し出さんとしたが無駄だった。したがって彼らはミスタ・ミルトンを引き留めて長話をし、今朝の遠足に是が非でも参加してほしいと言った。ノーという返事は受けつけませんよ。ミルトンはそう言われて嬉しいが、面倒だなという風でもあった。「滅多に会えない楽しい女性が集まっていますよ」ミスタ・リーミティソンはそう言って、上品にウィンクした。

ミルトンは大柄な男で、四十三歳くらい、蠟人形のような清潔な肌の赤ら顔で、そこから口髭と表情豊かな鼠色の眉毛が不安そうにとび出していて、その色が実際以上に濃く見えた。手足は長くがっちりしていたが、明らかに運動不足、丘に沿った急な上り坂に来ると、誰よりも早く息切れがして、ものも言わなくなった。知的な明るい瞳は、目じりのしわにユーモアがあり、生まれつき内気で自信のない男の物柔らかな、ときに無意味なマナーを見せ、自分にとって安全で称賛される社会の外に敢えて出てみる冒険心はなく、内心深く反抗しながらも、そういう社会が世界だと信じるようにしていた。ミスタ・ミルトンに印象を与え、影響し、あるいは混乱させるのはきっとたやすいだろうという感じがしたが、彼は印象を与えられたり、影響されたり、混乱させられることは滅多になかった。

小路は砂利道だった。まばゆい白色に向かって登り、視界のはじにオリーブの木が作る日陰が見えて、ホッとするものがあった。しばらく行くと、丘に沿って高いところを走る道路と交差していて、一行は喘《あえ》ぎながらしばし登ったあと、息切れがして手すり壁に座り込んだ。ジェイムズ・ミルトンとロレンス姉妹は煙草入れを取り出し、ミルトンが自分のをどうぞとすすめている。

「ああ、君たち、お嬢さん方！」ミスタ・リー＝ミティソンが叫んだ。「お気持ちはわかりますが、煙草はやめていただきたい！」

シドニーは、ミルトンが手で覆ってくれているマッチの火にかがみこんだところだったが、ブランサム家の青白い従姉妹二人はいっそう青白くなって困っていた。彼女らは最近到着したばかりで、ピクニックに招かれて感謝していた。煙草は吸っても吸わなくてもどっちでもよかったが、できる限りロレンス姉妹と驚くべきミス・ウォレンに見習いたいと思っていた。彼女らは手で煙草を振り払い、きっぱりと首を振った。

ミスタ・リー＝ミティソンは彼女らの犠牲を無視した。彼は手すり壁にまたがって座り、彼の庇護者たちを目の前に見ていた。そして身を乗り出し、胸を広げてぽんぽんと叩いた。「見てください！」彼は大声で言った。「僕は六十四歳、煙草も吸わず、一滴の酒も飲まずに生きてきました。六十四歳ですよ、どうですか！」そしてさらに胸を突き出し、ブランサム家の一人に胸を叩くよう誘ったが、彼女はそれを断った。「規則正しい習慣、神を畏れ、そして主の泉から水を飲むべし！」

「――ペリエを飲むのよ、海外に出た時は」ミセス・リー＝ミティソンが言った。

手すり壁の下でオリーブの木々が溜息をつき、かさかさと鳴った。枝の間から一行が下を見ると、町の屋根がミニチュアになっていて、いかに遠くまで来たかがわかった。頭上の枝が彼らの体と顔に柔らかな影を投げている。ヴェロニカはシドニーに内緒話でもするように近づいた。彼女はシドニーがおかしい《クィア》と思っていて、興味がわき、この間ずっと彼女が何をそんなに真剣に考えているのかと思っていた。人を寄せつけないシドニーは、尊敬しているヴェロニカには謎だった。彼女は裏表のない寛容さで考えていた、自分を称賛しない男性にとって、シドニーがとても魅力的に映るのかもしれないと。ここにそんな男性がいないのは、シドニーには運の悪いことだ。だがしかし、その一方で、シドニーには奇妙な絆がいくつもあった。

「彼があなたをゲットするなど、思ったこともなかった」ヴェロニカが言った。「あなたはいつも何か別のことをしているみたいね」彼女は片方の足をシドニーの足の横に置き、シドニーの足のほうが自分のよりも格好がいいと思い、同時に半サイズ小さいに違いないと思った。「あなたって、羨ましいくらいお忙しいのね」彼女はそう言って、溜息をついた。

シドニーは、ヴェロニカの見当はずれで感傷的な少年のまなざしを覗いてみた。彼女には何か楽しい固いものがあった。目が合うたびに、瞳の奥底に刀身があるのがわかり、鋭い刃がついていた。「水滴石を穿《うが》つ」シドニーが言った。「私は二十四時間ずっとミスタ・リーーミティソン以外の誰とも会っていないみたい。それに彼に会うたびに、彼は自信たっぷりに――私はつい考えてしまうの、彼女は、いえ、彼の最初の妻は、仮にも彼と結婚したかったのかって、あるいは、結婚しなくてはならなかったのかしら」

「何を言ってるの?」ヴェロニカは噴き出すのをこらえて言った。彼女は人が意味することを探るのに時間を取ったことなど一切なく、通常、本能的に答えが思い浮かび、手のひらに乗せた角砂糖を仔馬にやるようなものだった。「考えられないのよ」彼女は続けた。「どうして彼があなたを手に入れると決めたのか。あなたには湧き出すものがないわ。息を呑むほどモダンじゃないし(彼のレベルでよ!)、私たちはいつも同じ。私たちがどんなに退屈になるか、あなたは考えられないのよ。だからジョーンは今朝、来ると決めたのよ。自分は年を感じるとか言ってたけど……」

シドニーはミスタ・リーーミティソンのほうを見やった。「最高だわ!」彼女が言った。ミスタ・リーーミティソンは象になって想像上の長い鼻で、喜んでいるブランサム嬢たちに向けてトランペットを吹いた。

「あら、どうかしら。年を取って明るくなる人って、私は楽しいわ」ヴェロニカが辛抱強く言い、顔をしかめて煙草の火を見た。「ジョーンは色がないから、実際のところ」彼女が急に打ち明けてきた。「ジョーンはヴィクター・アメリングにご執心なんじゃないかしら」

「でもどうなの、彼は――」

「ええ、彼は私にご執心よ」ヴェロニカは涼しい顔で言った。「でもそれに慣れてしまうのね、も

し年の近い三人姉妹だったら。私たちの間だけのことだけど、私たちはなるべく人々を家族として

扱うようにしているの」

シドニーは戸惑いながら考えてみた。自分は姉妹がいない。そしてその間の倫理のほどは知るこ

とができない。「あなたはつまり」彼女は言った。「私がヴィクター・アメリングを望んだら、ジョ

ーンにはもっと辛《つら》いと言いたいわけ？」

「あら、私は彼など望んでないわ、もしそれがあなたの言いたい事なら」ヴェロニカが歯に衣着せ

ずに言った。「誰が彼を得てもいいの、私に関する限り」彼女は想像上のヴィクターを、まるで操

り人形のように、空中に吊り上げた。「でも想像できないわ、あなたと哀れな老いたヴィクターが、

互いに相手に何か言う事があるなんて」彼女が言い足した。

「彼は一度、私にキスしようとしたのよ、何年も前のダンスパーティで」シドニーは思い出し笑い

をしながら言った。

「知ってる。彼から聞いたわ。あなたはちょっと困っていたと彼が言ってたわ」

「ええ、そうだった――いちゃつくのは嫌いなの」

「そのとき私はヴィクターに言ったのよ、『ヴィクター、あなたは最低よ、本能がないのね』って」

「彼はすることがたくさんあると思うべきだったわね」

ヴェロニカが横目で彼女を見た。「ところで」とヴェロニカ。「ミセス・カーとのドライブにどう

して行かなかったの？　車の中ならとても広いし、私はてっきり――」

「ああ、私は車に酔うのよ」シドニーは言って、煙草の吸殻をオリーブの木の中に投げた。「それ

に」彼女は真面目に付け加えた。「あの人たちの友達を知らないから」

「彼女は誘わなかったの？」

「あまりはっきりとは――誘わなかったわ。彼女が誘う必要がある？」

「ああ、マイ・ディア・ガール、そんなこと、私が知るはずないでしょ！」ヴェロニカが肩をすくめた。ヴェロニカは思った、おかしな《クィア》娘は、身なりがよく、たぶん、より入念に仕上げた肌色とこの脚線美で手すり壁にもの思わしげに憂鬱そうに座っているのは、中年女性がドライブに誘わなかったからだ。

「さあ、立って」彼女は言った。「モーセは部族をまとめるのよ」

シドニーはこれは驚くほど機智に富んだ言葉だと思った。そしてふふふと笑った。「ロべたなモーセには弁の立つ兄のアロンがついていたけど、*2 私たちのアロンのことは、どう思う？」彼女は質問したが、ヴェロニカは聞いていなかった。ミスタ・リー＝ミティソンはまたいでいた足を手すり壁から降ろした。彼の妻は編み物をわきへどけた。しぶしぶみな立ち上がり、次の小路を登り始めた。小路はすぐ道路からそれて、いままでにないほど険しい坂道になっていた。

一行はやっと丘の突端に到着、前方に長く伸びる尾根まで来たことがわかり、尾根の切り立った両側は渓谷に下っていた。彼らが立っている所から、地面は少し沈下してから波打つように隆起して岩に達し、そこに危ういバランスを保って青白い村があった。ラバの通り道が、丘を徐々に登ってゆく上り坂になっていて、一行の少し前方にある尾根を迂回して、その先は見えなかった。村の向こうにはさらに丘陵が続き、絶望的に果てしなく、影一つ落とさずに刃のように屹立して、水蒸気もない金属のようなまぶしい大空を背景にしていた。曲がりくねったオリーブの木々の木陰の草地から、炎のように鮮やかなアネモネが突き出すように咲いていた。ミスタ・リー＝ミティソンはそこに襲い掛かるように身を投げて、勝利の雄叫びを上げた。タイムの香りが鼻を刺し、その刺激がまぶしさと相まって、視覚と嗅覚の二つが混然となった。

ピクニックの一行は立ち止まることなく、粘り強さが休息を許さず、彼らがあとにしたあの手すり壁は距離もわからないくらい下方にあった。ヴェロニカ・ロレンスは「約束の地なり！」と野放図に叫びながらタイムの茂みに身を投げ、十字架の形になって横たわった。アイリーンは、仕草をあれこれ見せられず、膝をついて丘のほうを困ったように見つめ、というのもミスタ・リー＝ミティソンの元気ぶりに歯止めが掛からなくなったからだ。ブランサムの従姉妹二人は、登りのきつさで消耗してしまい、脇によけて、もうおしまいと自ら認め、オリーブの木にぐったりと抱きついていた。

シドニーのすぐそばにミスタ・ミルトンがいた。彼の顔はどす黒くてかてかして、絶え間なしに拭っているにもかかわらず、汗がしたたり落ちて、目がほとんど開けていられなかった。

「君は全然暑そうに見えませんね」彼は咎めるように言った。するとシドニーは、発汗できない人間の燃えるような不快感に耐えていたので、ぴしゃりと言った。

「ええ、私たちには表現方法がないんです」

「できることなら」彼は襟の回りにハンカチを押し込みながら、嘆いた。「僕の自己表現はこれほど流れるようでなくてもいいのに」

シドニーは帽子を後ろに押しやって、額に手を当てた。八月の浜辺の小石のように熱している。彼らは苦闘の末に村にようやく近づいてきた。丘の先端が背後にそびえて地平線を区切り、視線を転じたら、下の渓谷の三角形の入口のところに捜していた海が見えた。彼女は自分が口を開くのを彼が待っているなと感じて、しぶしぶ訊いてみた。「この村が気に入りまして?」そして村のほうにうなずいて見せた。

「ええ」彼がちょっと間を置いて言った。その間合いが、村を認めていないという彼の印象を匂わせていた。「楽しげな村ですね。アーチから見るとか、窓の隙間から見ると、背景がずれるけど。あそこを登っている道路を見てごらんなさい——ロバもいる」

「ええ、モーセとイスラエル民族のエジプトへの逃避行でしょ!」シドニーが言った。彼女は彼のマナーの明るさから判断し、彼がロンドンのナショナル・ギャラリーやフィレンツェのウフィッィ美術館を知り尽くしている愚を見せまいと苦心していると見て、彼に質問したかった。「あなたは、ルネサンスについて講義してないの?」と。しかし彼女はよくわかっていた、本来の自分から彼が逸脱するのを〝ホテル〟という場所がいかに冷酷に拒否しているか、そして、匿名で無邪気なホリデーを楽しみたい彼の趣味を憐れと思った。その趣味はホテルの入口で生まれたときから運に見放されていた。が、みんなほとんど即座に見抜いていた、彼がナショナル・ギャラリーで講義して、人々の案内までしていることを。彼女は諦めたような目で、鐘塔がかたむいている村を見た。

「そうね」彼女が言った。「なんだか教会の聖餐式の葡萄酒の容器みたいね」

「葡萄酒の容器に影響したかもしれませんね」彼は真面目に訂正した。「なぜ壁に取り巻かれているのか、教えてくれますか?」

彼女は疑いの目で彼を見たが、彼の澄んだ眼差しは好奇心に満ちていた。

「十字軍時代のサラセン人の侵入を防ぐためだったの。彼らはこの海岸線に沿って上陸し、渓谷一帯を略奪したので、村々をできる限り高く建てて、防備を固めたのね。村に入って捕まったサラセン人は気の毒だわ、だって村は完全な蜂の巣だったたし、そのころ人々は残酷だったから――楽しみながらやったのよ」

「ああ!」彼はわかって嬉しいとばかりに言った。「地元の記録を調べてみたら、面白いだろうな」

「そんなものがあるかしら。『デカメロン』[*3]のレディがこの近くの海で釣りをしていたら、海賊にさらわれたんだけど、彼女はその海賊が一目で気に入り、夫より好きなったのよ、覚えています?」

「夫たちの役割は、当時よくなかったから」彼はやっとの思いで言った。「ついでに、私が持っている『デカメロン』をもう一度読むとしましょう」

彼女は彼に訊きたかった、その『デカメロン』は彼の友人が彼に捧げたものなのかどうかを。

「さぞ素敵でしょうね」急に微笑んで、彼女が言った。「サラセン人たちがスカイラインに現われて、上陸してホテルを略奪したら? みんな勝手に決めているのよ――下の人たちは――もうサラセン人などいないって。でも、私たち、ろくにわかっていないのでは、彼らはただ一時的にいないだけかもしれない。〈過去〉の総体とは、実際の話、巨大な一個の一時停止にすぎないのかもしれない。でも、不思議ね」彼女は補足したが、失意の雲が覆いかぶさったようだった。「サラセン人は私たちを何人くらい捕えて、連れ去りたかったのかな?」

彼女がどう返事してほしいのか彼には不明だったが、あえて言ってみた。「選ぶのがなかなか難しいでしょうね」

彼女はフッと溜息をついた。埃とパニックと恍惚感で彼女はホテルの廊下を一瞬埋め尽くしたが、それはすぐ沈静した。彼女はもう一度、居残ろうとしている仲間の旅行客を見た――欲望もなく、安全に押し黙っている。「それほど多くは捕まらなかったでしょう」彼女は言って、ミルトンから目をそらし、遥か遠くで格子の向こうに閉じ込められた愛らしい女たちを見つめているようだった。

「女たちはきっと凌辱されたわね」

彼女はミルトンから反論の一言を半ば期待したが、彼の関心を失ったことに気づいた、彼は何か別のことを考えている。彼は紅潮して突然彼女をじっと見た。

「失礼だが」彼は言った。「君には以前、会っていませんか?」

「昨日の晩に会ったわ」彼女は言って、やや見えすいた思い出に苦笑いをした。そして考えてみた、そんな質問で——ダンスパーティであれほかの場所であれ——若い男は初めて個人的な意志表示をするものだということを彼は知っているのだろうか。身を一心に傾けて、「忘れられない君の顔!」という意味合いになることを。彼はこんなことを多くの女性に言うはずがなかった。彼はいま、非常におずおずとそう言った。

「ああ、なるほど、昨晩だった」彼は言った。「だが絶対にその前に?……僕にはそんな気がしたんです」

「私は違うと思う。あなたがバスの中で向かい側に座った人の顔を覚える人でないならば」

「ああ、そうか」ミルトンが言った。「そういうことだったかもしれません!」

＊1　イエスの足もとに座ってみ言葉に聴き入るマリアを見て、イエスをもてなそうと忙しくする姉のマルタはマリアにも手伝うよう主に訴えるが、「なくてはならぬものは一つである、マリアがいましている

ことである」と主イエスがのべる場面（ルカによる福音書十章三八－四二節参照）。

＊2　モーセの兄で、雄弁で知られ、モーセを助ける（『出エジプト記』四章、五章参照）。

＊3　一三五三年にイタリアの作家ボッカチオ（Giovanni Boccaccio, 1313-75）が書いた『十日物語』のこと。

6　キス

ミセス・リーミティソンは山積みになったランチ・パックに囲まれて座り、家庭を守る女神みたいだった。マッキントッシュコートを広げていて、そこにハーバートが後ほど説得されて出てくるはずだった——それも大人しく、というのも、彼女はこういう愛しい女性たちの前で彼を侮辱したくなったからだ、彼女らは、いまの自分だけの世代の女性と違い、乾いていないかもしれない芝生の上に座り込んで、その後がどうなるか気にしないでいられたからだ。彼女は帽子を前に傾けて目に入る陽射しを避け、手元の仕事箱を見下ろしたが、編み物はせず、幸せな宙づり状態に自分を置き、人生から遠く離れた陶酔感に安らいでいた。太陽が熱心に求愛し、ついに彼女は、ディオニュソス崇拝者のごとき仕草を見せて、ウールの上着の胸のボタンをはずし、上着をパッと脱いだ。

ハーバートは女性たちに先を行かせ、村に向かって進んでいた。彼の声が一段と高くなり、張り切った幸福な独白になって聞こえ、ブランサムの二人組の一人がかすかに感嘆の声を上げていた。アネモネを摘《つ》んでいるに違いない。自分にひとり驚きつつ、夫人はこの小さな孤独のオアシスで至福に包まれて座っていた。かたわらの渓谷に下る斜面を見下ろすと、川床近くに小さな家があり、そのドアの青い色に嬉しくなった。そばにレモンの木が二本あり、たちまちそこに住んでいるような気持ちになったその小さな家は、威厳と平安というもっとも未知の感動を彼女に与えた。庭園に登り、テラスからテラスへ渡り歩き、ヤギを呼び集めている自分が見え、ヤギは泰然自若として美しく、彼女に会おうと走り寄り、乳を搾ってほしいのだった。これを見て彼女は呆然として一呼吸した、なぜなら何かの乳を絞ったことがなく、動物の乳房にさわると思っただけで、寒気がした。だがやがてこれも去り、陶器の壺の中で泡立っている温かいミルクを持って、その家の薄暗い内部に入った。入ってみれば、内部は暗くなかった。ここで彼女は何かに押し戻され、途方に暮れた。悲しくなり、非常に親密な経験から排除されたと感じた。家はもの淋しく、秋になると、川があふれたりして、激流になった水流は恐ろしいに違いない。そのこだまは渓谷の切り立った両壁に響き渡るのだろう。静かな春の夜は、レモンの落ちる音が、恐怖に目覚める音になるのだろう。

村の小別荘群が突然視界から消え、望遠鏡を降ろしたみたいだった。彼女の人生に焦点が合うにつれて、めまいがしていたに違いなく、彼らのホテルのベッドルームを思うと吐き気がした、それらの部屋は友人のための予備の部屋がいくつか間に挟まれていて、彼女の前と後ろに切れ目なく連なっていた。このあと、あと何日、朝が来るごとに、たらいと水差しを戸棚にしまい、ブーツを隠したトランクにインド刺繡をかぶせて、洗面台を臨時のテーブルにするのだ、と思ったら吐き気がした。

ミセス・リー＝ミティソンは、シドニー・ウォレンとミスタ・ミルトンが二人だけで出ていくのを目にしたし、ヴェロニカ・ロレンスが明らかに一人で、オリーブの木々の間をぶらぶら歩いて、スロープを抜けていくのを見た。これはヴェロニカらしくないし、グレーのフランネルコートを着たイギリス男が彼女に向かってかくも早々と登ってくるのに一貫して気づかないのも、ヴェロニカらしくなかった。ミセス・リー＝ミティソンは、かすかな懸念を抱いて思ったのだ、あの両方の肩の具合もあるし、少し前のめりになったその頭の恰好から、これはヴィクター・アメリングであろうと。彼女は身震いした。丘はとても小さくて、そのほかにも丘はたくさんあることから見ると、これは慎重に計画された侵入だと信じるに十分だった。ハーバートはとくにミスタ・アメリングに来てほしくなかった。若い男はまったく好まなかったのだ。インテリでもなく、しゃべり過ぎで、パーティに素敵な雰囲気をもたらすことなどあり得ない。ハーバートは確信していた、女性たちもミスタ・アメリングは好きではなく、彼が招かれなければいいと思っていると。それがモダン・ガールのもっとも喜ばしい位相なのだ。彼女らは一緒に明るくやるのが好きなのだ。

「ヴェロニカ」彼女は鋭く呼んだ。「ねえ、ちょっと、一分だけ、マイ・ディア！」その声は、水遊びをしている子供を危ない白波から呼び戻すようなものがあった。

「どうしたの？」ヴェロニカはびっくりして目を上げた。

「ミスタ・アメリングが丘を上がってくるみたい。何か勘違いしてるんじゃないかしら」

「あら、でも丘は私用の場所じゃないわ」ヴェロニカが言った。「ただ散歩しているんだと思うけど」

「彼に言ったほうがいいと思わない？」ミセス・リー＝ミティソンが言った。「あなたのお友達は上にはいませんよって。彼は登らないですむのよ」夫人はちょっともじもじして、軽く横を向いた。彼女はハーバートの幸福を、この日のための彼のささやかなプランをすべて集めて、羽根の下に守ろうと努め、そわそわして、気遣いながらも怒っているみたいだったので、ヴェロニカはめんどり母さんを見ているように思った、一方に首をかしげ、光る目玉をきょろきょろさせていたから。

「ヘンだわ」ヴェロニカは、下方の芝生に座って言った。「ヴィクターにこの丘がわかったなんて。彼はテニスをしていると思ってた。だけど、これは彼の散歩よ、それにこの丘は彼の丘で、同様に私たちの丘よ。私たちにできることなど、ないわ、ミセス・リー＝ミティソン、無礼を働くなら別ですけど」彼女は帽子を脱いで、短くした髪を後ろに払った。

「無礼は働かないようにするわ」ミセス・リー＝ミティソンは震える声で言った。

「ハロー、ヴィクター、あなたはテニスをしているものとばかり！」

「僕がテニスをしていたように見えますか？」

「バカね！　ここに来てはいけないのよ、ほかの人たちのピクニックなんだから」

「ほほう、丘の辺りを歩くならいいでしょうけど！」

「バカみたい――ずいぶん暑そうに見えるわ！　ここじゃなくて、ほかの丘を歩きなさいよ」

「私たちは、かまわないのよ、ヴェロニカ」ミセス・リー＝ミティソンが上から声をかけた。「ミスタ・アメリングの一日は彼が計画するのよ、当たり前だわ。ここまで登っていらしたらいかが、よろしければ。そしてランチを出すのを手伝ってくださいな。そうしたらみんなを呼び戻しますから」

　ヴェロニカはオリーブの木から木の幹の皮を三枚はいで、ヴィクターの顔に投げつけてから彼に背を向けて、丘をよじ登った。ミセス・リー＝ミティソンはバッグからプリント柄の紙のテーブルクロスを取り出して広げた。こういう場合に浮かべる私に任せてという微笑は、まだ下にいるヴィクターの存在を懸念する意識でやや曇った。ヴェロニカに手伝ってもらい、食べ物の段取りをつけた。ヴェロニカはクロスの中央にオレンジを山積みにして、その周りにミセス・リー－ミティソンの小さなビスケットと真紅と金色の紙に包んだチョコレートをぐるりと並べた。「さあ、『若きハウスワイフのお出ましよ！』」と叫び、満ち足りたようにしゃがみこんだ。ミセス・リー－ミティソンは下のコテジのことを思い、奇妙な喘《あえ》ぎをそっと漏らした。

シドニーとミスタ・ミルトンは環状の道路を通って戻ってきた。彼らが言うには、その道を少し行くと、さらに渓谷を覗けたからとのことだった。彼女の歩き方と穏やかな無関心な風情に見えるマナーは、彼とわざわざ同行しても、彼女には何一つ意味しないことを示していた。彼が勘違いしてるだけ。彼女には提供するものは何もない。友達のミセス・カーと同じような様子をして同じように感じながら、彼女は座り、景色のほうを向いた。ミスタ・ミルトンはもう暑くはなかったが、数回投げられた会話に必死で球を返したあげく、犬みたいに芝生に寝転がり、空を見て微笑んでいるのは、明らかにリラックスできた証拠だった。

「ここは、寝っ転がったりできないのよ、おわかりでしょ。お食事です！」ヴェロニカが金切り声を上げた。「誰かが口に固茹で卵を放り込んでくれると思ってるの？　ゲラップ！」この名状しがたい音を聞いて、ミスタ・ミルトンはびっくりして起き上がった。このような声をかけられたことは一度もなく、彼をいたく喜ばせた。ほかの人たちが集まってくる頃には、彼は笑顔になって料理を回しており、ヴェロニカをからかい、きもち度を越していた。

「ところで、あなたが教区牧師《パーソン》*1さんだとは、全然思いつきもしませんでした」

「牧師に見えませんか？」

「ええ、見えないわ。びっくりしています。主教《ヴィカー》さまか何かでいらっしゃるのね。私はひどく無礼でしたか？　でも、フェアとは言えないわ。あの独特のカラーを着けてくださらないと」

「あの犬の首輪ですか？　いやいや、僕が宣伝しないといけないのかな？」彼は、ここまで気楽に、無防備に世俗的になった自分に気づいて、興奮していた。「あなたはおわかりでしたね、どうですか？」彼はミスタ・リー＝ミティソンのほうを向いて、いいえと言ってくれると思った。

「マイ・ディア・フェロウ、ここも向こうもありませんよ。私はいつもこう言ってます、牧師《クラージーマン》がスポーツマンであってはいけない理由はないと」

「それは父も言っていることだわ」ブランサムの従姉妹のペアの一人が味方して言った。「つまり、聖職者《プリースト》が一人の男であってはいけない理由はありません。『世慣れた男』、でいいのよ」

『世慣れた男』とは、まったくもう、どういう意味なの？」アイリーン・ロレンスが怒って訊いた。彼女は他人の使う言葉には容赦しなかった。ブランサム嬢は頬を赤らめ、会話から退却した。そして心に決めた、イギリスに帰ったら、ロレンス姉妹のようなマナーを開拓しようと。

「教会婦人として言うと――」ミセス・リー＝ミティソンがサンドイッチに忙しくしながら介入した。

「何はともあれ、実際に」シドニーが言った。「彼はまったく説教者《プリースト》らしくないのだから」

「やめなさい！」ミスタ・リー＝ミティソンは真面目に言った。彼はプロテスタントの信徒だった。

「まあまあ、それは神の領域のことだから――」

「あら、ヴィクターが来たわ！」アイリーンが金切り声で叫んだ。「ほら見て、ヴェロニカ、あそこにヴィクターが、木の間に……。ほら、オレンジを食べてる。ハーイ、ヤッホー、ヴィクター、上がっていらっしゃいよ！」

「あら、私たちとしては、ここまでヴィクターに上がって来てほしくないわ」とヴェロニカ。「退屈なんだもの。ああ、うるさいのよ、アイリーン。彼のクソ大好きなオレンジと遊ばせておきましょうよ。顔中汚しちゃって、電車の中にいる子供みたい」

「そうね、ミスタ・アメリングは明らかにアイリーンがお目当てなんだから、彼の散歩のお邪魔をしないようにしましょう」ミセス・リー＝ミティソンが権威を持ってこう言ったのに、アイリーンにはまったくの他人事、ピクニックの土台が早くも揺らいでしまった。みんな食べるのをやめ、肘をついて横座りになって下を見た。ブランサムの従姉妹二人は猛烈に興味を抱いた——哀れな人！「どうしてこっちへと彼に言わないの？」シドニーが言った。ジェイムズ・ミルトンが提案した。

「僕が降りていきましょうか？」

「ミスタ・アメリングの散歩の邪魔はしないでおきましょうよ」ミセス・リー＝ミティソンがムキになって繰り返した。みんなが指差したように、彼はすでに座り込んでいた。彼女は横目でハーバートを見たが、上顎が冷たくなった。ハーバートはすっかりはじき出されたように見えた。ハーバートは、本人が自覚する以上にたびたび傷つく人間であることを彼女は知っていた。いまや、彼が生き返らせた愛しいサークルが揺らぎ、膨らんできて、壊れてしまった。彼女はやや乱暴に注意を喚起しようとした。ヴァイオレット・ブランサムの袖をちょっと引っ張ると、彼女は横向きになって従姉妹の袖を引っ張った。そしてヴェロニカに盛大に合図し、シドニーにも合図した。「ミスタ・リー＝ミティソンがなさりたいお話があると思うの。いまから話してくださると思います……ミスタ・ミルトン」彼女は隣人にささやいた。「アイリーン・ロレンスに静かにするよう、お願いして。そしてハーバート（彼は私のそばにいないので）に始めるように言ってくださらない……」

ミスタ・リー＝ミティソンは話を始めた、それはマレーのことだった。彼は声を上げて、言葉を引き出し、力を込めた。女性たちは一人また一人と、いやいやながら彼に注目した。中でも示唆を受けやすい者がミセス・リー＝ミティソンから合図を受け取り、夫人が発する感嘆符のこだまを小声で返した。ハーバートの妻は、両手をしっかり組んで、熱心に身を乗り出していた。彼女がこの話を以前に聴いたことがあるとは誰も考えなかっただろう、もし彼女が話のピークが近づくと周囲をチラッと見てみんなの注意をかき集めて、二音節のつぶやきでユーモラスな一節の予告をしなかったら。彼女は一度、ミス・ブランサムの手をいきなりつかんだ――「ドキドキしない？」このお話し会が始まって十分ほどたったとき、ヴィクター・アメリングが一行の円陣の外に現われ、植物箱をまたいでから、座った。「あのですね」彼が言った――（すみません、サー！）――「どなたかマッチを持っていませんか？」

「そこで我々が見たのは、真っ暗な茂みから這い出てきた原住民でした、見通せない暗闇で、月光が束の間漏れて。彼は口にナイフをくわえていました。危ない瞬間だった。わが友マーフィーが囁きました。『撃つな！』と。我々は準備して――」自分の言葉に息を詰まらせ、ミスタ・リー＝ミティソンは一行を鋭く見まわした。彼らの注意はまたそれていた。ヴァイオレット・ブランサムだけは、いまやただ一人、忠実にこだまを返した。「あなたは準備して――そして、それから――？」と。

「少し待って」ミスタ・リー＝ミティソンは目の前をじっと見て言った。「向こうの若いご婦人たちのおしゃべりが終わるまで」

「ああ、それは大いにありがたいです」そう言ったヴィクターの声は、あたりに降りていた静寂を乱した。シドニーは、「無作法者！」と息を殺してそっと言いながら、彼にマッチを渡した。「ああ、ありましたか」ヴィクターが言い足した。「どうぞ、しっかり続けてください。スリリングなお話ですね。中断させるなど、思ってもいませんでした」

「途中まで来て中断された物語への関心を持続させるのは、ほとんど不可能です。あなたの散歩の邪魔をするのはよしましょう」ミスタ・リー＝ミティソンは睨みつけた。一行はみな居心地が悪くなった。

ヴィクターは、実際はそれほど悪質な青年ではなかったし、もっとも活発な本能に従っただけで、地面から身を起こすと、これでまたお別れすると宣言した。「じつを言うと」彼が言った。「僕がここに来たのは、みなさんの中にも、オレンジを食べたあとで顔と手を洗いたい人がいたら、下の庭園に水槽があって、水は澄んでいて、どろどろしてなくて、カエルもいないと言いに来ただけですから」

「私どもはハンカチを持っているのよ、ミスタ・アメリング」ミセス・リー＝ミティソンが言った。

「私の顔にオレンジか何かついてる？」ヴェロニカが訊き、離れた所にいるヴィクターのほうに顔を向けたので、彼が何を見たか、彼らはその表情から推測しただけだった。

「ついてますよ」彼が言った。「耳の回りにオレンジが。それから口元に卵と何かがちょっと」

「ハンカチを持ってますから」ミセス・リー＝ミティソンが繰り返した。

「洗いたいわ」ヴェロニカが宣言、そしていきなり、信じられないことに、大胆になって、ヴィクターの手を握り、その手につかまって立ち上がると、ヴィクターと一緒に歩いて丘を下って行った。

彼女が去って空間が残り、皆は互いに目配せしたが、空間はそのまま埋まらなかった。ミセス・リー＝ミティソンは、その瞬間、みんないなくなったらいいのにと思った。少し移動してハーバートの隣に座りたかった。不安な静寂があった。そのとき、ジェイムズ・ミルトンが、生まれてこの方、神経症という一種の愚挙に甘んじてきたのだが、大声で笑い出した。抑えきれなかったこの恐ろしい音に彼自身が真っ蒼になり、それを隠すために焦った彼は、ミセス・リー＝ミティソンに言った。「若さは若さを呼ぶんですよね？」彼女は答えた。「何をおっしゃってるのか、わからないわ」みなは目を見張った。シドニーには軽蔑がありありとして、その顔は焼き印となって彼の記憶に残った。やがて、悪気はなかったが、話が続くことをさっぱり忘れてしまったシドニーは、立ち上がって丘を歩き始めた。彼女は自分の想いに浸りたかった。一日中、絶え間なく中断させられたその想いに。

ヴェロニカとヴィクターはとても仲良くいそいそと、水槽のほうへ下って行った。下り道はところどころ危なくて、彼らはしゃがんで芝生の草につかまらなくてはならなかった。一か所、開けた斜面にきたので彼らは転がって降りた。ほかの場所では座ったまま滑った。木々が途中に出てくると、若いサルみたいに枝につかまり、木から木へと渡った。ときどき彼らの姿が上にいる者たちの目に留まり、二人のことを意識しないではいられず、密かに熱い関心を持って見守っていた。二人のほうは無関心で、怖いもの知らず、観察者たちの中で何かが騒いだ、嫉妬か怒りか。ついに、二人はほぼ同時に、見学者の耳にも届く二重の掛け声を上げてジャンプ、ある農夫の庭の柔らかな耕地に着地した。小さなテラスが棚のように突き出していて、エプロン・ステージのように、深い渓谷の上に張り出していた。ここにヴィクターが見つけた水槽があり、その周りで彼らは手を洗うのも忘れて、とっておきの水かけ合戦を開始した。

「ほら」ブランサムの従姉妹の一人がこらえ切れずに叫んだ。「飛沫を飛ばして、水かけっこしてる」残りの者は開いた口が塞がらない。ミセス・リーーミティソンは編み物に忙しい。

ヴェロニカは一息ついてから、評判にたがわず、用心深い物問いたげな上目遣いでじっと睨むと、急な地面も広い芝生も一か所に群生する木々もこぞって当惑した。人がどこまで見るかは、計算不能である。それから彼女は水槽から何かをすくい上げ、それをヴィクターの首に当てた。彼は彼女の手首をつかみ、二重に折り曲げた。彼女は体をよじり、思い切った優雅な動きで彼を蹴った。ダンスする時のように彼は自分を中心にして彼女をくるりと回したと思ったら、いきなり彼女の耳と頬にキスした。彼女はためらい、体は彼に預けていたが、和解したように彼の作戦の変化に合わせた。頭をふとそらせ、彼が続けるのを許した。彼はその時彼女に初めてキスしたに違いない。二人はしばし深く静かに動かなかった。

シドニーの想像力は彼女を裏切り、彼女は自分がいまいる社交生活に自ら失望し、ゆっくり戻って彼らの社交生活に合流した。彼女は、気づかずに見下ろしていたが、その下には日光の中、音のない身振りで動いているカップルがいて、映画の中の完璧な一場面さながら、感情抜きで感情をあらわしていた。そこで彼女は不思議に思った、いまの自分が知らないどんな道を通って、ヴェロニカはここにたどり着いたのかと。ヴェロニカの肩が思い切り男の肩に埋められているのが見えた。シドニーは不思議だった、あのキスの時、ヴェロニカは自分を切り離していたのだろうか、その他の感情に切り離されて。シドニーはミニチュアのように小さくなったヴェロニカが髪の毛を後ろに払い、歩み去っていくのを見ていた。ヴィクターを見るのは忘れていた。彼のことは考えていなかった。

シドニーはほかの人たちのいる所へ降りていったが、彼らは何かに麻痺したように見えるのに、互いに探り合い、同時に互いの詮索を避けているようだった。そしておしゃべりが一気に始まり、また元気になって、ランチの後片づけに取り掛かり、散らかっていた紙ナプキンをあつめ、芝生に散らかっていたオレンジの皮や卵の殻を掃きよせた。アイリーン・ロレンスが口笛を吹き、ミスタ・リー＝ミティソンが歌った。彼は誰も知らない歌を怒ったように歌った。彼の妻はあらゆる場所に出向き、ごみをバスケットにどんどん入れてくれた女性たちに心からお礼を言った。ジェイムズ・ミルトンは発作的にみんなに煙草を薦めた。彼の頬が燃えている。ひっきりなしにマッチを擦り、マッチで指を焦がし、場違いな大声を上げてそのマッチを放り投げた。彼は男と女がキスするのをこれまで見たことがなく、彼を経験から遠ざけてきたガラスの壁を絶望にかられて乱打した。彼は、後悔がなくはなかったが、シドニーが関わっていなかったことに感謝した。そして振り向くと後ろに彼女がいて、アイリーン・ロレンスと話していた。彼女がどのくらい前からそこにいたのか、彼にはわからなかった。シドニーは、「ヴェロニカに言うつもり？」と言っていた。アイリーンは、こう言って彼を驚かせた。「彼女が言い出さない限り、言わないわ——何かになる？」

リー＝ミティソン家にとって、つまり結婚している古い世代にとって、彼らの客を一つの意見に帰することは可能だった。「ショックだ！」と彼らはみな自分にそう言い聞かせて、本能的に移動した。ジェイムズ・ミルトンは女性二人の間に自分がいることを知り、丘に沿って一緒に歩き、ほかの者たちはその先を散らばって歩いた。彼は気がついていた、一行は心ならずも、性別で縦に二つに分裂しないで世代間で横に分裂しており、自分がこのキャンプに受け入れられたのを知って嬉しくなった。彼らは一緒に移動しつつ、漠然とアネモネや村や景色の話をした。

リーミティソン夫妻だけが取り残された。妻が夫を見なかったのは、夫をバカみたいに同情の目で見つめてしまうのを恐れたから、それが彼を困らせることがわかっていたからだ。少したって、針で指が痛くなった頃に、彼女は言った。「まずまず、うまく行くと思うわ、あなたはどう？　みんな幸せそうよ」

　彼は自分が閉じ込められたと思われる小さなサークルの周囲を落ち着かなく歩いていた。親指をコートの襟の下に入れて、周囲を批判的に見回しながら、その日がたどった広い区域を丘の上から見ていた。空が左と右に一段と低い地平線に垂れている。

「幸せだって？　そうかな。君を完璧に幸せにするという保証はしたね」

「みんな愛らしい女性たちよ。もうすぐ戻ってくるわ、ええ」

「もちろんさ」ミスタ・リーミティソンはそう言ったものの、一行の姿は目に入らず、丘が彼らを食い尽くしてしまったのか。「みんなにほのめかしておいたんだ、各自自分で少し行動していいと」

「ああ、それは予期していたわ。ランチが美味しかったわね――あの小さなビスケットとか？」

「文句なしだった」

「しばらく一人になるのはいいことよ。ああ、ハーバート、マッキントッシュの上に座ったら――待って、そっちに持っていってあげるから」

「丘陵地帯はいささか寂しいね――みんながそう遠くに行かないといいが」

「あら、大丈夫よ、みんな一緒なんだから――イギリス人の女性たちだから。まったくよく晴れた長い一日だこと！　私たち、お天気にはいつも恵まれているわね」

二人は芝生の上に並んで腰を下ろし、若いカップルみたいだった。彼女はしばし、彼が自分の手を軽く叩くかなと思った。彼女は編み物をやめて、待った。そして彼の横顔をチラッと見て、待ち続けた。彼女は自分にこう言っていた、「ああ、マイ・ディア・ハーバート、私の哀れなハーバート!」と。そしてほかの者たちに対する反感から、気持ちが暗くなった。誰かが一人でも、感じたふりでもいいから、彼の腕を優しく押してくれたらいいのに。しかし彼はいつも成功するとみなされていた。彼の頭は、しばしば血みどろだったが、納得してそれを下げることはできなかった。

「非常に恵まれているわ」彼女は繰り返した。「お天気には」

「ハロー––オオ！」突然彼は叫んだ。両手が半人半魚のトリトンのように口の周りを洞窟のように囲っている。「ハロオー––––アロー––––アロー––––アロー!」彼らは聞き耳を立てたが、渓谷の突き当たりでこだまが聞こえただけだった。彼はまたひとしきり叫んだが、返事はなかった。

「ミルトンにはがっかりだな」ミスタ・リー–ミティソンが言った。「ああいう種類の男とは思わなかった。一緒に行きましょうなどと、彼には二度と言い出すまい」

「そのほうがよろしいわ」ミセス・リー–ミティソンが言った。

＊1　ボウエンは英国国教会(The Church of England)の信徒で、いわゆる"a church-goer(教会に行く人)"だった。英国国教会はプロテスタント教会の一つで、ここでは日本で使われている「牧師」にあたる英語をそれぞれ別の単語で書き分けているので、とくに原語を送り仮名で示した。「10　ミスタ・ミルトン」の章でさらに詳述される。

7　故障しています

リフトが故障していた。ミセス・ヒリアは、とても急いでおり、四階のボタンを押し続けたが通じなかった。リフトはピクリとも動かない。彼女はそれから試しに、三階を押し、五階を押してみたが、これにも反応はなかった。彼女は鉄格子の入口から外へ出て、怒り狂っていきなりラウンジに入ったので、同情しながら見ていたミス・フィッツジェラルドは怖くなった。

「リフトが故障しているの。支配人はどこなのかしら？」

「彼はいつもこの時間は外に出ているわ。町に妻がいるという噂よ」

「どういうことなの、自分の部屋がある階に行かせてもらえないのは、支配人が結婚しているからなんですか？」

「ともあれ、彼はリフトに詳しくないので。それが完全にわかる従業員を置いているはずですわ」

「彼には連絡できるんでしょうね」ミセス・ヒリアが言った、彼女はもともと陽気でユーモアのある人だった。彼女は新たな決意のもと、リフトの中に戻り、ミス・フィッツジェラルドもお相伴して乗り込むと、彼女と並んで狭い座席に腰を下ろした。ここはホテルの中でもっとも居心地がよく親密な排他的な一角で、ミス・フィッツジェラルドは夢でもいいからと切望していた場所だった。やっと話ができる場所だった。彼女らは代わるがわるボタンを全部押し、コードも二、三本引いてみた。どこか上のほうでワイヤーが唸り、鎖が音を立てたが、リフトはまるで動じない。

「ともあれ」ミス・フィッツジェラルドが言った。「途中まで連れていかれて、二つの階の間で宙ぶらりんになるよりましだわ。友達が言ってましたわ、女性が数人、スイスのホテルでそういう目に遭《あ》ったそうよ。半時間以上そのままで、彼女らの足がラウンジの天井から見えたんですって。ホテルは外国人が多すぎて、非常に不愉快だったたって」

「恐ろしいこと」インド系イギリス人《アングロ‐インディアン》の婦人が言った。彼女はともあれ、足については自信があった。「ああ!」入口の格子から鳥みたいに外を見て、彼女が叫んだ。「誰でもいいから、助けてくれませんか?」

デュペリエ大佐とミスタ・ミラーという人が立ち上がり、それぞれラウンジの別のコーナーから礼儀正しく近づいてきた。ご婦人たちはリフトから降り、紳士方は乗り込み、実際に何か重大な故障箇所があるのがわかった。

「さっぱりわかりませんわ」ミセス・ヒリアは断固として反抗した。「鋏もなしで私に何をしろと言うのかしら」

デュペリエ大佐は彼女に同情したが、彼女は矛を収める気はなかった。「もしかして私が――」と大佐が言った。

「あら、いいえ、ありがたいけど」鋏が彼女の寝室にあることは、彼らも知っていた。ここで人は目の届かない所から、足はともかく、人目をしのぶ領域に引き入れられた。「で、どういうわけなの、歩けとおっしゃるんですか？　私は歩きませんよ」ミセス・ヒリアは、長手袋を拍手でもするようにホテルの経営陣に当てつけがましく振り回した。

「ほんとにどうしてなのかしら」ミス・フィッツジェラルドが同意する一方、ミスタ・ミラーは、この解きがたい謎に溜息をついて、文句承り帳《ペイシェンス・ボード》にゆっくりと戻った。デュペリエ大佐は二回ベルを押して経営陣を呼び出したが、ダイニングルームを覗いて、ヘッド・ウェイターがいたら、何かできないか頼みたかった。午後の三時になっていて、経営陣も人事課も対応しないようだった。おそらく寝ているのだろう、客の多くと同じように。

睡眠は、昼間の落ち着かない浅い眠りであれ、多くにとって本日の避難所であり、というのも冷たい雨が降り止むことなく窓を叩いていたからだ。霧は出ない透明な雨で、イギリスの夏の雨みたいに、木々や建物が雨の向こうに遠くまで鮮明に見え、奥行きのない描写を習いとする日本画のようだった。雨だれに光る木々の葉とヤシの木が背景にあった。この淡色の薄暗いカーテンに閉ざされて、ホテルは降り止まぬ雨の失望感が浸透したように見え、それに反して、訪問客たちが当然抱いている信念は、現地との契約に忠実に、太陽がふたたびすぐにも現われて、無人の内部を囲む冷たい壁を押し上げるはずということだった。多くの客室では旅行時計のちくたくいう音と、バルコニーをくまなく叩く雨音に人々がじっと聞き耳を立てていた。

ミセス・ヒリアは毛糸のショールを耳まで引き上げ、デュペリエ大佐のほうにうなずくと、客間に戻っていった。彼女は、ラウンジの絶望感と暗さと排他性から、少なくとも別物に戻れたように見えた。彼女がガラスのドアを開けて閉めたとき、大佐は女性がしている会話が耳に入ったように思い、見ると、彼の妻とその他大勢の女性たちが半円形に座り、それぞれが膝の上に火明かりを置いていた。ホテルでは暖炉が一つ開いていて、それが客間にあった。彼女はすぐ彼らにリフトが故障していると言ったに相違なく、ほら、またたわ、という憤りが彼をドアの外に締め出した。ラウンジはセット家具が入っているせいで、広いだけの他人行儀な空間だった。男が一人、ここからは目につかないままに、ラジエーターの一つに背を向けて座っていた。文句のほうは、ミスタ・ミラーは文句承り帳とともに、もう一台のラジエーターにできるだけ近づいた。文句のほうは、犬が迷子になった。連想ゲームと椅子取りゲームができなくてつまらない等々。椅子はあり過ぎて群生しており、デュペリエ大佐は一人寂しく椅子の森を徘徊した。前にどこに座ったかさえ、彼は憶えていなかった。

ミス・フィッツジェラルドは、つま先立ちになって、客間のガラスドアに掛かったレースのブラインドの上から覗き込み、溜息をついて頭を振った。客間は既婚女性の絶えて揺るがぬ顔を見せていた。彼女は無言のしぐさで自分の感情を表明したが、見せる相手などあるわけもなく、孤独で自意識過剰女の習慣に終わる。彼女はまた相手もないのにコメントしていた、「まあ、これは想像だけど、もし子豚ちゃんが家畜除けの柵のスタイル枠を越えようとしないなら、私は歩かないといけないわ」と。

「何とおっしゃいましたか？」デュペリエ大佐が訊いた。

「あら、何でもありませんの」ミス・フィッツジェラルドは驚いて言い、苦労して階上に上がっていった。彼女の部屋は最上階にあった。姿が見えなくなった。

金髪の娘が一人いて、大佐がもっと近づいて見ると、ロレンス姉妹の一人だった。書き物机に覆いかぶさり、ホテルのペンで手紙を書こうとしていたが、ペンはかすれるやら軋《きし》むやら。彼女は両肘をついて、椅子を半ば傾けている。その苛立った動作で、便箋が二、三枚、ほとんど白紙に近いのが床に落ちた。「ああ、助けて！」彼女は叫んで、便箋に追いすがった。

「私が」とデュペリエ大佐が言い、急いでラウンジを横切ってきた。

「おかげさまで、ありがとう」ジョーン・ロレンスが礼を言い、肘の回りにまた便箋を集めたが、少しでも動くとまた大混乱になりそうだった。彼女は盛大に書きまくり、その彼女をぼんやり見ている大佐には、「まさに限界だ」、「マカロニ」、「破ってる」が目に入るだけだった。彼は急いで目をそらせた。

彼女はペンをくるりと回し、諦めた目でペン先をじっと見た。「このペンは限界よ」

「そうらしいですね。もっとましなのを客間で見つけたほうがいいかもしれない」

「どうかしら。とてもありがたいけれど、私は客間には入らないので」彼女は彼と友達みたいになれて嬉しかった。二人は声を上げて笑った。彼女が笑うと、日に焼けてピンク色になった彼女の頬がうっすらと赤銅色になった。彼女は、結局、姉たちと区別するのはそれほど厄介でない娘だった。

「さあ、さあ」彼が言った。「あなたは大物にも悪魔にも背中を向けたことがないんだ。中に入って、ペンを捜したらいい。あなたを喰ったりしないから」

「もしご親切をお願いできるなら、あなたが入って」

「さあここに、僕の好きなブランドのオノト・ペンを使ったらいい」

「あら、そんな、ありがたいけど。オノト・ペンを借りると、哀しみと苦い思いがするだけですの。さあ中に入って、ペンを持ってきて。ぜひ……！」彼女は上唇をすぼめて、本気で彼を凝視した。

お互いにかつてない好意を感じて、また一緒に笑った。彼は背の高い茶色の髪をした男で、足が長く、ロレンス姉妹の父親より少し若かった。こめかみの回りに白髪が出ていたが、これぞ、胡麻《ペパー》塩頭《アンド・ソルト》。彼は仲間内で一番テニスがうまく、きわめて慎重に相手を抱く昔流のスタイルでいとも美しくワルツを踊った。彼の細君は限界だった。客間の常連婦人の一派だった。

「さあ、行って、どうかぜひ！」ジョーンが繰り返した。

彼はしばらく立ったまま、短い口髭を撫でて、姿勢を正し、両肩を勇ましくいからせた。「ええ、いいでしょう」彼が言った。そして、レースが掛かったドアの前でしばし躊躇した、そのレースに彼はぞっとしたのだ。

「臆病者！」ジョーンが興奮して怒鳴ったので、彼はドアを開けて中に入った。歓声が次から次に上がるのが聞こえた。ドアは、彼が押して開けたあとは、二度と開かなかった。ガラスの向こうにはもう彼の影も見えなかった。彼女はライオンの巣に手袋など投げ込むのではなかったと悔やみ始めた。ジョーンはミス・フィッツジェラルドのように、女性に対して健全な軽蔑感を抱いていたが、客間に居座るご常連には貫禄負けしていた。彼女らはブリッジでは無敵を誇り、完璧な管理のもと、こちらが気おされてしまう目を持っていた。ジョーンは心細い気持ちでドアを見つめていた。結局のところ、彼は向こうの人で、彼が二度と出てこないのはあり得ることだった。

だがデュペリエ大佐はご婦人たちを心から尊敬していたから、いつまでもその中にいたくなかった。遠慮がちにまた出てきた彼には、達成感がただよっていた。

「持ってきましたよ！　だけど、よくわからないんだ、少しはましなペンかどうか」

「ましだと思うわ、とにかく。あなたが持ってきても彼女たちは気にしなかった？」

「ええ」彼は言ったが、説明はなかった。彼は椅子を引き寄せ、あまり離れない所に座った。一方、彼女は新しいペンで盛んに試し書きした。何かをしている誰かのそばに座っていると、彼は安らかな停泊地にいる船のような心地がした。彼はジョーンのうなじを見ていた、髪が短く刈りこんであり、清純そのものの穢《けが》れのなさ。いま感じていると彼が自分で信じたのは、娘がいたらどんなにいいかということだった。デュペリエ大佐は、妻がもし死んだら、自分に激しく恋していて、一緒にいたら自分も幸福になれる二十三歳の娘と結婚するだろう。デュペリエ大佐はこんな思いを抱いたことはなかったが、どの女性にもそれは明らかだった。ジョーンが封筒に横顔ばかり書いていて、手紙の本文に移る様子がないので、大佐が訊いた。「リフトがいつまで故障しているのか、わかりますか？　彼らが僕に一斉点検させてくれたらいいのに。機械に精通しているわけじゃないが、僕には素質があるんです。僕の感じでは――」

「今朝からこっち、症状は悪くなる一方よ。ランチのあとで階上に上がって行った人たちが、きっとダメにしたのよ。ほら、ヴェロニカとヴィクターはバリーさんちの子供たちとかくれんぼをして、誰かさんがリフトに乗って上へ行き、フルスピードで下に四回も降りてきたのよ、停止もしないで」

「ずいぶん元気がいいんだね」デュペリエ大佐が言った。「アメリング青年は、仕事が見つからないの？」

「ええ、見つからないのよ」ジョーンが用心して言った。「彼はすごく心配しているの。私たちの世代には〈あの大戦〉が重くのしかかっているのよ。みんな少しも理解しないけど」

「理解していませんね」デュペリエ大佐が言った、彼もまた大戦を戦っていた。

「私たちはその分を酌量しておかないと」ジョーンが続けた。「だって、誰も私たちに代わって情状酌量なんかしないもの。若い人たちは理想ばかりがやたらに高くて、その他もろもろだけど、感じないではいられないの、物ごとがいまどれほど重苦しくのしかかっているかを考えると、私たちの世代はそれほど捨てたものじゃないと」

「でも、人々はあなたたちを丸ごと批判するの?」デュペリエ大佐は啞然とした、その動きには少し違和感があった。「個人的には理解してますよ、これがアメリングにどれほど厳しいか——することがなくて、ここで一冬かけて腐っていくなんて。彼の年齢だったら、僕は頭がおかしくなったにちがいない」

「彼はうまくやり過ごしていると思うの」少し上気してジョーンが言った。「私たち、彼が大好きよ、言うまでもなく」

「ラッキーな奴!」

「ええ、まあね……。もちろん、あなたのような方にとって、ここに出てくるのは、きっと大きな愉しみでしょうね。それぞれがみんな分かっているのよ、あなたたちの働きはもう終わり、それ以上何かして欲しいと誰も思わないわ」

「ええ、僕らが召集されることは二度とないでしょう」デュペリエ大佐は思慮深く言った。「僕はテニスが好きでよかった。アメリングのような若者について強く感じるのはそのせいかもしれない。つまり、若者が本来あるべき姿からはずれているのを見ると」

「ヴィクターはあなたのようになりたくないんじゃないかしら。私はそれもわかるように思うの。彼は私と同じように意気が上がらなくて悩んでいるのかもしれない。朝から眠たくて、寝る時間だったらいいなと思うような。ランチの時間になって、やっと元気が出てくるの」ジョーンは何か考えるようにペンの先で自分の顎をかいた。彼女は二人の姉妹よりも想像力があった。「あなたは、やっとお茶の時間に出てきたんでしょ？」

「どうもそうらしい」デュペリエ大佐が同意した。「五時のお茶かな」彼は内心で思った、女性たちが晩餐の時間まで居座るようなお茶のことだ、と。こう思うと、彼は大きな口を開けてあくびをし、身震いして、謝罪した。

「ここではお茶が省略になるわ。ティー・ガーデンは休憩しているから、行くわけにいかないし。ケーキ屋《パティスリ》は混み合っていて、イタリア人でいっぱいだから、自分の部屋でアルコールランプを点《つ》けてケーキを食べるなんて、もううんざりよ」

「僕はティー・ガーデンに行く勇気がないんです」デュペリエ大佐が言った。「しかし、行ってはみたいな。あそこのお茶は非常に上品だとか。いかがでしょう、いつか、あそこでお茶をご一緒しませんか？」

「ありがとうございます、ぜひお願いします」ジョーンは事務的に返事をしたが、それは彼女が異性からの招待を受けたときの言い方だった。彼女はヴィクターの話を誰かともっと続けたかったが、その誰かとは、疑っているくせに微笑する人ではなかった。それで彼女は言った。「あなたには素敵なことでしょうね、考えねばならない将来がないなんて」彼女は、ほんの一瞬前には、よく理解していると思っていた、自分がこう言うのは、彼を傷つけるためだと彼が信じるのが。

「将来がないって？」彼は繰り返して、憮然として彼女を見た。

「だって」ジョーンが言った。「あなたはもう大事なことはしないでいいんだから。つまり、ご自分自身と、もちろん、あなたの奥さまのほかには、もう誰も喜ばせなくていいのよ。かたや、若い人は、そうね――誰だっていいけど――たとえばヴィクター・アメリングは、行く手に最悪なことがそっくり待ち受けているのよ。全部が全部最悪ということはないでしょうが。つまり、恋に落ちるとか、そうよ、結婚するとか、早晩父上が逝去すれば、自分のお金が手に入るとか。でも長い目で見れば、まあ、努力次第ね」

「彼は野心的じゃないのかい?」

「いいえ、違うわ」ジョーンは落ち着いて言った。「彼は全然そんな人ではないの。それに、野心的って、何かいいことがあるの? また戦争があるかもしれないのよ。もし戦争がなくても、落胆した人とともに暮らすのは、たいへんなことだわ」

「どうしてあなたはそうシニカルなんですか?」デュペリエ大佐が訊いた。

「あら、私はシニカルなんかじゃないわ」ジョーンはそう言って、困ったような純真な青い目で彼を見て微笑した。

彼女が話している間に、マッキントッシュコートを着た人が三人、女性が二人、男性が一人、ポーチからがさがさと雨に濡れて入ってきた。襟が立ててあり、その襟越しに、腹を立てたように互いを見ていた。彼らは一緒に散歩したわけでもなく、一緒に散歩したと思われたくもなかった。彼らは人のあとについて数キロメートル、川のようになった道路を歩き、ホテルのドアで心ならずも散歩を終える結果になった。その中にいたジェイムズ・ミルトンは、そもそもなぜ海外に出たのかがわからなくなり、寒くて疲れてしまい、この天気に呆れ果てていた。聞こえるほど雫《しずく》を滴《したた》らせながら、彼らはみんなリフトに乗り込み、ドアをピシャリと閉めたら、望まぬ密着状態に置かれた。ここで彼らは数秒間、沈黙に甘んじた。

「残念ですが、リフトは故障しています」デュペリエ大佐が、差し出がましい無礼をおして言った。

ジョーンは無関心な目で見ていた。

ジェイムズ・ミルトンは、逃げ出せるだけでも嬉しくて、すぐ外に出て階段を上がっていったが、その前に、愁いを帯びた物問いたげな視線をジョーンに投げた。思いやりの限度を超えて感覚が麻痺したのか、その日一日、彼に話しかけてくる者は一人もいなかった。彼は、三人目のロレンス嬢については自分が未知だったことと、彼女が話しかけようともしないことに気づいた。ジョーンが非難するように彼を見つめるので、彼は階段の曲がり角に消えた。

「あれが牧師《パーソン》さんですね」彼女が言った。「昨日はみんなと一緒に、リー＝ミティソン夫妻のピクニックに行かれましたよ」

「ええ、そうでした、リー＝ミティソン夫妻のピクニックですね。みなさんが出発するのを見ていました。大失敗だったとか？」

「ええ、そうね。ランチがすんだら、もう退屈してしまい、みんな勝手に出ていったし、ヴェロニカはヴィクターと会って、彼らも出ていったのよ。彼らが短い時間ですぐ戻ってきたら、リー＝ミティソン夫妻は飛び回っていて――卵の殻もなかったわ。だからみんなはしばらくハローと呼び合って、何人かは横になって寝てしまったの。ヴェロニカとヴィクターは二人で帰ってきて、ほかの人たちはリー＝ミティソン夫妻に声をかけるにも疲れてしまい、もうそのことは忘れて、やっぱり帰ったの。アイリーンはあの牧師さんが好きだし、シドニーもそう。彼はどうかすると間抜けだけど、素晴らしい冒険になると二人は言ってるわ。L＝M夫妻は帰ったと思ったんだけど、ディナーが半分終わるまで姿がなくて、とても具合が悪そうでした。ご年配のL＝M夫妻は、スープと魚の間に父のところに来て、鼻を鳴らしただけ。彼は父に言ったのよ、『あなたの娘さんが何に晒されているか、お気づきでしょうか？』と。私たち、L‐M夫妻は気が狂ってると思うの。私は行かないでほんとによかった」

「よかったと僕も思う」デュペリエ大佐が漠然と言った。彼はジョーンに訊きたかった、「いつか一緒に丘陵地帯に出かけませんか？」と。彼は頭の中でこれを何度も反芻してみたが、適切な響きが得られなかった。提案が適切でないのではと思い、結局のところ、彼女は自分に退屈するだろうと思った。

この件にダメ押しするかのように、ジョーンが言った。ヴェロニカとヴィクターの出会いについて考えたのか、その声に不幸がにじみ出ていた。「とにかく私は散歩者とは言えないわ。歩くのは全然好きじゃないの」

8　客間にて

デュペリエ大佐が客間を出てゆくと、暖炉の回りにいた婦人たちはまたスカートを膝の上にたくし上げて生地が焼け焦げないようにしてから、椅子をさらに引き寄せて、ミセス・カーについて論議を再開した。彼女らがある種の軽蔑を見せて三枚の高い窓に背を向けたのは、その窓を通して空と海から寒々とした光線が降り注ぐからだった。

「考えつかないわ」一人が言った。「あの種の女性は自分をどうしたいのか」彼女は強い口調で話し、この言い分が会話で繰り返されてきた論点だった。「彼女は趣味がないし、文通相手も少ないし、自分のために何もしないし。私個人としてはここですることがいっぱいあって、一日が短すぎるくらいよ」

「私は、短すぎるとは言わないわ。でも海外で日々を過ごすと、あっという間に日々が過ぎていくのね」これにには同感するふんふんという声が出た。

「彼女はお部屋のバルコニーに座って日光浴よ」ミセス・ヒリアが言った。「私としては一つ、日光浴をする時間が持てないのよ。良心にとがめるからかしら。私が一分でもバルコニーに出て辺りを見ると、彼女がいつもいるの。そして『いったい何をしているの?』と親しく声を掛けると、『何も』と答え、面白がっているような、なんだか偉そうな顔をするの」

「彼女はスケッチもしないけど、ああやって景色を見つめているのは理解できる。だって、美しい景色ですもの」

「考えているのかもしれないわね」婦人たちの別の一人が、目を凝らして必死に続けていたブロドゥリ・アングレーズ刺繍[*1]から眼を上げて、言った。何らかの特権階級の出身で、話し方はのろのろしていて、いろんな含みがあって重々しかった。「大いに考えているに決まってるわ」彼女が断定した。「何も考えていない人は、一日中何一つしないであんなに偉そうな顔をするはずがないわ、猫そっくり」

「彼女の心には何かがあるってこと?」

刺繍していた女性は、二本の指で痛い目をこすり、その動作をゆっくり繰り返した。そしてまた慎重に眼を開いて、一度か二度瞬きをして、また眼を閉じた。「ここは光がとっても弱くて」彼女は挑むように言った。

「弱いでしょ。私と場所を代わりましょうか、ミセス・ヘプワース? いくらか窓に近いから――彼女は心に何かがあるって、おっしゃるのね?」

「場所はここでいいわ、どうもありがとうございます。暖炉の火のこちら側から動きたくなくて――こう言うべきかしら、彼女はつねに心の中に何かを持っているって、心の裏に。彼女と話しても誰もすっきりしないでしょ、でも彼女は明晰な人よ、私はそう確信してますわ。私は自分に何度も何度も言い聞かせてきたのよ、彼女と一緒にいるときは、『あの女は心の裏に何かを持っている』と」

「さあ、何かしら？」誰かが急いで訊いた。

「それは」ミセス・ヘプワースは言い放った。「言葉にするのは不可能でしょうね」

そこにいたのは七人の婦人たちで、みんな非実用的だからこそ許される刺繍をしていたが、ミセス・デュペリエだけは、哀れな魂よ、あまりにも落ち着きがなく、もう一人の婦人は、藤黄色《ガンボージ》と朱色《ヴァーミリオン》をたっぷり使い、日没を描いた水彩画を仕上げていた。四時には全員がお茶に引き上げていくだろう。その後はみんな、また階下に降りて、喫煙室と呼ばれている地下室に入り、ブリッジをする、休憩が入るのは晩餐のときだけ、そして寝室へ行く時間になる。熱心なブリッジ・プレイヤーだったが、この七人はマニアに数えられてはいなかった。みんなが、形だけお天気に目をやって、テーブルに着いたのは、十一時が過ぎたばかりの頃だった。煙草は吸うがブリッジはしない人たちは、喫煙室に敢えて入らなかった。

仲間の一人、ミセス・テッサ・ベラミーへの敬意から、ミセス・カーのあの一面に触れる者はいなかったが、彼女たちがもっとも深くこだわっているのがその件、シドニーとの友情関係だった。しかしながら、テッサは、彼女らのデリケートな気づかいを感謝する気持ちのないことを自ら示していた、彼女らはその気づかいがテッサにもあったら嬉しかったのに。ふっくらした美しい足を火のほうの伸ばし、想いをこめてそれを見下ろして、テッサは述べた。「ミセス・カーはとても親切な女性のようだわ。私の従妹に、とてもご親切だったの」

「あら、ほんとに、そうなの？」誰かが無邪気に言った。「あなたのお従妹さんは、たしかに彼女とよく一緒にいるわね」

「ええ、二人でよく一緒にいるわ。シドニーはとても利口な娘だから」テッサがあっさり言った。「彼女と同じ年頃の女性にしては、利口すぎると、ときどき思うけど、彼女はいつも気概にあふれているし、愉快だし面白いから、どこにいても人気があるのね。私なんか、彼女と一緒にいても、彼女がどのくらい利口なのか、つい忘れてしまう。ご存知かしら、彼女はもう何年も勉強してるのよ……合格していて……」ここでテッサは、シドニーのアカデミックな優秀さについて言葉を濁したので、話の先が見えなくなった聴衆は落胆を味わった。

「ええ、そうね、女性がキャリアを持つのは素敵なことよ。でもどうかしら」ある婦人が、自制心を働かせ、自分の意見を微笑で和らげて、言った。「ミス・ウォレンは気概がある人と言えるかどうか」ほかの人たちは、テッサが自分の従妹について言ったことにまったく同意できなかったが、同時にテッサを尊敬するあまり、何も言えなかった。

テッサが続けた。「シドニーはとても愛情のある子なの」

「彼女はとても……のめり込んでいるわね、そうでしょ、ミセス・カーに？」

「そういうケースをいくつか知ってるわ」またほかの誰かが、鋏を探しながら、言った。「とても過激な友情になるの。そういうケースは健全という感じはしなかったけど」

「私の娘なら、年上の女性との友情なんて、私が邪魔してやめさせますよ。強い影響力がある女性は、絶対によくないから。むしろ男のことで頭が狂ってくれたほうがいいわ」

「シドニーは頭なんか狂ってませんよ」テッサがいじらしく威厳をもって言った。

「ああ、でもね、ミセス・ベラミー、――私はその他のケースの話をしたのよ」

「だけど、そのへんを見ても、果たして男がいますか――娘たちが羽目を外すとでも？　彼女らが言うには、どこも同じ、付き合える男はいないって。私にはわからないわ、どうしてみなさん、お嬢さんを性こりもなく海外に連れてくるのかしら」

「まったく不思議ね、いくつかのタイプの女性がここまで出てくるなんて」

「ミセス・カーのこと？　ああ、どうなんでしょう――？」

「うーん、そうねえ」

「でも彼女は太陽がありがたいのかもしれないわ」テッサが言った。「たいていの人もそうでしょ。もちろん、もうよく知られているけど、つい最近ではドイツのバーデンで、あるドクターが――」

「彼女は病人じゃないでしょ」ブロドゥリ・アングレーズの刺繍をしている女性の発言だった。

「え、ええ」テッサは消え入りそうに言った。「でも、たしかに」少し考えてからまた始めた。「彼女には関心が色々とあるんです。それにもう一つ言うけど、彼女はとても自立しているの。シドニーが私に言うのよ、なるべくもっと一人でいたいって」

「ほら、またたわ」ある女性が憤慨して言い、針仕事を膝に落として、広げた両手を前に差し出した。「では、どうしてミセス・カーはホテルにのこのこ出てくるのよ？　たしかにぱっと目につく人だけど、もし彼女が孤独なら、心から同情するし、あらゆる手を尽くして楽しくしてあげるわ。みないつの間にかわかるのよ、サポートはできないと。冬が来て、長い夜が始まると、人間をやめたみたいに感じ始めるの、毎晩毎晩誰もいない部屋に座っていると。外出もままならないし、人を訪問するのも招待するのも億劫になる。もしうちの客間のドアを閉めたら、私はとたんに気分が落ち着かなくなるわ。誰もいないところに独り閉じこもるって、とても不自然よね。ドアが開いていれば、召使たちが笑うのが聞こえるし、何か心配事も出てくるのよ。私は読書が好きだけど、すぐに、本はどれもとてもダメだと感じてしまう。だから当然、気がつくのよ、ええ、それでいいのかと、社交生活が読書に取って代わられるなんて？　もし電話のベルが鳴ったら、声を聞いて電話が切れて、人は不安になる。もし一晩中電話が鳴らなければ、友人のことであれこれ想像して心配になる。私がドアを開けて座っていたら、これ本当のことよ、時計が四つ、全部ちくたく言うのが聞こえたわ――数を数えたのよ――フラットのそれぞれ別の場所で。もちろん、私が苛々しているわけじゃなくて、本当に感じ始めるの――わかるでしょ、私が何かとんでもないことを言っているのが――自分が存在していないかのように。もし誰かがドアまで来るとか、電話が鳴るとかしたら、自分がまだそこにいたんだと知って、きっと驚いたでしょうね。気が狂うわよ、もし海外に出られなかったら」

彼女は追想に少し震えながら、半円形になった聴衆を見た、彼女の快適な収容所だった。彼女たちは口をそろえて、まったく同感だと言った。彼女たちはみんな、命からがら恐ろしいものから逃れてきたのだ。

「でもミセス・カーは」誰かが言った。「それが楽しいみたい――彼女は離婚した女性よ」

「いいえ、夫は死亡したのよ」

「ウソでしょう！　彼女にそんな印象は全然ないわ……」

「息子さんが一人いるでしょ？」

「ええ、もうほとんど成人した息子さんがいるわ。彼女はどうして彼のために家庭を持たないのかしら」

「でも、誰かのために家庭を持っても、まだとても孤独だわ。理想の男性は、お相手《コンパニオン》じゃないから」

「それでも、そこにいる誰かがその人よ」

「そのうえ、ねえあなた、家庭を持つって……！　もちろん、人はそうしたいでしょうが、死ぬ思いがするわよ、すごくお金がかかるし。すべて話がついても、最近は、色々な問題で、居心地だって悪いし、男性が居つくかどうかも期待うすだわ。もちろん、私たちは、居心地に関してはどうでもいいけど、家庭なんて私たちにはあまりぴったり来ないのよ。だから夫に言ったの……彼は同意したわよ……。心が広がるって、そうでしょ、旅に出て人々に会うことは。私たちは、勧めてもらったホテルにいられて、とても幸運よね、その後も次から次に紹介してつないでいくから、いろんな人たちに一度に知り合えるのよ」

「あの息子さんのことだけど」唇を半分開いて待っていた、もう一人の女性が言った。「実際に、彼はあの母親が必要ではないかもしれないわ。どっちかというと、彼のこともだいぶ不思議なのよ。私の息子の一人が彼と学校が同じで、彼はまったく人気がないと息子が言うの。むろん理由は言おうとしないけれど、カー家の息子は不人気だったの。男の子のこと、ご存知でしょ、口がかたいのね。何かがあったのは感じたけど。少年たちって、そうよ、何だかとても素晴らしいわ。彼らは判断力があるし――ええ、まあ、一種の本能があるのね」

「犬みたいね」

「あらあら、あなた、ミセス・ヘプワースったら……」

「はっきり言って、もし私が預かっているのが女の子だったら、または私のいとこだったら……」

「それでも、やっぱり干渉していいのかどうか」

「難しいでしょうね。でも強く感じるのは……」

「ええ……何なの？」

「ええ、まあ、一つケースを知ってるんだけど――」

話が一斉に途切れたのは、ドアが開いて、シドニーがあっけらかんと中を覗いたからだった。誰を探しているにしろ、見つかるとは思っていないようだ。

「あら、テッサ、ここだったの！　あなたがベッドにいないなんて、思いもしなかった。切手がないの。焦ってあなたを探してたところ。誰に会っても切手を持っていない人ばかり、コンシェルジェはどこかで居眠りに決まってるし」

彼女は敷居に立って開いたドアを押さえていたので、外の冷たい空気がラウンジから彼女の背中を押して流れ込んだ。彼女は一日中外にいたようには見えなかった。その重い視線と、額から後ろに梳《と》かした髪の毛から、頭痛がしていると思われた。もしよかったら中に入って、ドアを閉めて、と言われ、何となく妥協してしまった。シドニーは入ってくるとテッサの椅子の後ろに立ち、その間テッサは札入れ《ノートケース》をいじっていた。不幸でもなさそうな漠然としたシドニーの様子にはみな気づいており、内気なくせに自己中心型の子供が階下に行って伝言するように言われ、すぐさま逃げ出したいと思っているみたいに、彼女はそこにいる連中には無関心で、自分から口を開こうともしなかった。そして一度手を出して、テッサの髪の毛を軽く叩いた。「さあ、急いで、ダーリン」彼女が言った。

「で、あなたは一日中手紙を書いていたのね、まあまあ《ディア・ミー》！」ブロドゥリ・アングレーズの婦人が眼鏡越しに睨んで言った。

「書けと言われたわけじゃないわ」とシドニー。

「こんな日は、若い人には退屈よね。ロレンス家のお嬢様たちがふざけてるのも無理ないわ」

「ふざけてる？　気がつかなかった」

「あら、あなたも言ったように、『私たち』は、あなたはヴェロニカと一緒だと思ってたわ」

「ヴェロニカは一日中顔も見てないけど」シドニーが言い、みんなが熱心に耳を澄ましているのに、テッサの椅子から離れて、窓辺にふらふらと近づいた。「雨じゃない？　私は雨が大好き！」彼女は感動して叫んでいた。「もし私がモネで、まだ生きていたら、これを絵に描いて、パリ―リオン―マルセイユにその絵を提供して、コート・ダジュールのポスターにするわ」彼女は満面の笑顔になり、共犯者を見守るような目で雨を見つめた。

「まあまあ、一日中、いったいあなたは何をしているんです？」ミセス・ヘプワースが訊いた。この婦人は実に母親らしく見えたので、誰であれ何であれ、思いつくままに質問できた。

シドニーは一瞬顔をしかめ、何か思い出そうとしたみたいだった。そしてやっと言った。「思えばすごく楽しいわね、何千という別荘が何百という入江を囲んでいて、入江は何百マイルも続く海岸に沿っていて、そこにはカップルがたくさん住んでいるなんて――住んでいると聞いてるの――それぞれ一組ずつ。密接した一角でお互いに生きるって、今日のようなことなんだと思う。そういう一角が見られなくなる前に、とくにそれを思うと、ロシア人と暮らすようなものだったでしょうね。『何週間も雨ばかり降って、干し草は腐る、我らは幻影で生きる――』でもあなたたちはロシアの戯曲は読まないわね？　晴天であっても、個人的な関係の重要さが過大評価されていると思うと私は言いたいの。あら、ありがとう、テッサ。ではこれで切手代の三リラ、お借りしたわけね」

「そうよ、私たち、ここではショックが続くわ」ミセス・ヒリアが憮然として言った。「あなたもそう思ったでしょ。個人的な意見だけど、ああいう不適切なカップルの都合が、どんな天候であれ、過大評価されているけど、あなたの年齢の娘さんたちにとっては、ああいうカップルは大いに魅了される存在だわね。インドに行くまでは、私も魅了されていたのは自分でも知ってるの。あなたとあなたの若い友人は二人でさぞかし楽しんだでしょう、何もかもおしゃべりして」

「私には若い友人なんかいないわ」とシドニーは言ったが、いまはもう、我が身を笑わないではいられなくなり、ミセス・ヒリアに向かって明るく笑い、彼女自身の愚かさを誉める気持ちはあっても、憂いは消えていなかった。

「じゃあ、ここに降りてきて、ブリッジの二組目の四人目になってくださらない？　ご覧のとおり、七名しかいなくて。すぐに始めようかと」

「あら、ありがとう、でもお断りします。上に行かないといけないので」

「リフトが故障してるのは、ご存知ね？」

「故障してるんですか？　私、使ったことないから。いまお茶のやかんをかけてきたところなんです。すぐ行って見張ってないと」

「ミセス・カーにやかんを見張っていただいたら？」ミセス・ヘプワースが彼女の背中に声をかけた。

「彼女はそれも忘れるので」シドニーはそう言って、客間を出た。

＊1　布に小さな穴《アイレット》を開け、そのまわりを刺繍するアイレットワークのこと。

9　私の坊や

三日後、海岸沿いの天候は、またもや訪問客の期待に応えるものになった。弱い風が残って海を騒がせ、乾いた音をさせる棕櫚《しゅろ》の木々を通り抜けて半島に出ると、そこで海岸通りがイタリア北西部の港町ジェノヴァを前にして途絶え、そのあとは環状道路の一角に突き当たり、思いがけない氷のように冷たい口笛を吹いていた。半透明な明るい青い空を背にすると、建物の無表情な顔は、またもや宣伝どおりの、眼に痛いような白さをさらしている。音の響きは、陰影を見せて、はっきりと明確で、雨を介入させなかった。

町のはじからはじまで、本通りが長く漏斗《じょうご》のように走っていた。シドニーが花屋から出てくると、彼女がいる側の通りは、早い午後の日陰の中で青みがかった灰色《スレートグレー》をしていた。イギリスの若いインテリ女性の特性としてシドニーは、昼寝《シエスタ》の間にカーネーションを買いに出ることに決めており、土地の習慣を自分の気まぐれでばっさりと切り上げていた。カーネーションに包まれて、ゆっくり歩いていると、顔を埋めている花に香りはなく、ただ冷たい花びらとの接触が突き刺すような快感だった。彼女は二色のカーネーションを腕いっぱいに抱えていた——本体は硫黄《いおう》色ではじがピンク色のギザギザになったものと、灰色がかった濃い紫で中央に真紅の筋が入ったものだった。カーネーションはフラワー・マーケットに出る前は高価ではなく、丘を登る台地で育てられ、歌声と返事のない売り声の伴奏に合わせて薄暗い静かな早朝に摘《つ》みとられ、歌声と売り声は台地を次々と海岸まで落ちてはかなく消えた。その低価格と、北部育ちの目には未知の風情と、その色彩の苛烈さゆえに、カーネーションは大いなる感情の伝達手段となった。これら現地のカーネーションをいとも気軽に友人に贈る人は、感情を動かさないではいられず、カーネーションと共に受け取られた楽しみは、不思議な振動を起こして強められる。

シドニーのこの日は、目下のところ、シャボン玉のように全円だった。それに頓着しない彼女は、シャボン玉は壊れないというかのようだ。彼女は自分に言った、幸福とは、せがむものではなく、ただ来るもの、いかに束の間であれ、終幕という外観とともにやって来て、無造作にあやつられると。一種のバランスのようなもの、自転車に乗るように、何千回も苦労して試した挙句、最後には努力しないで乗っている。彼女の五感はカーネーションに呑み込まれ、ほとんど前も見ずに、道路のことは太陽と日陰の間の境界線として意識していた。道路を横切ると太陽の中を歩き、犬たちは体をいっぱいに伸ばして暑い舗道に寝そべっていた。彼女は、その無我夢中な様子か、あるいは黄色いドレス姿かで、目立ったに違いない。人々が振り返って見つめ、路面電車が頭上の電線を唸らせ、汚れた馬面を彼女のほうに向けて次々とのさばってきた。彼女は大通りをそれたが、脇道をあちこちたどり、ときどき立ち止まって庭園の閉じた門扉の中を覗いたりして、ホテルに戻るのが遅れた。彼女は自分のために奥深い人生を細かく計画していて、その人生ではさまざまな感情が互いにぶつかるのをやめ、友達は人生の静寂のふちに沿って描かれた姿をしているだけなのだ。

歩道の曲がり角で彼女はバリー家の子供たちに出会った。彼らは乳母《ナニー》と一緒に海岸に降りていくところだった。子供は数人いて、互いによく似ていた。その数にシドニーは圧倒され、壁まであとずさりした。コーデリア・バリーは長子で、ほかの子たちから少し離れて先頭を歩き、本を一冊これ見よがしに持っていた。

「また私たち、これが我が家の全員よ、ええ！」彼女は気取って叫んだ。「あら、まあ、ミス・ウォレン、なんて素晴らしいカーネーションなんでしょう！　ああ、私、その花を愛してるの！」

彼女は十一歳くらいの少女で、長い細い足と熱っぽい震え声をしていた。シドニーは、彼女は大人に過剰に注視されて意気阻喪しているに違いないと踏んで、反応のない声で言った。「そうなの？」彼女はコーデリアに一輪のカーネーションも与える気はなかった。

「お散歩しているんじゃないですよね？」コーデリアは残念そうに言った。「母に言われました、一緒に行ってくれる人なら、誰と散歩に行ってもいいけど、もしほかの人に断られたら、ナニーと行かなければいけないって」

「あら、すまないけど、私は力になれないわ。でも海岸に出るのはきっと素敵よ」

「ふーん！」コーデリアはウソを聞きつけて頬を膨らませた。そして首を斜めにかしげて、帽子のふちの下からシドニーをじっと見上げた。「おバカさんだけよ、そんなこと信じるのは！　海岸に出たら素敵よ、なんて！」

「こっちに来なさい、コーデリア！」抑揚のない声でナニーが呼んだが、命令形を使っているだけで何の効果もない。

コーデリアはシドニーのドレスをつかんだ。「愛らしい黄色だわ」うっとりした声で彼女が言った。「お美しいミス・ウォレン、散歩に連れて行ってくださらない？」

シドニーは、まだ子供らしさが残っていて子供を本気で疑うまでに至っておらず、コーデリアは何を狙っているのか、思いまどった。「今日は無理なの」彼女は時間を稼いだ。「そのうちにね、たぶん」

「こっちに来なさい、コーデリア！」

「さあ、行くのよ、コーデリア。ナニーが呼んでるわ」

「彼女は私にはナニーではありませんから」コーデリアは激しく否定して言った。そして急いで付け足した。「ヴェロニカ・ロレンスはとても子供好きなのよ。いつでも私を散歩に連れて行くって、言ってました。でも私はそこまでヴェロニカ・ロレンスに関心がなくて」

「だったら、あなたは恩知らずの悪ガキよ」シドニーは言った。「さあ、走っていくの！」

「約束してくれる、いつかって？」子供は必死に食い下がった。

「じゃあ、いいわ、約束するわ」

もう一度、今度は熱烈で同時に小ばかにしたような目で、じいっと長く見据えてから、コーデリアは重い足取りで、後ろを振り返りながら、家族のあとを追っていった。シドニーの耳に、悪魔のナニー！　と呼ぶのが聞こえた。しかしコーデリアがこっちに来さえすれば、ナニーはもう破れかぶれ、あとはどうでもよかった。

シドニーは、ミセス・カーがこの間ずっと自分のバルコニーに座っているのはわかっていたし、今日ほど近づきやすい日がないのは承知の上で、カーネーションが発揮するはずのムードに酔い、いい気になって時間に遅れていた。彼女は、カーネーションの新鮮さがいかに寸時に失われるかを自分に語り、ミセス・カーがいつなんどき午後の眠りに落ちるか、または起き出して誰かと外出するかもしれないと自分に言いつつ、国籍離脱者の贅沢を思う存分味わっていた。コーデリアを追い払った後悔の念と遊びながら、彼女と一緒にもっとゆっくり歩いて町を抜けてもよかったのにと思った。

彼女がホテルについに戻ったとき、来たばかりの午後の配達便がコンシェルジュのテーブルの上に散らばっていた。彼女自身に来たものはなかったが、ミセス・カーに手紙が一通、ロナルドの大きな汚い文字が彼女の目を捕えた。これを見て彼女は一瞬ためらった、ロナルドに対する判定をまともに考えていなかったからだ。それから彼女は自分のバランス感覚に自信を持って、手紙を取り上げて持ち、四角い封筒の一角でミセス・カーのドアを軽く叩いた。

シドニーは、この友人の意識的な雰囲気と、むしろ不自然な不動の様子から、自分が待たれていたことを知った。カーネーションは、彼女から逃げた美徳を吸い取ったのか、待ちかまえられていた現実を前に、いまさら引っ込めるのは無理だった。彼女は気まずい思いで花束をソファのはじに横たえた。ミセス・カーは足を上げて座り、海を見ていたが、声を上げた。「カーネーションね！ウソでしょう、私が欲しかったのはこれよ、と言わんばかりだった。かつて前例にない動作、つまり、顔を上に向けてキスを受けた。

「お水につけてくださる？」彼女は言って、憂愁を帯びた喜びの目で花を瞬時見つめたので、シドニーは自分では説明できない驚きを感じ、周囲を見回し、カーネーションを整えることにした。その目的のために、やや自己中心的な顔をした焼き物のマグを選んだ、ミス・ピムがプレゼントしたものだった。シドニーが慎重に花を活《い》けるのを、ミセス・カーは雄弁な沈黙で見守った。

「お気に召しました？」シドニーが言った。

「ええ、とても。私の感じにぴったりだわ。あなたも得体が知れない人ね。それで完璧よ、シドニー。そのままそこに置いて、もうあれこれ手出ししないように」

「どこから見てもいいようにしたかったの。もう気がすみました」

「そう？」ミセス・カーはそう言って、これが友人の新しい顔なのかと批判的に思いめぐらし、じっくりと受け入れるようだった。

「ええ、全然。私は、自分ひとりだったら、じっとしている能力があるんです、間違いないと思うの、でもほかの誰か、とくにあなたが、それを信じさせてくれないんです。ほら見て――」彼女は立っていた所に膝をついて、体をそらせて座って体勢を整えてから、ソファの横に脇腹と肘とをついてもたれた。「私はこのまま、残りの午後の間中、じっと動かないでいられるわ」とシドニーが言った。

「じゃあ、いいわ、そうしてじっとしていなさい。お邪魔するはずないでしょ？」

「きっと邪魔するわ、邪魔しないではいられないのよ――ほらね。私がどこに行ってたと思います？」

「思うことは許されてないの。外に出て、バルコニーの向こうを見たら、あの牧師《クラージーマン》の、ミスタ・ミルトンがお庭の中を歩いていたの。彼は帽子を取って、それを振って、私の注意を引こうとして。それからまるで友達みたいにしてしばらくの間話したのよ」

「本当に？　彼には考えられないことだわ。何て言ってました？」

「知らないの」とミセス・カー。「聞こえなくて。私はただ微笑んで、うなずいただけ。彼は明朗な、自意識のない人だわ。彼が好きよ」

「自意識がない、ですって？　彼はいたる所で釘を感じて、すぐに自分を突き刺すの。でも私は彼に関心があって。彼はヴェロニカ・ロレンスに言ったのよ、私を称賛しているって」

「なかなかやり手ね。とても賢いわ」

「賢いのかな——ヴェロニカに言ったのが賢いの？」

「いいえ——あなたを称賛するのが、よ。そういう人はたくさんいるの、シドニー？」

シドニーは彼女に跳びついて、みるみる顔を真っ赤にした。「知らないわ。そんなこと、よくからない」

「いいのよ、気にしないで」と言ったミセス・カーは、深い白昼夢からさめたようにこの友人を凝視した。「あなたがそういう風に見えるなら、質問は自然に答えが出るわ」

「どうやら」とシドニーは一瞬思い出してから言った。「普通でない人たちが称賛するみたい。コーデリア・バリーとか——男性に限っておっしゃったの？」

「いいえ、男性だけに限ってないわ。そんなに守りを固めなくてもいいでしょ——それとも私が縁結びをしようとしてると思った？」

「ごめんなさい、とても低俗な卑しいことでした。低俗でいるほうが楽だし、人に見られないですむんです。あなたと私は思い込む、というか、どこにいても思い込むと思われているのよ、下の庭園にいる男性は、私たちのどちらか一人だけに大いに意味があると思い込むという風に。それに、その思い込みが刷り込まれているので、称賛や精神の運動のどれもが、その目的にとってのみ価値があって、彼女の、彼の、誰かの水車を動かすの」

「『精神の運動』ねえ……」ミセス・カーが言い、シドニーはこの言葉が繰り返されたのを未知の人のように聴いていた。「もしあなたがそれを称賛と呼ぶなら、もう一つの価値があるのを認めないと、人気とすら言える価値を。訓練《ジムナスティック》という価値よ」

「ああ。ショー[*1]の言うイギリス人と、彼の道徳的な体育館《ジムナジアム》のことね。ええ、知ってます」シドニーは腹を立てて言った。

「まあ、まあ、シドニー。あなたは感動すると、私が邪魔をすると言うのよ。そんなにむくれないで。ミスタ・ミルトンだけが、釘を問題にする人じゃありませんよ」

「『むくれないで』って」とシドニーは言って、高揚感の高みから見下ろすように自分を見た。「私、むくれてますか?」

「そんな気がするわ」ミセス・カーはそう言って、頭をいっそう深くクッションに押しつけて、何か考えながら相変わらず黙ったまま、またシドニーをじっと見た。足音がした、おそらくジェイムズ・ミルトンの足音が、下の砂利道を踏む音が。

「さあ、そうね」ミセス・カーが言った。「そうしておきましょう……。シドニー、それは私に来た手紙じゃないかしら、カーネーションのそばにあるけど? ロナルドから来たんでしょ?」

「ええ、ロナルドから来たものよ。私が持って上がって来たの、あなたに渡すのを忘れていました。いま渡しましょうか?」ミセス・カーは手紙のほうに手を伸ばしたが、シドニーは気づいていないようだった。「すごく分厚い手紙だわ。ドイツに関する彼の意見じゃないかしら。私がここにいるうちに、読みたいですか?」

「ええ」ミセス・カーが言った。「読まないといけないと思うわ。母親なら読むでしょ」

「それはあなたが一番よくご存じのことよ、言うまでもなく」シドニーは立ち上がり、テーブルの向こうに手を伸ばして、取った手紙を母親に手渡した。ミセス・カーは、シドニーが言うところのロナルド顔になって読み始め、シドニーはそれを見守っていた。

「私の坊やが」ミセス・カーがやっと言った。「ここに来るわ」

「ここに来るの？」

「ええ、ここに。ホテルに来るの」

シドニーはじっと座ったまま、呆気にとられて一瞬言葉が出なかった。それから立ち上がり、部屋の中を歩き回り、午後の直射日光で乱雑になったその部屋は、縮んで小さくなったように見えた。彼女はいつものようにミセス・カーが待っているから話すということもなく、彼女が自分のことを忘れているとも思わなかった。そしてしばらくの間、ミセス・カーの化粧台の上の装飾品を眺めた。あまりの数の多さに無意味になり、同時に愛されている雰囲気が明らかに漂っていて、「時代おくれの」彼女を否応なく見せていた。彼女がまだここにあるのかを確認するように目をやったのは、ロナルドのポートレイトだった。

ロナルドは、ミセス・カーとしては、程度と性質について考えたこともない一群の友達を楽しませるために依頼した、男性ポートレイトを専門にする高額の写真家の一人を前にしていた。配置された全体的な陰影の配置が顎と額に強く当てた光と結びつき、片方の眼球がプロメテウス[*2]のように光り、粗野な効果があり、何か本質的なものが阻止された感じが出ていた。このポートレイトのコピーは、セピアカラーの艶消し仕上げで、ロナルドは一ギニー[*3]は支払ったはずだ。シドニーはもういいという気持ちになって目をそらした。「どういうことかしら」彼女が訊いた。「いまロナルドはオクスフォードにいるんじゃないの?」

シドニーはミセス・カーが返事をするまで待たされた。ミセス・カーは手紙の初めの部分に目を通し、矛盾を一つ察したのか、何かにひとりで微笑み、薄い便箋を折りたたむと、それをソファから床に滑らせた。

「何て言ったの、シドニー? ああ、そうか、オクスフォードね。彼はしばらく旅をするほうがいいだろうと思ったのよ、ええ、学校を出たら。また手足を伸ばしたかったそうよ、そしてとくに、私には理由が不明だけど、ドイツで一年過ごしたかったらしい。ハイデルベルグに行きたかったんだけど、彼の後見人が耳を貸さなかったのよ、不運だわね。だから彼は秋にはオクスフォードに行くらしい、ということなの」

「彼は同学年で年長者になってもいいのね?」

「いいんじゃないの」ミセス・カーが言った。「残念だと私は当然思ったわ。だけど、私はあの年頃の男の子のことは、ほとんど知らないのよ。彼はもうすぐ二十歳よ」

「どうしようもない年齢だわ」シドニーが言った。

「本当にそう思うわ」ミセス・カーが同意した。

シドニーはこのころには決心がついていた、ロナルドの急襲があっても、彼らの未来を荒廃させてはならないと。しかしシドニーが周囲を不安そうに見たのは、それをどう言うか決めていなかったからだ。「彼はよく来てくれたわ」と皮肉に言うか、または、皮肉はないが悪趣味にとられようと感情を出して、「まあ、なんていい人なの。私、すごく嬉しいわ」と言うか、または、「お二人一緒に会えるなんて面白そう」と言って、こちらは距離を置いて友達を母親業に追いやると匂わせるか。シドニーは、見当がつかなかった、このうちどのやり方がミセス・カーをできれば望ましい形で行動させせられるだろう。そして、つねに意識してきた友の個性を見抜く洞察力がない自分が、我ながら情けなかったが、それがいままでは彼ら二人の関係に魅力を添えていたのだった。いまや、ミセス・カーの中の仮設上の母親とつかみ合いをするときが来たとなると、彼女は自分の無力さに気づいた、存在と存在の関係が持つ強さと領域を評価する力は自分にはなく、彼女はつねにその思いを自分に向けないようにしてきたのだ、彼女が見る人生とはつり合わないものとして。

ミセス・カーは両手を頭の後ろに回し、晴れ晴れとして未来を見つめていた。「なんて素敵なの」彼女は笑っていた。「なんて素敵で面白いの……。ああ、ダメよ、そんなに笑うものじゃないわ、シドニー。どうしてあなたはそれが可笑しいなんて思うのよ？　とても自然なことで、それが可笑しいのは、ただ、私たちが――彼と私のことよ――一か所に一緒にいたことがたまたまなかったからよ、見るものはないし、訪問する人はいないし、行く所もない場所に。だから私は思うの、私たちは同じ場所にいたことがないと、人が言うのも無理ないと……。笑うなんて、私ってバカよね」彼女の話は続き、色々な思索で顔がほてっていた。「でも、とても感動したわ、彼には、呆れるくらい感動したわ。ああやって書いてきて、ドレスデンからここに来たいなんて……。彼はどこで寝たものかしら。どこか寝る場所を見つけないと……。きっと大丈夫よね、どう思う、シドニー？」

「一人分、私が余計でしたか？」シドニーは訊いたが、自分にも耳慣れない声だった。「あなたが彼に会いたがっているなんて、私は気づかなくて、それに彼のことで頭がいっぱいとか、彼が来たら喜ぶなんて」

「でも、思えば」ミセス・カーは、過去を驚いて振り返って言った。「私も気づかなかったのよ」

「ずっとお独りで退屈でしたか？　みんな言ってました、あなたは孤独で退屈だろうって。でも私は――」

「あら、違うのよ。シドニー・ディア。あなたのおかげで変化があったわ」

「ほんとですか？」シドニーは渇望するように言った。ミセス・カーがうなずく。いちおう想いの中にとどめたが、この好意の温かさにシドニーは大胆になり、思いきり率直に言った。「なのに、いまのあなたは彼が必要なんですね――ものすごく嬉しいんですね？」

「シドニー、あなたはあまりにもお利口すぎて、私が理解できないのよ。私だって、嬉しがってもいいでしょ？」

彼女はしてやられたと感じた、自然界にはよくあることなのに、彼女がウソだと知る何かにやられた、と。彼女の未熟さが感知したペテンなのに、まだ手が出せない。彼女はまた膝をつき、おとなしく友人のそばに控えたが、戸惑いながらも怒りの気持ちは残った。「もちろん、あなたが喜んではいけないなんて言ってないわ。そうではなくて、私には習慣はあなたに似つかわしくないように見えるし、習慣を制しているように見えるのはご存知ね、その私がなぜあなたは喜んでいると思い込まなくてはいけないんですか？　だって、私は母親でもないし、そもそも母親なんか、私はよく知らないんです」

シドニーは自らまた征服されるままになった。ミセス・カーは、片方の手を出してぼんやりと彼女の髪の毛に触れ、考えながら言った。「ええ、そうね、あなたは母親じゃないし、母親も知らないわね。そのとおりだわ。さてと、私は母親なのよ、それで通してくださる?」

＊1　ジョージ・バーナード・ショー（George Bernard Shaw, 1856-1950）、アングロ・アイリッシュの劇作家、世評家。*Man and Superman*（1903）、*Pygmalion*（1913）で有名。一九二五年ノーベル文学賞受賞。

＊2　天の火を盗んで人類に与えたため、ハゲワシに肝臓をくわれる罰を受けた。

＊3　二十一シリングに相当する金貨。一九七一年施行の新制度では一ポンド五ペンス。チップをふくんだものだったとも言われる。

10　ミスタ・ミルトン

ジェイムズ・ミルトンといえば、ホテルで過ごした初めの数日のあと、彼が一言交わしたり、一目見たり、間接的とはいえ何らかの関係を持った人はみな、彼の友人か彼の敵かのどちらかに自然に分かれていた。まだ分かれていない人々が彼の意識の周辺に漂っていて、霧のようなその存在の背後に、様々な可能性がうごめき、一瞬ちらっと現われては、また消えていた。彼は悩み、自らに告白したように、なぜ自分の教区を出てきたのかわからなくなっていた。教区では、彼の子供時代のかじかんだような感受性が、毎日の活動によってようやく死に絶え、牧師室という隠れ家にいれば、自分は誰なのか、と自問することもなくなった。しかし、その場所が美しく、彼を完全に満足させたのは、見ているものと想像していたものが和解し、究極の地リヴィエラは神のご意思の中にのみ存在しうることを認めてみると、これは、理性では予想していたように、立派な模造品だった。彼は歩いてみて、彩色された経験と鍛えられた筋肉が一緒になった快楽を感じた。土地の人にはイタリア語で話す努力をし、なまりの強い方言か地元のフランス語で返事をもらった。テニスの腕も悪くなかったので、ロレンス姉妹は親しみを見せてしまい、彼は何となく人を惹きつけられる自分を見出し、自問自答する楽しみができた。

　彼はミス・フィッツジェラルドとミス・ピムと仲良くなり、惹きあう魅力のないのが心地よかった。この二人は、聖職者《クラージーマン》は大勢知っていながら、ミスタ・ミルトンを「位置づける」ことができなかった。彼の口髭から、彼のことを福音派《イヴァンジェリカル》*1だと見なす向きがあったかもしれない。一方、英国《アング》国教会《リカン》*2は世俗的な衣服についてうるさく言わずに世に出て行く。彼はどちらの宗派の集会にも姿を見せず、どちらの古い用語にも反応しなかった。ミス・ピムは霊感を得て、彼について詳細を得ようと手紙を書いた、ずっと昔にミルトンと自分が互いに親しかったことがわかったダービシャーにいる友達に宛てて。しかし、ダービシャーにいるその友達はイギリス人のカトリック教徒、つまりアングローカトリックで、その宗派が持つさらに微妙な色合いには通じていなかった。彼女はたんに、彼はしごく愉快な人だと書いてきて、彼への伝言が一行書き添えられていたが、何の鍵にもならなかった。デュペリエ大佐もミルトンが好きだった。彼らはアイルランド北西部のドニゴールに行って魚を釣った話をし、ヨーロッパについて議論し、お互いの慎み深さに敬意を持った。ロレンス姉妹はふざけて、足が入らないようにシーツを折る悪戯《いたずら》のアップルパイベッドを仕掛け、示唆に富んだイタリアの絵葉書を匿名で次から次へと送り、彼の我慢の限界を試した。

　それでも彼はあくまで人気者になりたかった。虚栄心と名のつく不快なものは影を潜め、彼の評判は、婚約していない、容姿も性格も良い男で、どこに行ってもお気に入り《ペルソナ・グラタ》間違いなしというものになった。そして彼が直面したのは、じつはそうはいかないということだった。彼は、リー‐ミテイソン夫妻のピクニックの一日以来、シドニーに会うのを避けていた。どういうわけか、彼女のことを考えると、きまって当惑を覚えた。彼女は彼にとって、ときには奇妙な絵画に過ぎず、しかも、彼はその絵の価値はわかるのに、その意味を分析できないでいた。彼女に近づく回り道を言外に考えた末、彼は彼女の友達であるミセス・カーの探索に乗りだした。ある程度自分で探せる準備をし、彼女に邪魔されぬようその程度は越えないようにした。

彼は、専売特許のような敵意に悩まされた。

「残念ですが」と彼はミス・フィッツジェラルドに言った。ランチの前の三十分の間、ホテルの庭園のオレンジの木の下の鉄製の椅子に座ったときだった。「僕のしたことがミセス・ピンカートン閣下を怒らせたようで」

「おやおや、どうしたらあなたにそんなことができるのか、私にはわからないわ。とにかく彼女は恐るべきベテランのスノッブだから」と言ったミス・フィッツジェラルドは、バスルーム事件のすべてを承知しつつ、彼に言うことは、顔にも心にも一切浮かばなかった。

「へえ、そうなんですか？ 彼女は、僕をよくランチに誘うタイプの老婦人なので、僕たちがうまくいかないとは、ちょっと考えられないが」

「彼女は女性パトロンなの、活発な――」

「いや、僕は活発な女性など望んでいません」ミルトンはむっとして言った。「男の僕がそのために彼女のポケットからスリでもするというんですか？」

「バカなことは言わないの！」暴力沙汰で元気が出るミス・フィッツジェラルドは、声を上げて笑った。「彼女は『高慢と偏見』[*3]のあの見事なレディ・キャサリン・ド・バー[*4]になれる人よ」

「ほ、ほう」ミルトンは慎重に言い、彼のシャーロットは誰になるのかと思った。彼がまた口を開いた。「もう一人、説明して欲しいのは、ミスタ・リーミティソンなんです。彼は僕が到着した最初の日に山に連れ出し、僕を見失い、それ以来ずっと僕に目をつけていて。彼は、同じく彼の犠牲者であるロレンス姉妹とミス・ウォレンは許したのに、なぜ僕だけ目の敵にするのかな。結局のところ、僕はほかの人よりあの丘のことを知らないんだ」

「彼の奥さんがとても気の毒ね」ミス・フィッツジェラルドはそう言って、嬉しそうに溜息をついた。

「僕にはわかりませんよ。彼女に責任はあると思います。彼女は大いに楽しくなるような女性ではないように見えるけど、彼女はそれでいいと思っているのでしょう」

「とても奇妙なことだわ」ミス・フィッツジェラルドは振り向いて彼を見て言った。「私は気がついているのよ、男性の多くは、男性には最大限厳しく当たるのよ、でもあなたに対しては、その反対に見える。個人的な偏見かもしれないけど」――彼女は無礼な言葉を微笑で甘く和らげた――「というか、古い思考学派にある奇妙な真面目な厳格さなのかしら。もしかして使徒パウロ《ポーリーン》のこと？」

「いまは考えられません」ミルトンは曖昧に言った。朝のこの特別な時間に、彼は自分の話をするのは嫌だったし、ましてや聖パウロ[*5]の話はしたくなかった。

「おそらく」彼女がほのめかした。「あなたは女性との出会いにあまりにも振り回されたのよ、それも退屈なタイプの女性たちに。牧師の生活は――」

「僕はたいした違いがあると感じたことはないんです。つまり、人がバカをやる方法――あるいは、そう、人がワルになる方法、と言ってもいいが――それはむしろ限られた数しかなく、男も女も一様に区別なくそこに落ちてしまう。僕が苛々するのは、それぞれ固有の耐えがたさを抱えたままで、彼らを助けているはずの友によって支えられている人を見ることなんだ、そして僕が思うのは、女性は（彼女らの目的にとって、許しがたいのだが）男性よりもこれがうまくできない。僕がより女性に厳しいとあなたが言うのは、こういうことなんですか？　そうでないとすれば僕には理解できませんよ、僕の分野では、とにかく、男性と女性が明確に異なっているとは思えません」

「または、どの分野でも、でしょ」ミス・フィッツジェラルドはそう言って、彼女の評準にしきりにこだわった。「それにとても興味を持ったわ、あなたがいまの文脈で『友』という用語を使ったことに。その意味は、友と夫――または友と妻という場合もあるけど――は、同意義であるべきだということでしょ」

「実際は、そうですね」ミルトンは言ったが、周囲を見て、アペリティフを注文できるのかどうか考え、これはあり得ないと不安になり、さっさと町へ出ていけばよかったと思った。「どうですか」彼は少し苦労して良心的になって続けた。「僕は寛容でないと思いますか？」

「あら、いいえ、とんでもない。とっても、すごく鋭くて……。こちらが不利な立場になった感じ。私が思うのは、一般論にする習慣で人は自分になり過ぎるのね」彼女はいきなり話をやめ、明らかに混乱して手を伸ばし、頭上の枝からまだ小さくて病気にかかったようなオレンジを一個とった。彼女は、彼のほうは二度と見ないで、皮ごとこれに噛りついた。

「そのオレンジはまだ苦いのでは？」ジェイムズ・ミルトンは気遣うように言った。

「そうね」彼女は顔をしかめて言って、口を拭った。「すごく苦かったわ！」彼女は真っ赤な顔をして、恥ずかしそうにまた笑いだした。「突飛なことをしたものね。私はときどき突飛なことをするんです……考えもなく……一生懸命考えているのに」

ジェイムズ・ミルトンは突飛なことをしたものだと思ったが、黙っていた。彼女は恥ずかしそうにオレンジについた歯型に目をやり、それから罪深い目でホテルの窓を見上げ、オレンジを拭ってから、黙って背後に隠した。

「ご覧なさい！」ジェイムズ・ミルトンが察して言った。「ミセス・カーがまたいますよ、バルコニーに出てますよ」

「あら、そうね——見上げている彼女って、ほんとに素敵！　そうなの、私の友達のミス・ピムは彼女が大好きなんですよ、思いやりが素晴らしいんですって。彼女はたしかに普通じゃない女性だけど、とてもチャーミングよ。ここのある種の一族《セット》にはとても非難されているけど、だから私は残念なの、心の狭い女性がいるのが。お聞きになりましたか、彼女の息子さんが来週来ると？　私たちはもう嬉しくて、ミセス・カーが喜ぶだろうって」

「ほほう、息子さんが本当に来るんですか？　それはよかった」

「私たちがもめているのは」ミス・フィッツジェラルドが続けた。「息子さんとシドニー・ウォレンがお互いに何を言うか、なのよ」

「そうなんですか？」ジェイムズ・ミルトンの心は一気にそこに飛びついた。

「もちろん、別に意味はないんです……ええ、まあ、そうなの、感傷的になってるだけ。あの少年は成長がとまっているみたいよ。ええ、つまり、ミセス・カーが何もかも握っていて、独占状態みたい。もちろん彼女は誰にでも優しくしないではいられなくて、我慢強くて、思いやりがあって、良い人よ」ミス・フィッツジェラルドは溜息をついた。「彼女は犠牲的な方で……」

その後、ミス・フィッツジェラルドについてダイニングルームに入ったとき、ミルトンは新たな好奇心で奥にいるミス・ウォレンを後ろから見つめた。そして、頭の形と色がどこか違っているのでは、とか、何らかの仕草か態度で彼女の全体像を開示してくれるだろうか、と期待した。彼はテーブルに一人で座り、うきうきしてパンをむしり、ロナルドがどのくらいすぐ来るのかと考えた。彼は心に期していた、もしロナルドの来るのが遅れなかったら、二週間かせめて十日間で、シドニーを徹底的に知ることができるはずだと。それから彼がいやでも思い出したのは、彼女が自分に対していかに他人行儀だったか、そして、彼との社交にまた引き戻されたからといって、自分に対する彼女の好感が増すだろうか、ということだった。そこにテッサの明るい曖昧な眼差しが揺らめいて、彼を驚かせた。彼は微笑んで、うなずいた。

「ミスタ・ミルトンがこっちを見てるわよ」テッサはシドニーにささやいた。「彼は何が欲しいのかしら」

ミセス・カーにあこがれている多くの人は、すでに彼女におめでとうと言っていた。いまからそう言うつもりの人たちは、彼女を探しながら、ダイニングルームから続々と出てきた。ミセス・カーは、混乱して高揚している背の高い花嫁のようにドア口に立っていて、小さな人垣がその周囲にできた。彼女のことがまったく好きでない人も、彼女の受け取り方を気にしつつ、おめでとうと言った。「素晴らしい!」ミスタ・ミルトンはそう言って、居並ぶ人々の頭上に微笑みかけた。そのややピンク色の長い顔もその頭上にあった。

「ええ、ほんとに、素晴らしいじゃない?」彼の後ろにいたシドニーが同意した。ダイニングルームからさらに出てくる人に押されて、彼女は彼にぶつかってしまい、彼は手を出して彼女を支えた。

「君は、さぞかし嬉しいでしょう？」

その日の午後のテニスのあと、彼はシドニーを待ち、クラブハウスを出て一緒に歩いた。「その青年ですが、ロナルドのことですが」彼が訊いた。「彼のことはご存じなんですか？」

「知っている感じはするの」とシドニー。「ミセス・カーは彼の手紙をすべて見せてくださって、私を見てときどき笑って、私と彼は似ているって。それに、ポートレイトがあるから、見ないわけにいかないわ。そんなこんなで、彼は喜劇役者みたいな感じがする」

「ほほう！　彼の母上も彼は笑える人間だと思ってるんですか？」ジェイムズ・ミルトンはかすかにぎくりとして訊いた。

「でも若い人たちって、みんな可笑しいわ。私たちは洗練されてくると、自分でもそれに気づかないではいられないのよ――それでもっと可笑しくなるのか、可笑しさが減るのか知らないけど」

太陽が落ちて丘陵の高さまでくると、空はまばゆい金色の光を放ち、人々の姿や顔を染めた。日没の時が迫り、空気はすでに冷気を感じさせた。彼らを囲むくっきりと暗く屹立した木々は、わずかに震えているように見える。シドニーは白いふわふわしたコートのひだを胸に引き寄せると、一瞬じっとしてから、その残虐さに耐えかねて父を殺した十六世紀のイタリアの美女、ベアトリーチェ・チェンチのような表情でテニスコートを振り返ったが、その表情は想いと呼応しているわけでなく、彼女自身は意識しない表情だった。ミルトンの心臓がその瞬間口から飛び出しそうになった。それから彼は夕闇の寒気が氷のように冷え切った彼の手に重なるのを感じ、全身に身震いが出た。彼はこらえきれず、彼女に訊いた、ほかの誰かを待っているのか、と。

彼女は驚いて、「いいえ」と言った。そしてホテルに上がる小路を彼と並んで歩き、縄底のサンダル、エスパドリーユは音も立てなかった。「意表をつく考えですね」沈黙に耐えかねて彼は口を開き、沈黙が得意な性質を意識しないではいられなかった。「若い人たちはますます洗練されて前進していくべきだと言うなんて。言われたくないな、冒険物語の読者だったら、暗黒大陸アフリカの未発見部分がなくなり、世界全土の一インチ地図が間もなく手に入るなどと」

「そうでしょうね、若者はロマンティックだと真剣に考えるなら」

「しかし僕は言ってませんよ、僕がそう考えたなんて。ロマンティックか――僕はその種の中年男じゃありません。アフリカを引き合いにしても、僕はアフリカが好きだと言っているわけじゃない。野蛮人の思考は大嫌いなんだが、彼らのおかげで文明社会の現状を称賛させてもらえるし、僕はその中で生きているから、彼らがいなくなったら、やはりとても残念だ」

「ではあなたは自分が文明化されていると感じるの？」シドニーは言い、彼のことが好きになってきた。いままでのところは、彼のもの柔らかな（彼女の言う「職業的な」）マナーと、バリー家の子供と遊んだ時に漏れ出た中年男じみた偏屈ぶりに失望していた。

「もっとそれ以上ですよ」ジェイムズ・ミルトンはそう言いながらも、こうやって続ける自分、そしてそのマナーゆえに、自身の心のその習慣のゆえに、自分を呪った、誰にもまして、自分がいちばんそれに気づいて自嘲していたのだ。

「誰より上なの？」シドニーは当てもなく訊いた。しかし彼が話を続けるのを拒否したので、彼女は異例の従順さを見せて、彼と一緒に新しい気分に飛び込んだ。彼は立ちあがって上を見た。丘の岩の頂《いただき》の東方はとても高く、あっという間に真紅の畝《うね》模《も》様《よう》になっていた。この鮮やかな色は急速に暮れゆく夕空を背景に、北部人の目には信じるか否かの挑戦だった。シドニーは彼について上を見て、称賛と敵意をこめて言った。「こんなの、信じられなかったわ」

「僕はいつも信じてきました」ジェイムズ・ミルトンが言った。「しかし、驚くべき情景だ」

「あなたはほかに百回だって、見るわね」彼女は彼に言った。そして彼らは道を急ぎ、この海岸線との関係における日没の現象について論じあった。通りに出ると、栗の並木道で歩みを緩め、ホテルの巨大な正面から、ついで黄昏の中に没しながらあえかに光る別荘群から、光が薄れ去っていくのを眺めた。夜陰は常のとおり、悲劇の大詰めのように突然降りてきて、その衝撃はすぐには去ろうとしない。彼らの耳に、閉め遅れて怒ったように窓を閉める音、かたや、カーテンの後ろに灯る明かりは、こぞって何百となく外に漏れ出る。そしてあちらこちらに人影が時計の振り子のように規則的にレースの幕を右と左に横切って動く。丘はオリーブの木に覆われて煙り、黄昏の光の騙し絵効果によって逆転し、もっと大きなホテルの上にぬっとそびえる。しかし、ホテルそのものは海面にシルエットとなって、彼らが近づくと、もっと大きな意味をおびて立ちはだかった。

彼女は言った。「私はときどき面白いだろうなって考えるの、家の正面のドアが、とくにホテルのフロントドアが、ドールズ・ハウスのドアのように、蝶番《ちょうつがい》で開くようになっていたらって。想像してみてよ、壁で仕切られた何百という部屋に明かりがついて、本物みたいな階段があって、そして驚くことに、人々がふさわしい態度でふさわしいことをしているのよ、まるで何かを代表してそこに置かれて、生涯そこから移動しないみたいに。私がキッチンのストーブの横に立てかけたキッチン・ドールのように、お父さんドールは図書室の書棚に立てかけ、本物の陶器でできた浴室のお座りドールは座っているだけ、手足が動かなくなったドールは何もしないから、予備室のベッドに寝かされてね、私はいつも思うの、これが訪問客にとって理想的な習慣の無意識な反映なんだと」

「ええ」と言ったジェイムズ・ミルトンには、ホテルがたちまちミニチュアになった。「そうやって一度に人々が見られるなら、人々なんてたいしたことはないんだ」まったく別個に、しかしどこかしら知的な観念と並行しつつ、彼は神に関するもう一つの考えを持った、あのミケランジェロの『天地創造』にある巨大な〈人差し指〉と〈親指〉がとこしえに降りて来るという考えを意識するのを我が身に赦して。いまシドニーが言ったことが、まさにこれにぴったり当てはまったのだ。

「もし人々をそのように見ることができたら」彼女が続けた。「人々がはっきり見えるわね、ぎっしり詰まった家具に押されて生きていることが――家具といっても借りた家具だったりして。はっきり言って、人間は、結局、週に一度の日曜日という『安息日《サバス》』のために造られたのかどうかは、疑わしいわね。もっと悪くすると、ベッドと食卓と洗面台のために造られたのかどうか、それも、こういう被造物がもたらした義務から解放するために」

「そういうのは信じてはならないと僕は思います」ミルトンは言ったが、面白がっていた。

「まあ、こう考えてみたらいいかが」彼女は続けた。「教会が続々と建てられたのは、第一にこの〈考え〉だったかもしれないけど、教会がすでにあって、家族席が何列もあり、説教壇といろいろな物が備わっていて、それがあなたを牧師《パーソン》にしたのよ」

「申し訳ないが、君にはまったく賛同できない」終止符を打つように彼が言ったので、彼女は感動した。

「賛同する価値のないことばかりよ。面白いことがないか、話しただけなの。もちろん私は何にもましてそんなこと信じてないわ」彼らは自分たちのいるホテルの窓の下を歩き、ついで彼女は門のところで立ち止まり、ホテルのドアから漏れてくる光を浴びて、遠い目で彼を見つめ、家の主が自分の庭で芝を刈っているのを垣根越しに見ているジプシー《（ママ）》みたいだった。「あえて言うけど」その目が告げていた。「制限されているほうが、あなたは幸福ね。私は、ともあれ、制限されていないし、されたくないわ」自己満足と失意を同時ににじませて、彼女はここで彼とは別れるつもりだったらしい。彼女は腕時計をちらりと見て、別れの言葉みたいなことをつぶやき、さっと前に進んだ。

「ああ、ちょっと！」ミルトンは必死になって叫び、彼女にもっと言うことがないか頭を絞った。

「何か？」シドニーはそう言って、階段から下を見て、苛々してラケットを左右に振っている。

「僕が怒ったと思わないでくれますね？」彼は大胆になって言った。

「ええ。なぜあなたが怒るの？」

「教会についてあなたが言ったことですよ……。僕は心配だった、もしかしたらあなたは――」

「ああそうね」シドニーが言った。「人を怒らせないように努めても無駄ね、だから私は、ああだこうだと考えたりしないのだと思うの。あらゆる発言に反応できるかと思って、必死になって聴こうとするのは諦めました、もしそう言うのを許して下さるなら、許して下さるわね」

「申し訳ない」彼は、二十歳もの年の差を恥じて言った。

「あら、そんなの何でもないわ。よい夜を」彼は彼女のためにスウィングドアを開けてやり、彼女は彼より先に通り抜け、肩から滑り落ちたコートを後ろに引きずっていた。彼はそのふち飾りを床から拾い集め、彼女に手渡した。「なぜ、よい夜をと？」彼は言い、ラウンジに座っていた数人の人が驚いて顔を上げた。「だって、ディナーでまた顔を合わせるのでは？」

「ああ、そうだ、ディナーでまた会いますね」シドニーはラウンジをちょっと見渡し、驚いた顔に気づき、もう一度ミルトンに軽く一礼してから、ゆっくりと階段を上がっていった、ハミングに節《ふし》をつけて。

＊1　儀式などを重要視せず、イエス・キリストのあがないを信じ、聖書の教え、説教、礼拝を重んじて、救いの達成を信じる立場のこと。

＊2　英国国教会は英国王ヘンリ八世（Henry Ⅷ, 1491-1547）がカトリック教会から離れて樹立した宗派で、洗礼式と聖餐式の聖礼典を重んじる英国のプロテスタント教会。日本では聖公会という。

＊3　*Pride and Prejudice* はジェーン・オースティン（Jane Austen, 1775-1817）の長篇小説、一八一三年。エリザベスとダーシーの結婚について疑議をはさむダーシー家の親族で貴族の女性。

＊4　『高慢と偏見』のヒロイン、エリザベスの友人で、姉のジェインにも妹のエリザベスにも求婚して断られた牧師コリンズが三人目に求婚して、妻となる人。二十七歳になったシャーロットは相手を愛するよりも、とにかく結婚することを人生の第一の目的とする見識のある人でエリザベスの親しい友人。

＊5　紀元六〇年前後、キリスト教の迫害者だったときに突如盲目となり、主イエスの言葉によって「目からウロコが落ちて」、キリスト教最大の布教者となった。『新約聖書』のパウロの複数の手紙の筆者。

11　ダンスパーティ

ロナルドが到着した夜、ホテルのダイニングルームでダンスパーティが開かれた。椅子とテーブルが片隅に寄せられ、床が磨かれ、壁面には紙の旗が飾られて特別な照明になっていた。音楽はホテルのいたるところで聞こえたが、ピアニストの低音演奏で静かに抑えられた旋律のない調べが不規則な脈拍のように人々を惹きつけていた。ラウンジも客間も常連であふれていた。ホテルでのダンスは珍しいことで、祭りの宵という趣だった。コンシェルジェは顔をしわだらけにして微笑んでいたが、ロナルドは彼のマナーに熱意が足りないと感じていた。母親の居場所を聞いているのに、彼女もむろんダンスに出ているでしょう、そのはずですよと無関心な様子で言われるのは苛立つものだ。彼はいままで、自分は期待され待たれているのだと確信してときめいていたのに、歩きまわって疲れてしまい、ダイニングルームを飾るためにヤシの木が持ち去られたラウンジは、人を寄せつけない、品のない、人工物に見えた。

「僕が来たと、母に言うんだ」彼はコンシェルジェに言い、籐椅子に座ったが、ダンスの音楽が彼に向かってそぞろ流れてきた。コンシェルジェは行ってしまい、あとは誰も来なくて、それでも彼は待っていた。そしてついにダイニングルームのドアまで歩いていき、ブラインド越しとあって、回転する様子や流れる影しか見えないので、彼はドアをパッと開き、敷居に立ってその場を見つめた。

彼が受けた印象は、リヴィエラに対する偏見で色がついていたのは仕方ないが、彼が子供時代から育んできたリヴィエラが本来のものだと信じていた。

ヴェロニカ・ロレンスが最初に気づいてパートナーに、あの青年がたぶんロナルド・カーだ、ドアのところに立っていると告げた。彼女は豆の鞘《さや》のような緑色のぴったりしたドレスを着ており、踊りながら通るたびにパートナーの肩越しにロナルドを思い入れたっぷりに見つめ、一度彼に微笑みさえした。若い娘と若者がほかのホテルからも来るよう依頼されていて、フロアは混み合い、一列にぎっしり並んだ見物客は、壁に沿って座るなり立つなり、楽団に接近しすぎて、赤い上着のヴァイオリン奏者は、こいつはたいへんだという顔になって、肘を動かす隙間すらない有様だった。出場した男女の数が釣り合わなくて、女子だけのカップルが数組あって踊っていた。年配の婦人たちでフロアに出ているのも数人、相手はいつものブリッジ仲間で、その腕に抱かれてものすごい速度で回転していた。男たちの燕尾服の尻尾は床に並行して左右に動き、もっとモダンなダンサーにはぶつかりそうで心配が絶えず、行く手を遮られるたびに、ステップを止めたり、立ち止まったり、急いで前進したりしていた。

「彼はなかなか華やかだわ」ヴェロニカが言った。彼女はやっとロナルドから一礼してもらい、彼のほうはこの娘は自分を知っているに違いないと確信していた。

「ああ、そう」ヴィクターが冷めた声で言った。「君が浮かれた連中が好きなら――」彼はまた顎をぐっと引き、黙りこくって、彼らのために空いた床を横切り、物陰の上に蛾のような明かりがあった。ロレンス姉妹は、艶出しした髪を光の輪のように梳《す》き上げて、いたるところでよく目立った。彼女らは巨大な羽の扇子をパートナーの両肩にはらりと広げ、年配の男性と踊るのはお断り、しかしデュペリエ大佐だけは例外的に認めていた。

ミセス・デュペリエは壁を背にして座り、目を丸くして次々と通るカップルを見ていた。ときどき知っている娘がいると機械的に微笑し、楽しくやってるのと訊いた。デュペリエ大佐を見ていないようなのに、彼がどこにいるかはつねに把握していて、すぐあそこよと指差すことができただろう。彼女ははっきり思い出して覚悟していた、過去のダンスシーンのどれが彼女にとって拷問のような耐えがたい意味を持っていたかを。彼女はいま十九歳の時の自分が見えた、心ゆくまで称賛され、インドのベンガル州はダージリンで、デュペリエ大尉とワルツを踊っている。フレンチドアが開いていてバルコニーに通じ、そこから階段を降りると暗く暮れた庭園があった。カップルが次々と途切れることなくフレンチドアを出ては階段を降りてゆく、すると何と、ミセス・デュペリエは、今宵を通して予期していたように、夫がロレンス姉妹の一人と姿を消したのを見て、彼が戻ってくるのを空しく待った。ミスタ・リー‐ミティソンは、部屋を歩き回っていたところ、彼女のそばでつまずいて、開いた膝に両手をついてしまった。

「同意していただきたいな、うちの女性たちは面目を施してくれていると？　さっきのロレンス姉妹の一人のために蠟燭を掲げる娘が部屋にいないいな。シドニー・ウォレンはとても目立っていて（正直に言うと、みんながダンスをするのは好きではないが）、そして可愛いブランサムのお嬢さんたちも明るくてとてもいい。私が言いたいのは——」

ミセス・デュペリエは、突然もう我慢できないと感じ、ヘンな音を立ててその場を離れた。フレンチドアの向こうを最後に一瞥してから、踊る人たちを掻きわけて進み、ダイニングルームを出た。ドアロでロナルド・カーを通り過ぎて、驚いて彼を見つめ、それからさっと身を翻して、自分の部屋に入って閉じこもった。

シドニーは真紅のドレスを着ていて、我を忘れたように踊っていた。名前も知らない若いイタリア人が彼女につきまとい、彼女のダンスは彼とデュペリエ大佐と、もう一つのホテルから来た非常に慎重な某大尉が相手で、その男は彼女の会話がスマートだと考え、夢中になってくすくす笑っていた。イタリア人はというと、あとでヴェロニカが言うには、「天使《セラフィム》のように」踊った。彼はシドニーにローマ流のタンゴを教え、彼女はテンポの遅い音楽に合わせて立ち、彼にもたれてバランスを取りながら横を見たら、ロナルドがいるのに初めて気づいた。彼はしばらくその場にいたものと思われた。

寒気に襲われ一瞬タンゴを忘れて思った、ロナルドだ。それから熱が冷めたパートナーの顔に視線を戻して、大股のステップで彼の横を通った。カップルはそろって半回転し、小節の終わりでバランスを取りポーズを決めた。フロアはますます人がいなくなっていた。二、三組のカップルだけが、不自然な音楽に乗って床を蹴っていた。残る数少ないカップルは部屋のあちこちにいて、ミラー・ボールに映っている。ロナルドは彼女をじっと見ており、シドニーはダンスの途中で相手に失礼するとことわって、彼と話すために部屋を横切ってきた。

「失礼ですが——あなたがミスタ・カーですか?」

「そうです」ロナルドは鬱陶しそうに言った。

「あら、では、早めにいらしたのね？　ミセス・カーはあなたが来るのは――」

「ああ、どうも。しかし僕はたまたま知ったんですよ、母が僕が来るのを待っているのを」

「――十一時半にならないと来ないと」シドニーは、言いかけた文章を終わらせようと、かまわず言った。「パリの列車でと――」

「すみませんが、僕はパリから来たんじゃない。ジェノヴァから来たんです」

「そうなの？　だって、あなたがどうやって来るかおっしゃらないから、私たちはやむなく想定して――」

　ロナルドの射すくめるような視線が問い詰めていた、「やむなく想定する」権利をなぜ彼女が持っているのかと。さらに加えて、母親の想定で何がわかるというのか！　だがその視線はシドニーからそれて、ちょうどやって来たミスタ・リー‐ミティソンのほうに移った。彼は急ぎ足のあまり磨かれた床に足を取られていた。「何かお役に立てますか、お若いの？」ミスタ・リー‐ミティソンが言った。

「ああ、ええ」ロナルドは彼のほうを向いて言った。「ミセス・カーを探しているんですよ、僕の母親をやってますが。もしかしたらお聞かせ願えるのでは、母がどこにいるか――」

「ミスタ・リー‐ミティソンならきっとお役に立つわ」シドニーが言った。彼女とロナルドは互いに一礼して、彼女はその場を去った。「血戦だ」と彼女は思い、この間ずっと見えるところで待っていた次のパートナーである慎重な大尉に身体をあずけた。その後彼のほうに何度も目をやると、ロナルドは彼の肩に手を置いたミスタ・リー‐ミティソンの案内で部屋のへりを回り、頭は下げていたが、見るからにミスタ・リー＝ミティソンのお気に入りとして大人しくしていた。二分ほど会話しただけで、彼らは一緒にラウンジを離れた。彼らが出ていくのを同じ関心を持って見ていたのがジェイムズ・ミルトンで、彼は思った、「なるほど、ロナルドはいずれああなるんだ」と。

ミルトンはその夕刻、空っぽの暖炉に寄りかかって過ごし、自分もダンスができたらいいのにと思っていた。背の高いマントルピースに両肩をはさまれて窮屈なため、わずかに身を乗り出すことしかできなかった。不満だったが、壁に沿った椅子に座って女性たちとすっかり老いぼれた紳士たちと並びたいとも思わなかった。彼と同年齢の男性はみな踊っていて、孤独な自分に苛立ちながら、音楽と酔い心地から逃げられず、ダンサーたちが描く円環に陶酔していた。ロナルドのことはすぐ気がついていて、彼のほうに寄っていって話すべきか迷ったものの、ロナルドにはどこか遠い不吉な感じがあって、これほど公《おおやけ》の場で出会うのは危険だとそれが警告していた。ロナルドは、冷めた野性的な目で凝視していて、その目の前をダンサーたちがすれすれに動いているのに、その凝視は誰か一人を見つけるでもなく、誰かを目で追うでもなく、頭を後ろに傾けているので、視線は頬骨のでっぱりに沿って下方に向き、伸びた顎のせいで垂れた口元がへの字を描いていて、高慢な若いフィレンツェ人に似ていた。離れて立っている東方の三博士の従者にかこまれ、肩かけのフリンジにフランス風を見せて、画面からじっと見つめているフィレンツェ人に。しかしロナルドが満点を取れたときは一時もなかった。どんな態度もだらしなくて、額に斜めにかかる前髪が片方の瞼を覆い、彼の目鼻立ちのデザインを壊してしまい、不規則なむさくるしいものにしていた。彼の周囲にある一種の輝きは、飲んだシェリーのおこぼれで、注意深く着けたギリシャ人風の遠さをたたえた仮面《マスク》の後ろにそれが出ていた。

「見つけた！」ジェイムズ・ミルトンはシドニーを見つけて微笑み、シドニーは赤いスカートを翻《ひるがえ》して、かかとでくるりと回転し、パートナーに戻っていった。彼女がいま彼の中に掻き立てなかった情趣は、保護または憐みのそれだった。彼自身の感受性は、それでも、彼女に背を向けて立ち去ることで、食い違いの危機を脱した。その代わりに彼の目を捕えたのがアイリーン・ロレンスだった。アイリーンはパートナーがいない自分が情けなく、スペインのダンサーのうねるような足取りで彼に近づいてきた。明るい黒を着た彼女は驚くほど目立ち、彼が想像の中で泳がせている若い女性とはまったく違っていた。彼は、自信たっぷりに近づいてくる彼女に感謝した。彼女は一瞥して言った。その一瞥は彼の精妙な武装にもかかわらず、彼の気持ちを熱く乱した。「あら、まあ、ミスタ・ミルトン、何を遠慮していらっしゃるのよ。私と踊りませんか？」

「いま僕がそれ以上にしたいことはないのですが、不幸なことに僕は踊らないんです」

「あら、チェッ」アイリーンが言った。「でもホッとしました――心配していたんです、私たち姉妹は、あなたにふさわしい美人でないことが。まあ、いいわ、では、お庭の散策に連れて行ってくださいな」

「了解」ミスタ・ミルトンはそう言って、一歩前に出た。「それにしても、寒くないですか？」彼にその心配はなかったものの、気づかないわけにいかなかった、想像が許される範囲で、彼女が身に着けているものがずっと少ないと見えたからだ。彼女は返事がなく、羽の扇子を前後に揺らして何か考えているそぶりを見せた。彼はもう何も言わず、彼女のあとについてフレンチドアを出た。

ホテルの庭園は、さほど大きくはないが、樹木の仕切りと回り道でできていて、滞在客は運動と趣向を満喫することができた。今宵は、絶え間ないダンス音楽と木々にこぼれる照明のせいで、かつてない個性的な庭園となり、生きいきしながらも浮世離れがしていたので、ジェイムズ・ミルトンはここが砂利道の木の葉の茂りも少ない場所であることを忘れ、数日前にはここで鉄の椅子に座ったミス・フィッツジェラルドと対話したことも忘れていた。月夜ではなかったが、空は淡く、星が出ていた。「どうやら」しばらくしてからアイリーン・ロレンスが香りをとらえて言った。「ここがみんなが本で言ってる、香り高く気だるき南国の夜、なのね」

「たしかにいい香りがする。きっとレモンの木が……」

「恋が生まれる夜って、みんな言ってるわね」

「そのようですね……。でも、本当に寒くないの?」

彼女は震えたが、この楽しき想いに震えたのだ。「今宵、男たちはピストルを携えて出ていき、カジノのテラスで撃ち合う……。ああ、ねえ、ここがモンテカルロだったら!」

「いや、ここはたしかにリヴィエラですよ」ジェイムズ・ミルトンは言った。そして思った、いま彼らがいるこのホテルもその一つ、海岸に沿って一列に並ぶ宮殿のような白いホテルの隊列のことを――ホテルから漏れる明かりが波のない海面に向かい、海岸に乗り上げることも引き上げることもない海は、思索の影響も受けず、眠りによって変化することもない、無情な尽きせぬ〈記憶〉のようだ。〈戦う教会〉かと彼は意味もなく思った。そして彼を睨んできたある確信を睨み返した。いかに無価値な欲望であれ、いかに偽物の感情であれ、この共同体にある一体感以上に親密な一体感はあり得ないのだ、そしておそらくここにあるこの――。

――アイリーン・ロレンスが角を曲がるときに、彼をかすめて通った。

「君は何て楽しい肘をしているんだ!」彼は、まだ彼女を途方もなく遠く感じながら、感動して叫んでいた。

彼らは仲良く散策をつづけ、二重に折れ曲がった小道をたどり、ほかのカップルに出会ったり追い抜いたり、会話の断片や個人的な対話が、木々の仕切り越しに、また途中にある東屋の奥から漏れてくるのを聞いた。彼らがくわえている煙草の先が、二つの光る鼻のように、赤くなったり消えたりしながら先導し、また同じ間隔を保つ赤い火の点が、厳かにプロムナードを巡るいくつもの鐘の入相の音を告げていた。「バカバカしいなあ！」その音楽にジェイムズ・ミルトンは急に気を高ぶらせて笑い出した。彼はもう何年もダンスパーティに出たことがなく、クリスマスパーティですら、自分がおじさんになったみたいな気にさせられるという理由で行かなかった。このすべてが彼には新鮮だった。アイリーンは、いままでに出たうちでこれがもっともわびしいパーティだ、およそ人間の楽しみをこれほどパロディにしたものはないと考えていて、ロレンス姉妹がかつて味わった失意に陥り、こう答えた。「そうよ、とても空しいわ、違う？　でも、高齢のご婦人たちは楽しんでいるみたい。中に入りましょうか？」

ミルトンは、暗闇がもたらす親密さに紛れて彼女のそばにいるのが相手の想像以上に嬉しくて、彼女の腕に手を置いて、彼女を引き留めた。彼は心から願って言った。「このダンスが終わるまで待って！」

彼女を諦めたくないという彼の気持ちは、強い苛立ちはあっても低下することはなかった。つまり彼女は、その白い腕と魅力のまま——この二つの要素は燐光を放つ物質を意識させ、その中に指を浸らせたいという好奇心を誘った——、アイリーン・ロレンスであることで終わらなくてはいけないはず。彼は確信していた、もし彼女がほかの誰かなら、たとえばシドニーだったら（彼女はいま上の部屋で何も知らずに踊っている)、状況は彼にとって鍵となっただろう、そして彼はやり場のない望みに疲れはてていた。「あのー、アイリーン――」彼は思い切って自分を理解しようと決め、彼女のほうに手を伸ばした。

「どうしたの?」アイリーンが受けて立ち、彼らは暗闇の中で灰色のしみになったお互いの顔をじっと見つめた。一瞬ののち、彼女の期待は大笑いになって弾けた。「私、本気で思っていたのよ」彼女が言った。「あなたがいまからキスするだろうなって」

「僕だって」ジェイムズ・ミルトンは言って、彼女のあとを追って舞踏室に向かいながら、彼女本人と彼女がふと演出したムードが、下品なのか称賛すべきなのか、空しく決めようとした。そして彼女を次のパートナーに引き渡して、暖炉に戻ったが、ダンスはもう無意味になっていた。どこを見てもシドニーはいない。一度、彼女が窓の向こうの薄暗がりの中に現われたと思ったが、踊りの輪に阻まれて近づけなかった。彼は彼女を見つけようと決心し、彼の優しい気持ちが徐々に削られ、老人たちをバカにして眺め、若者たちを憤然として眺めるのをその決心で鎮めたかった。彼女がすぐ見つからなかったら、この世に自分がいるべき場所はないと信じるところだった――鏡の一つに一瞬赤い色がひらめいて彼の目を釘づけにしたが、それはアイリーンの真紅の扇子がよぎっただけだった。もう舞踏会にいるのが耐えられなくなり、いま立ち去ると舞踏室が内部に含んでいる万象から切り離されるのだと感じたが、ここから出て彼女を捜さなくてはならない。

彼が口元まで出てきた心臓を抱えながらラウンジに入ると、そこにいたのはミスタ・リーミティソンだけ、彼は揉み手をしながら歩き回り、幸せのあまり羽を広げるのはここしかなかったのだ。「チャーミングな青年だよ、あれは」ミスタ・リーミティソンが言った。「もうこっちのものだ

――チャーミングな青年だよ」

「本当ですか？」ロナルドのことを忘れていたミルトンが言った。

「彼のために母上を見つけました。素敵な女性だ、とても素敵ですよ。うるわしいですな、二人一緒にいるのを見るのは」彼はミルトンに機嫌のいい顔を向けた、何日も不機嫌だったのに。「そうでしたか？」ミルトンが言った。そしてまた人がいないラウンジを見回し、階段の下に行って階上を見上げ、聞き耳を立て、覚悟の決意で客間を覗きこんだ。

「誰か探してるの？」それを見て、ミスタ・リー＝ミティソンが訊いた。

「いいえ」ミルトンが言い、ミスタ・リー＝ミティソンにうなずいておやすみなさいと挨拶し、地下室への階段を降りて喫煙室に向かい、ガラスのドアを出て、また庭園に入った。ここで彼は行ったり来たりを繰り返し、暗闇に腹を立て、東屋を怒りにまかせて覗いたが、いまは誰もいなくて静まり返り、彼は小道の曲がり角に来るたびに急ぎ足になった。あちこちにそそり立つ大きなファサードを見上げ、窓からは明かりが漏れ、彼は思った。「決まってるさ、彼女は疲れている。寝室に上がったに違いない」

「しかし彼女は全然疲れていない。またひたすら眠りたいという顔はしていなかった」彼の記憶がそう告げた。

「どうなんだ、僕は彼女を愛しているのか？――だが愛しているはずはない、彼女は常軌を逸しているし冷酷だ――」

「彼女が常軌を逸していて冷酷だからこそ、君の感情が初めて揺さぶられたんだ」

「ああ、まったくもう！」ジェイムズ・ミルトンは言って、石を蹴った。バルコニーの一つに出ていた人影が、びっくりして下の庭園を覗き込んだ。

素早い動作が恐怖か期待に緊張しているのを現わしていた。ミセス・カーだ、ミルトンはそう思って驚きつつ、地面から上に窓を数え、さらに左から右へ数えて、バルコニーの位置を知った。彼女はどうしてあんなに惨めな格好でまだロナルドを待っているのか？ 彼は耳を澄ませて見守った。彼女の背後は誰もいない部屋だ。すると、人影が腕を伸ばしてバルコニーのさんにつかまりながら顔を横に向けた、シドニーだった。掛け声が舌の先まで出そうになった、彼女が子供で、その行動が彼の責任であるかのように。彼は思った、彼女は今宵彼らを離れて一人になり、やるかたなき怒りに燃えているのだと。彼は数歩後ろに下がり、木にもたれてそのままバルコニーを見上げていた。彼女は震えている。彼に震えがうつった。ミセス・カーはどこまで（どこまで的確に）息子に言うことを見つけたのか。もう真夜中はとっくに過ぎていて、非常に寒かった。ダンスパーティは終わり、すでに音楽も鳴りやんで静かだった。左の角のてっぺんを除いて明かりが全部消えても、ミセス・カーと息子はまだ二人で話しているに違いない。

「ロナルドのヤロー！」ジェイムズ・ミルトンは心で叫んだ。「彼女と僕はひどい風邪を引くだろう」町の時計が半時間過ぎを打ち、上方にある修道院の鐘がそれに応えた。鐘の音が静寂にもたらした裂け目に励まされて、彼は呼びかけた。「よい夜を、ミス・ウォレン」

シドニーは非常に驚き、木々のほうにいま一度鋭く視線を送って、バルコニーから退いた。彼は明かりの下で彼女が瞬時たたずんだのを見て、彼女の期待に別れを告げるかのように周囲を見た。すると部屋は暗闇になって彼の視界から一気に消された。廊下に通じるドアが開閉するたびに照明灯が点滅した。溜息をつき、達成感を半分意識しながら、彼もまた寝室に向かった。

12 希望はあるか？

「まあ？」ミセス・カーは、翌朝階段でシドニーに出会って、明るく言った。「素敵な子犬じゃないかしら？」

彼女は外出着を着ていて、青い麦わら帽を目深にかぶっていた。階段の窓の窓枠に手を添えて立ち止まり、北から入る光が微笑に緩んだ片方の頬に注ぎ、片方のイアリングがプリズムのように輝いた。彼女は見るからに幸せそうだった。

「子犬って？」シドニーは素っ気なく言い、二、三段下から上を見た。

「私のロナルドのことよ。どちらかというと子犬じゃないかと――」

「ああ、そうですね、とても。昨夜はけっこう難しい子犬のようだと思ったけれど、それもきっと旅のせいでしょう」

「あら、難しい？」ミセス・カーは嬉しそうに言った。「彼は本当に難しいの？　シドニー、教えてちょうだい。ものすごく笑えるわ！」彼女は一瞬目を細めて、シドニーとロナルドの出会いを思い描こうとしているみたいだった。「私はわかるの」彼女が認めた。「彼はみんながダンスしているのを見ても嬉しくないのよ。なぜだか、正しいことと思えないのね。でもはっきり言って、彼はあなたが難しいと思ったのよ。彼に訊いてみないと——あなたって、ときどき怖いもの。彼はあなたたちみんなに目がくらんだみたい」

「彼の最初の日がお天気でよかった」シドニーはそう言って、これで自分もカー家の幸福にあずかれたような気がした。

「ええ。私はいつも運がいいの」ミセス・カーが同意した。「では一緒に出かけましょう。息子と一緒に外出するのがどんなものか、想像もつかないでしょ。バカがつくほど素敵よ——長く忘れていたわ」

「でも、さようなら」とシドニーは言って、壁のほうに後退してこの友人を通した。「今日はもうお会いしないと思います」

「あら、そうなの？　残念！」ミセス・カーが漠然と言った。「あそこに運の悪いロナルドがいる」彼女は大きな声で言って、窓の外をちらりと見た。「あそこで行ったり来たり行進しているわ——ちょっと見てよ——パナマ帽をかぶって。いじわるな私ね、ぐずぐずしちゃって！」彼女はシドニーにうなずくと、さっさと階下に降りていき、香水のかすかな残り香があとを引き、熱意と期待と喜びを伝えていた。

シドニーは丘をじっと見上げ、それから階段を上がっていった。そしてなんという皮肉なことかと思った、二人の人間の特別な機会のためにあつらえた一日が、同時に、ほかのすべての人の背景として分配されねばならないとは。彼女はもうエネルギーが切れてしまい、いまから自室までたどり着いて、手袋を選び、パラソルを探し、帽子をかぶるなどとうてい無理だと思った。この先にあるその日の見通しを思うと、頭がくらくらした。それを少し軽減しようと、階段の辺りでうろついているコーデリア・バリーの待ち伏せに付き合うことにした。

「あの、ミス・ウォレン、今日は木曜日なんですが」

「そうなの？」

「私は木曜日は修道院には行かないから、どうしようかと思って……。もしかしたら……。駄目ですよね、もちろんあなたはそんなこと、なさらないでしょ？　あなたにはまったくふさわしくないことだし……」コーデリアは計算を尽くした様子で、長い睫毛の下から横目でシドニーを見ている。シドニーはコーデリアが取りつけた約束を思い出し、あのカーネーションの午後がたまらないノスタルジアとなって、あのときの気分が永遠に断ち切られたのを思い出した。

「ごめんなさいね、コーデリア。これからミスタ・ミルトンと散歩するつもりなの」

「あーあ、残念。ご一緒できませんよね？　ああ、できないのか。もちろんあなたたちは私がいないほうがいい、のよね？　だけど、もしミスタ・ミルトンがかまわないなら、私もかまわないの。私がご一緒してはいけないなんて、理由がわからないわ」

「私もわからないわ。そうね――一緒に来たらいいわ、もしそうしたいなら」シドニーはそう言って、意地悪をしている、どこか不誠実である、という感じを払拭した。何はともあれ、自分もまた誰かを困らせるのは、明らかに自分の責任ではないか？「彼は言葉の上では」と彼女は考えた。「子供は好きだと言っている。その件では互いに言うことはないかのようだ。私たちは、話すだけ話して、お互いの考えを取り消していき、結局前のとおりに落ち着く。つまり私たちは同意していない。とどのつまり、何も話し合わなかったのと同じだ。最後になっても私の理解は一歩も進んでおらず、それが失敗に終わるなら、会話に何の意味がある？　二人がともにいることが、何一つ結晶を見ないなんて、見解ひとつ出ないなんて」

しかし彼女は、しばらくの間、帽子とスカーフのことを考えあぐね、姿見まで再三戻って、自分に批判の目を向けた。

ミルトンが下のラウンジで待っていて、シドニーがやっと階段の曲がり角に現われると同時に、彼が顔を伏せたのがコーデリアの目に留まった。大丈夫、もうこっちのものだ。

「ああ！」彼は言って、階下に降りてくる二組の足を見て、気の利いた言葉が出なかった。

シドニーは、自分の顔がミセス・カーにこういう風に映るのかとさっきまでいぶかっていた。そういう比較は不愉快だった。「こちらがコーデリア・バリーです」彼女は無理やり明るく言った。「バリー家の長女です。私たちと一緒に来たいというの。かまわないかしら？」驚いたことに、ミルトンは一言もなく振り返って、背後のラックから杖を取った。

「かまわないでしょう、ねえ？」コーデリアが金切り声でこだまを返す。

「もちろん喜んで、もしミス・ウォレンがあなたを誘ったなら」ミルトンはそう言ってドアを開けてやった。しかしコーデリアがシドニーのあとに続いて、ペットのサルのように自信にあふれて通ったとき、彼はその横顔に抜き身の短剣を見た。

「カー家が出かけていくのを見かけたところなんだ」シドニーと肩を並べてからミルトンが言った。

「ロナルドは、今朝はずっと明るい顔をして、実際、機嫌がとてもいいのでは」彼の淡い灰色の瞳がシドニーの瞳を思慮深く見つめた。

「ええ」彼女が言った。「一緒にいるところを見ると気持ちがいいわ」彼女は彼の口調から、彼が凶器になると知りながら使い方がわからない武器を暗に振りかざしているのがわかった。彼は顔立ちがよく、目下のところ近寄りがたかった。彼と口論する気力はなく、機嫌を取ろうとして言った。「散歩には本当にいい日ね。散歩するなんて、何年ぶりかしら」そして彼をそっと見た。彼女の目の周りにクマがあるのを彼は見ていて、彼女にふさわしくないし哀れであった。

ミルトンは今朝シドニーを散歩に連れ出そうと決意して起きた。その明晰な決意の瞬間には、これほど簡単なことはないと思われた。そして実際にこれほど簡単なことはなかった。事態が勝手に動いたのだ。彼も彼女も同様にわかっていて、彼は彼女に認めるつもりだった、彼らがいままでともに過ごした時間は何の益にもならず、二人は痛い思いをするだけだったと。だが彼はいまや確信していた（この確信は昨夜の混乱と思うにまかせぬ感情から必然的にもたらされたようだった）、彼と連絡する必要を彼女もどこかで感じていると。必要とは、互いに排除するのではなく、共同作業のみがもたらす何かのことだ、両者の中に根差しているものなのだ。「しかしどうやって始めたらいいだろう」彼は朝までこれに行き詰まっていた。いま彼は状況を可能にできると感じていた。「彼女に理解さえしてもらえたら」と彼は思った。「僕を好きになる時間はたっぷりあるということを」ともあれ彼らは一緒に歩いていた。このクソッたれの少女の存在を彼は無視することにした。

しかし彼は振り返ってコーデリアに優しく話しかけた。景色を見たいので町の上の道を選び、途中で下に降りて漁師町を通り、海沿いに帰ってくるつもりだった。コーデリアは、お願いです、墓地を訪問したいの、と言った。ミルトンは、彼女の趣味はやや病的だと思うけどと、ありきたりの返事をした。

「あら、違います、ミスタ・ミルトン。あなただってここの墓地は見ないといけないわ。普通のものじゃなくて、美しく装飾されているの。牧師さんとして、墓地はたくさん見ていて、気づかなくなっているでしょうが、ここの墓地には心を打たれますよ、絶対に。血も凍る墓地なの」

「その種のものが好きなら」ミルトンはなぜか非常に堅苦しい態度になって、なおかつ子供に話しかけることを意識して、言った。「お母さんに頼んで、ピサのカンポ・サントに連れて行ってもらいなさい」コーデリアは彼の口調から、明らかに疑っていた、彼は私の趣味が十分に高められていないと思っているのだ。一方、シドニーは補助的に、ミセス・バリーが子供たちをピサに連れていくのを見たことがないと言った。

「あのー、私は、もちろん」コーデリアがほのめかした。「修道院に送られて、何を話すにしろ、話し方を教えてもらうらしいの。だって、私の母は言語に関する完璧なマニアだから。私が九十九種類の言語が話せるようになって欲しいみたい、ほかに何も勉強しないでもいいからって。でも、どういうことなの、九十九の言語を話して何になるの、何も話すことがないのに？　修道尼の先生たちには教えるということがわかってないと思うの。いままであんなにひどい先生に会ったことないわ。彼女らは無駄話ばかり、延々として、その半分の時間は何を言っているのか誰にもわからないし、わかったとしても、意味をなさないの。彼女らがフランスから追い出されたのも不思議じゃないわ――私が学んだことって、一つもないんだから。それでも、修道尼の先生たちは、宗教的でさえあれば、何の問題もないと思っているし、お母さまは何も問題がないと思っているの、彼女らがフランス人でさえあれば、というわけ」

シドニーは、とても難しいことねと同意した。ミルトンは、この少女はいったいどうなるのかと思い、何も言わず、ひどく落胆した様子だったので、コーデリアは彼に元気を出してもらおうとして、彼の手をつかみ、その手を揺らしながら、彼に訊いた、読書は好きですかと。「私は好きなの」彼女が言った。「好きな作家は二人いて、ライダー・ハガード[*1]と、バロネス・フォン・ハットン[*2]よ。あなたの好きな作家は?」

ミルトンはもたもたしていて、シドニーとコーデリアは面白がって彼を見た。シドニーが注目しているのを意識して、ミルトンがもっとも実りある返事をしようとあれこれ考えていたら、シドニーが横からコーデリアに言った。「ミスタ・ミルトンは本を読んだことがないんだと思うわ。本を持っているところを見たことがないし」

「それはフェアじゃないな」ミルトンが言った。「僕は通常読み過ぎるくらい読んでいる。僕がこ、こ、に来たのは……」

「何のためなの?」シドニーはあたりを見回して言った。

「人々のために」ミルトンは力なく言った。

「まあ!」二人が口をそろえて言った。「たいへんな目的で、ここに来たものね!——そのためにここに来るなんて」シドニーが言い足した。

「人々のこと、知らないの? 彼らがそんなに好きなの?」コーデリアが追及した。「笑っちゃらわ! 私は本の中にいる人だけが好きなの、何かあるときだけ出てくるのよ。危険が迫っていたり、大恋愛中だったり、宝物を発見したり、復讐を遂げたり、そのスリルのために人々がいないといけないの。でもホテルにいる人々は、ほとんど生きてない……!」

「そうね、あなたにはわからないのよ、彼らの身に起きないとも限らないことがあるの」シドニーは、我関せずとしていないで、きちんと要点を指摘してやることが必要だと思った。道路は、地元民や観光客に人気のある遊歩道で、高い川岸の地形に沿って回遊していた。別荘のテラスから人々が見下ろせたし、人々は樹木の頂きと同じ高さにいた。町の屋根は下にあった。ミルトンはコーデリアと味気ない会話を続け、シドニーは解放感にホッとしながらも友達らしい表情を崩さないで前方に目をやり、砂利道の高台を上がってみたら海が見えた。腰掛けがいくつか置かれていて、唐傘松が東屋のようで、海岸の明るいパノラマの眺めを約束していた。その向こう、遥か遠方の丘陵はまだ雪をかぶっていた。そのほかの丘は美しい青い鼻面を並べて海へ走り下っている。岬が岬を従えてフランスの方向に霞んでいる。この輝くような朝、大地はどこか独立した明るさを持っていた。まだ日陰はなく、岩と密集した平屋根と鐘塔が光を反射しながら光を受け止めているようだった。明るいブルーのガラスのようにうねる海が何マイルにもわたって浜辺に届き、優雅なさざ波を立て、絶え間なく泡沫になって寄せては返していた。シドニーとミルトンとコーデリアがそこにあったベンチに座ると、台地の周囲に生えている肉厚のサボテンの切っ先が、前景を暗く彩っていた。「ああ！」とミルトンが言い大きく深呼吸し、空気はより力があって、より新鮮に感じられた。この日を楽しんでいる彼を見てシドニーは喜んだが、彼女にしてみればこの日は空しく過ぎていると見えた。

「この全部が切り抜かれて色を塗ったみたいに見えるんじゃない？」コーデリアは声を上げ、嬉しそうに足をバタバタさせた。

「コーデリア！」ミルトンが言い、霊感に撃たれたようにコーデリアを見た。「君は木の実が好き？」

「大好きよ。私、いっぱい持ってるわ」

「では、イチジクは？」

「種が歯に悪いけど」

「じゃあ、ナツメヤシ《デーツ》は？」

「デーツは大好物よ。あまり食べさせてもらえないのは、ベタベタするから。でもデーツはもう大好き」コーデリアは考えて言った。「またデーツを一つでも食べることがあるかしら？」

「いつだって食べられるよ」ミルトンは言い、よく知っている小さなフルーツショップがこの下にあって、君に三リラあげるから、それでみんなの分のデーツを買ったらいいと言った。「僕もデーツは大好物なんだ」彼は言い添えた。「ショップは左側にあって、電車の終点の近くにあるし、君の好きな言葉で通じるから」彼は少女をそっと押しやったが、その必要はなく、彼女は早くもベンチから腰を浮かしていた。何か注意しようと口を開けていたシドニーを横目で見て、コンクリートの階段に走り、歓声を上げて階段の下に消えた。

「でも彼女は一人で街を走り回るのは許されていないのよ」シドニーは心配して言った。「それに、食事と食事の合間に何か食べるのもダメなの――乳母《ナニー》の言いなりだから。どうしてこんなことをしたの？」

「彼女は話しかけやすい種類の子供じゃないし、彼女の中身はダチョウのようだと僕は見ているんだ。彼女の周囲の人たちが、ああやって他人に執着する彼女をとめないなら、彼らはその結果を受け入れなくてはならない。僕は彼女を見放したよ、だって彼女はこの朝、悪魔の使いのような厄介者だったから」彼は真っ赤になっていた。

「ずいぶん気を使うのね」シドニーはそう言って声に出して笑い、日光のもと、コーデリアが被る危険を忘れていた。「道徳的な憤慨ですか？」

彼は彼女の話をさえぎらなかったが、彼の沈黙にある何かと、コーデリアの消滅が彼らの間に残したギャップを埋められないような彼の意識と、彼らが相手に対して抱いている明らかな考えから、彼女のほうで話をさえぎった。

「ごめんなさいね、彼女は退屈だったでしょ」シドニーは神経質な言い方だった。「彼女を連れてくるんじゃなかった」

「ああ、連れてきてはいけなかったと思います。僕は散歩に行こうと君を誘っただけだ。遠征隊を集めろと頼んだわけじゃありません」

「ええ、そうね――」彼女は何か言おうとして、またやめた。人目につく二人、普段どおりに射している日光、言動共にイギリス人の客だという感覚、そして彼と彼女は称賛を目的とした景色を前にしたベンチに仲良く並んで座っているということが、彼女を純粋に人格を持たない状態にしていた。まったく客観的な気持ちでいたので、パリコミューンが喜んで「イギリス人の訪問者」の二人を見下ろしていると想像していた。自由な空気が広がり、彼女は声をあげて笑い、彼らはどちらも風景より現実的でないと感じていた。そのとき、彼の声のある調子を耳にして彼女は驚き、自分のではない新しい気分が、ガラス鐘《ベルジャー》のようにかぶさってくるのを感じた。明るい情景の現実味と、重要でない者の意識と、安全な小さな人影が彼女から遠のいた。どれもいつもあるものだったが、もはや助けにはならなかった。彼女はベルジャーがついに降りたと感じた、それは、彼が周囲のベンチと高台の向こうをちらりと見て、早口で言ったときだった、「要するに、シドニー、僕が君を知るときがくるだろうか？」と。

「どういう意味だかわからないわ」彼のマナーに息を呑んで彼女は言った。「ほかの人たちと同じように、私たちは毎日会っているわ。それでこうやって、あなたによれば、私たちはここにいるのよ」

ミルトンは彼女だけでなく自分との話の接ぎ穂を失って、恐ろしくなった。彼は言っていた、「そうだけど、君は僕と結婚してくれるかなと思って」と。だがそれは考える時間もなく出た言葉で、どんな代価を払っても必ず何かから出て、それによって立とうとする本能が言わせていた。彼女は彼より早く彼の言葉を理解し、答えた。「あなたはとてもいい方ですが、返事はノーよ。残念ながら、不可能だわ」と。彼は、彼らがまだコーデリアのことで喧嘩していないことに気づく前に、彼は求婚して断られていた。このことがはっきりすると、彼は困り切って彼女のほうを見た。「残念なことに」彼はまたいつものマナーに戻って言った。「恐ろしくバツの悪いことをしました」

「あら、いいえ、そんなことないわ」シドニーはそう言い、心もとなく微笑した。「考えてみたら、ありがたいことですもの」

「今日、言うつもりはなかったんです。説明の必要はない。僕は自分が許せない。しかし、この話に関する限り、あなたに求婚してもさらなる害はないと思うんですよ、あなたが——みなこう言っているようだが——僕に少しでも希望を与えられるなら？」

「いいえ、残念ながら、それは無理」とシドニーは言いながら、何か途轍もないことを乞われたような感じだった、返事は彼女の常識だけのことであり、さらなる問い合わせは始める必要もないというような。

「よくわかりました」ミルトンが言うと、ベルジャーがせりあがったが、まだ彼らの頭上にぶら下がっていた。この想像が彼にも浮かんだに違いないと彼女が感じたのは、彼が拘束から解かれたように、もう一度深呼吸をしたからだった。目の前の海を一瞬鋭く見つめてから彼が言った。「ありがとう」彼女は何のお礼なのかよくわからず、礼儀を尽くしたからだと推測した。解散、を意味していると感じた、「もう行っていいんだ、話は終わった」と。

＊1　ライダー・ハガード（Sir Henry Rider Haggard, 1856-1925）、英国の幻想小説家。代表作『洞窟の女王』（原題 *She*, 1886）。ボウエンが少女時代にもっとも愛読した作家。

＊2　バロネス・フォン・ハットン（Bettina Riddle von Hutten, 1874-1957）、アメリカ生まれの小説家。第一次世界大戦の前後にイギリスに住んだアメリカ人を描く歴史物で知られる。

13　共同墓地

「彼はデーツが好きだと思ったのに」コーデリアが大声で言った。階段の一番上で息を切らし、包みを抱きかかえ、ミルトンが彼らの来た道をそれて急いで歩み去るのを見て呆れてしまった。彼女は階段を上下に走って友達と離れている時間をなるべく無駄にしたくなかったが、あんなに短時間で彼が逃げ出したのは、いまは一人ぼっちでベンチに座り、前をみつめて不安そうに微笑しているミス・ウォレンの不手際のせいだと感じないではいられなかった。彼を一瞬置き去りにしても危険はないと思われた。彼はそこに根が生えたように見えたし、言い方を変えれば、そこに繋がれているように見えたからだ。

「だって、彼が言ったのよ、僕はデーツが好きだって」彼女は繰り返し、自分の驚きにふさわしい理由が欲しかった。

その言葉は、返事もなく、物腰の柔らかなミルトンに代わって座を占めた暗がりをさらに深め、日光もしばしば暗くなったと二人は感じた。ミス・ウォレンはふらふらと立ち上がり、プリーツのスカートを振るい、パラソルを初めてここで開いて肩に斜めに置き、優雅さの詳細をその角度にこめたので、コーデリアは暗然とした、ミスタ・ミルトンは思い出からも除外されるのだと思って。新しく入れ替えて本物らしくなった笑顔をコーデリアに見せたシドニーは、二人で散歩を続けようと提案した。ベンチの前の砂利道に残ったいくつかの丸と三角がなければ、あの友達のような聖職者は存在すらしなかったようだった。

彼女らは道路の丸みに沿って徐々に下降して、共同墓地に向かった。シドニーはよくしゃべった。二人は小説について、算数の難しさについて、犬に勝る猫の優秀性について語り合った。一度彼女は振り返ってベンチを見つめ、まだ自分たちがそこにいたらとの思いに鳥肌が立ったようだった。コーデリアが「何か忘れたの?」と訊いたので、戸惑って「あら、いいえ」と返事をした。それで露呈したことがあった、ミスタ・ミルトンはそのときまで忘れていた何か重大な約束によって呼びもどされたのだ。コーデリアは、現地での約束のそれ相当の重要さを評価できる子だったので、何も言わなかった。彼女はミスタ・ミルトンが足の弱い歩行者で、もっと言えば、色々な欲望には敏感だが、忘れるのも早い人だろうと勘ぐっていた。彼女は彼のデーツを食べて、彼がいなくてもかまわないことにした。デーツの種をまとめて片方の頬にためて、五、六個溜まると、ものすごい勢いで口から吹きとばした。シドニーのそばを歩いて道を下りながら、ホップ・スキップ・アンド・ジャンプして、足にまとわりつき、靴の先に固まった白い粉のような埃を蹴飛ばした。これがものすごく楽しくて、有名なミス・ウォレンと見るからに親しく歩いているということで羨望の念を掻き立てているのが楽しみに輪をかけた。友達に出会ったらいいのにと、彼女は空しく期待した。「二人組っていい仲間以上の仲間だと思うわ」彼女はやっと言った。「でもあなたには、がっかりじゃないといいけど？」

「惜しいわね、まあ」シドニーはこう言いつつ、ミルトンとしては一緒に散歩を続けたほうがずっと元気になり身体によかっただろうと感じないではいられなかった。彼女は自信があった、彼の神経質な衝動の一つに何かが起きただけだと気づく自分に。そして確信していた、そこには感情の発露はないことを。二人の間に独特な視線の交差があった、彼が彼女に帽子を上げてから背を向けたとき、彼が外に漏らした感情は驚きだけだった。深い驚きだったが、彼女は何に驚いたのか見当がつかなかった。あの淡い灰色の瞳は空白が透けて見えるのに、彼女にはまだ生きいきしていて、自責の念を強く願いながら、彼女は自分の記憶から彼の感情の意味合い一つ絞り出せなかった。疑念を覚えたのだ、自分が目撃したのは、内気だがへこたれない虚栄心が限度を超え、それがしばし崩れただけではすまない痛ましい何かだったのではないか。偶然誘い出されたのだという疑念が、彼に対する彼女の態度を硬化させた。彼は彼女を傷つけてはいないが、あの早朝の痛みを復活させるにまかせた。神経がしきりに動悸を打っている。彼女は最高度の実感に身を切られながら、ミセス・カーが離れていき、笑顔に期待をにじませて彼女を通り過ぎて階下に降りて行ったときの言葉と表情と仕種の一つひとつが匂わせるものにようやく気づいた。

そんな気分の中で、シドニーは人の命のはかなさについて当たり前の回顧も念頭にないままに、コーデリアと一緒に共同墓地の門の中を覗いた。もっとよく見ようとして、二人は冷たい鉄格子に顔を押し付けた。コーデリアはこれまでの十分間、急ぎに急いだので、疲れ切っていた。不安で言葉も出なくなり、ある期待があって苦しい思いをしていた。つまり、装飾を施された墓地はくるくると丸められて消滅するのではないか、もっと悪くすると、心を刺すような訴えも失敗に終わり、戦慄《フリッソン》と表現すると学んだことを今回は経験しないだろうと、鬱蒼とした木々の間から記念碑が不愛想に立ち並んでいるのを見てそう思った。そのうえ彼女はミス・ウォレンの反応に自ら責任を感じていた、海からそれて袋小路みたいな道を下ったときから。その道は周囲を囲われ、丘陵地帯の棕櫚の木が群生する麓を回る一連の角度の中に消滅していた。

墓地は完全に無人のようだった。あふれかえる陽光が糸杉の木の間を押し分けて墓地に注いでいた。強い光は恩寵を与えず、細部をさらけ出していた。壁を取り巻く円柱に支えられた円天井の物影には夕闇の迫る黄昏のような光が濃くなっていたが、兵士たちの小さな十字架は太陽の罪状認否を受けて両腕をあえぐように広げている。密集した樹木は動かないのに、それを縫って隙間風がうなりを上げて吹き下ろして墓石を荒らし、コーデリアが好きな装飾が悲鳴を上げてきらめいた。黒ずんだ錫《すず》のパンジーの花輪が十字架の腕から揺れて花びらを鳴らし、色のないリボンがはためいた。ビーズの花束は斜めに傾き墓石の足元に垂れていた。最近死んだ者の栄光のための蠟燭がひときわ目につき、埋めもどされていない土から突き出ている。曇りガラスのコップに入れた蠟燭の炎がそこここで身もだえし、日光が当たってくすんでいた。不安げにざわめくこうした思い出の上に、白い天使たちが訓戒するように舞い降りていた。どの墓碑銘も隙間なく書かれた最上級の賛辞に始まり、死の婦人帽子の下から「最高《イシミ》」とか「最上《イシメ》」と囁き合っていた。いたるところにあるリボン、大理石、そして磁器製品がサロンを思わせ、死の意味がこれほど衝撃的に公表されている所はなかった。

「はっきり言って」とコーデリアが意見を述べた。「私はイタリアのお墓がすごく好きよ。人が中に住んでいるみたいだから」

「たしかに、ほかのお墓よりも出てくるのが難しそうね」シドニーが言った。それから、なぜか狼狽して、共同墓地の門を急いで開けた。そして友達の家にメッセージを届けるみたいに、急いで中に入った。ひとたび墓石に囲まれ、後ろにコーデリアを控えてシドニーは立ちつくし、再び辺りを見回した。思考に押しつぶされていたが、死の思いにというよりは、人を結局ここまで連れてくる未来のまやかしの思いにだった。死について考える習慣がなく、死とは自然に発生する素晴らしい身振り《ジェスチャー》だと思う程度だった。ところがいまは、勝手に押し付けてくるもののように思われ、いま彼女が経験し始めた剝奪行為のもっとも冷笑的な最終的なものと思われた。彼女は思った、「未来に逃げ込むのはいつだって大丈夫、いつもそう思ってもいいが、ここが未来の終わりなのだ」と。眼を上げると一羽の鳥が空高く悠然と飛んでいて、彼女は気づいた、いままでの生き方で生きてきた自分は、自分自身を使って未来に盛んに投資してきたのだ、と。現在は、つねに滑り落ちていて、幽霊のように一刻一刻が次の一刻への懸念に消費され、こうした懸念、こうした色褪せた期待が彼女の記憶の場所を奪い、彼女が達成したことは締め出されて過去を必ず不毛にする、だから、現在に戻っていかざるを得なくなる。

ジェイムズ・ミルトンの試みは彼女の人生にさらに深く入ろうとし、二人が知り合った結果わかった氷山に等しい領域にもおよんだが、現時点で考えると、英雄的にすら思われた。彼は自分の未来を賭けていたのだ。しかし彼の未来は、彼女が回想した限りでは、無限の空間に転がり出ていた。彼はどこにも結末を定めていなかった。そのせいで彼は有閑階級のように見え、やすやすと寛大になれたのだ。彼の衝動は、彼女の差し迫った感覚から見ると、どの方角にも心は向けられていなかった。究極的なあの広がりから降り注ぐ精妙な光を浴びながらも、彼は人生を均等なペースで歩いていた。彼は何かに駆り立てられていない、人あたりのいい人間として自分を見ている。彼女は葬儀を司式する彼を見た。体格のいい、心をときめかせた、ミルクのように白い彼は、あくびしている墓石にもたれている天使のようで、手に握った土を撒き、それが有限な命に対する賛辞だった。それは、抑制した光線というか、認識する〈心〉にそれなりの秩序があることを表現していた。彼が自ら使った「死」という言葉は、死を告げる臨終の響きがあっただろうし、人はそれに無意識に耳を傾けている彼を感じ得たであろう。彼女はかすかな偏見を持って黙考していた、それが言外の多くの意味を持つであろう人とともに過ごす人生を。

そして求められている！　彼女はあの朝の階段を上ったときの気分を覚えていた。そして周囲を見て、たえて望まれぬ死を見つめた。彼が握った手の感覚を思い出そうと努め、彼の唇の感触を想像しようとした。そして溜息とともに出るのは、「私ってすごく普通だ！」であって、彼のマナーの範囲内にあるらしい愛情表現の言葉を思い出そうとしたり、その反響を聞き取ろうとした、だがそれは、死という言葉のように、彼のための表現だろうと感じた。

コーデリアは、ガラス・ドームの小さな都市の中にある墓石のはじに腰かけて、物知り顔で上を見ていた。この子は小説をたくさん読んでいて、心の出来事について知り得ることは知っているとみなされていた。コーデリアが目をキラキラさせて数分間じっと見ているのを感じて、シドニーは彼女の唇がいま動き出したのかどうか考え始め、もしそうなら、コーデリアは何を考えたのだろう。彼女にわかったのは、コーデリアの小説では「つぶやいている」と呼ばれるであろうことへ自分がつき進んだのではないかということだった。この子はこのことを即座に認めるだろう。しかしいましばらくの間、彼女は墓石から目をそらさず、シドニーにも目をそらすことを許さなかった。

「知ってた？」彼女が始めた。「永久に埋葬してもらうには、莫大なお金がかかること？」

「考えたこともなかったわ」

「修道院学校にいる女の子に祖父がいて、彼女が言うには、死んだ祖父の最期の要求は、永遠に埋葬されることだったの。永遠じゃないと――お金はもちろん物凄くかかるのよ――人が来て死体を掘り返すの。イタリア人はこんなこと夢にも思わないわよ、先のことは全然考えないの。彼らはお墓を整備するのに大金を使うのよ――はっきり言って、彼らは非常に上手にやるわね――そして苦労した挙句に、共同墓地の人が来て親族をまた掘り返すの、墓地が狭すぎるし、人々は絶えず次から次へと死ぬから、行き場所がないと困るし、私の言うこと、わかるわね」

「まあ！」シドニーは言って、思わず後ろを振り向いた、新たな死者が門のところでひしめき合っているのを見るつもりだったのか。そして、ここに来たのは大失敗だった、自分を取り戻すなんて無理と感じた。高い壁に囲まれたこの場所に門は一つしかなく、彼女にとって罠も同然だ、どうしたらいいだろう、もしここに死者ではなく、ミセス・カーとロナルドがしゃべりながら笑いながら（目に見えるようだ）突然入ってきて、墓石を踏んで歩いてきたら。二人が墓地に来るべき理由は想像できず、彼らに対する彼女の秘めた恐怖心が、彼らの無意識を引き寄せる磁石だったとしか思えなかった。

「そうね、そのとおりよ」シドニーは大きな声で言った。「人は次々と死ぬに決まってるわ。それは許してあげなくちゃ」

「礼拝堂の裏に山のようにごみが積まれているのよ。一緒に来たら、見せてあげる」

「なんて恐ろしい墓荒らしなの、あなたは！」シドニーは無表情に言った。彼女は承知していた、実際に子供を扱うにあたり、理論はすべて崩壊し、慣習のレベルまで退却するしかないのだ。しかしコーデリアが小さな声で理性的に「どうして？」と反論したとき、彼女は一つも返事が出てこなかった。いくら慣習を引き合いにしても、大人の「病的状態」をコーデリアに押し付けていい理由はどこにもない。

「みんなは、掘り返すなんてあなたに言って欲しくないのよ」彼女は切羽詰まってやっと言った。「だけど、とても実用的な取り決めだと思う。イタリア人は現実主義者《リアリスト》なのね」

「リアリストって、何なの？」コーデリアはこう質問しながら、その一方で、地面に散らばっていた陶器の花の花びらを拾い集め、ついている針金の茎を帽子のベルトに刺しこんでいた。「私の帽子、素敵になったでしょ？　リアリストって、何なの？」

「ミスタ・ミルトンに訊いて」シドニーはすかさず言った。

「彼が――」

「いいえ、彼は違うわ、もちろん違います。でもリアリストがいかに啓蒙されていない人か、彼が話してくれるわ」

「彼は話がくどいのよ」コーデリアは友人を横目で見ながら言った。

「そんなことありませんよ」シドニーは苛々していた。「だけど、あなたはそのことの何を知ってるの？」

「あら。何も、何一つ知らないの。『くどい』ってどういう意味かだって、知らないわ」

「じゃあ、あなたはどうするべきか――」

「思い切って言っただけよ」コーデリアは真面目に言い、シドニーは、反論されて、この子が正直であったらいいのにと思った。「彼らはどこに置くの？」彼女は訊いた。「イギリス人を？」

「あっち。私たちにはとても素敵な一角がとってあるの。見せてあげるけど、どうする？　私の年くらいの女の子がいるのよ——彼女のホテルの人たちが、そのことで動揺するに決まってるわね？　私、ときどき思うの——」彼女はそこで考えこんだ。

「ええ、そうね、あなたは思うのね。私もよく思ったものよ。でもあまり面白くないでしょう、ほんとは、死んでほかの人を感動させるのも、憧れのピクチャレスクになるのも、惜しまれるのも」

「そうだわね、やっぱりね。でも私はつい想像してしまうの、あの日私たちみんな怒っちゃって、私たちがリフトを壊したからよ。私、ミセス・ヒリアの背中にあっかんべーをしたわ、彼女が廊下で立ち止まって、私に皮肉を浴びせたときに、そして考えたの、『ほら！　お願いよ、明日は泣いて鼻をすすって、私の棺に花——カーネーションよ——を供えて、そして言うのよ、あなたはとっても可愛い女の子だった！って』」

　二人はそれから共同墓地の突き当たりにあるイギリス人のコーナーを見に行った。もっと分別のある記念碑が刻まれ、墓石は花崗岩で、トスカーナ産のカララ大理石よりもふさわしい造りだった。周囲に糸杉が控えている。リヴィエラは完璧だ、ここで死んでもいいと、シドニーは思った。鳥の姿はあまり見かけない中、一羽が木から飛び立って、鋭く啼《な》きながらジグザグに飛んで墓石をかすり、彼女を驚かせた。鳥の啼く声のこだまのように、門の掛け金がきいと軋《きし》み、木々に隠れていた門が鷹揚に開いた。音に耳を澄ませて待っている間、シドニーには心臓の動悸が聞こえていた。

　ほどなくしてミス・ピンカートンが糸杉の間から現われ、死者たちを意識して、その顔は高潔な表情をまとまっていた。墓石の間を左右に見て、コーデリアとシドニーを見たのに、彼女は誰だか最初はわからないみたいだった。人ごみの中の人かもしれない。それとも侵入してきたのか？……彼女は水仙《ナーシサス》を持っていた。彼女は近づいた。小道は一本しかなく、彼女は穏やかに近づいた。不快な出会いにはならなかったようだ。「おはようございます」シドニーが一礼すると、彼女は低い声でこう答えた。二人は向きを変えて離れようとした。

「とっても素晴らしい場所ですね」と言ったミス・ピンカートンは、二人を引き留めたいわけではなさそうだった。

「素晴らしいですね」シドニーは言った。「とても平和で！」

「私の友人が」ミス・ピンカートンは、穏やかで威厳のある瞳で二人を見て言った。「ここに一人従弟がいるの」彼女は水仙の行き先を示した。シドニーは身をかがめて碑文を読んだ。

「海軍大将でした」ミス・ピンカートンは言って、また溜息をついた。

「彼はもう大将じゃないでしょ？」コーデリアが大声を出し、シドニーはあわてて彼女の腕を取って、立ち去ろうとした。

「それを訊いてはいけなかったわ、コーデリア」

「だって、どうしていけないの？――あらミス・ウォレン、先に行かないでよ！　大将から逃げ出すのかって思われるわ――どうして訊いちゃいけないのよ？」

「そうね」とシドニーは少し考えてから言った。「ミス・ピンカートンはそこまでご存知ないのよ」

14　音楽

　ドアの周囲にいた人の群れが突然散らばり、みんな客間のバルコニーにもたれて身を乗り出した。ホテルの正面の上方に思いがけずにぎやかに顔が並び、初めての昼寝《シエスタ》を忘れてベールから出てきたようだった。音楽の一節をこれまで聞いたことがなかったか、あるいはいま彼らが口の奥まで覗いているのは、かの竪琴の名手オルフェウスその人だと思ったことだろう。

　抱えたマンドリンを彼が爪弾いてこぼれたメロディは、真昼の緊張と炎熱と聴衆の息を呑んだ静寂が未知の響きとなり、彼は全身を震わせて歌っていた。バルコニーの下に来ても行進は止まらず、歌声は勢いもそのままに泉水の方向に漂っていった。赤いスカートの子供が彼のコートの裾をつかんで、そこでスキップ、ここでよろめいたりしながら、彼の足取りと歌をこだま返しで歌っていた。少女の顔は、微笑にほころび、バルコニーを見上げ、瞳を閉じて、ホテルの客の善意が雨のように瞼の上に降り注ぐのを感じているようだった。

　曲目はクラシックではなかった。彼は「フニクリ・フニクラ」と「オー・ソレ・ミオ」を歌い、それから（娘を励ましてイギリスの友人のために踊るように言い、演奏を速めたので、少女の短いスカートはくるくる回って円盤になった）人形の美しさについて歌った。レディたちは両側からロナルドにすり寄り、後ろの窓からは人がどんどん出て来て彼の肩にもたれた。頭を下げている彼の耳に聞こえたのは、オーケストラのような興奮した息遣いだった。

ああ、なんと美しい私の人形
まるで、ほんとに、私みたいに美しい
羽衣をまとい、
その頭には――

「見事なものだ！」誰かが声を上げ、称賛の波がロナルドの背後で高まって、拍手と笑いに砕けた。「このバルコニーは」歓声に紛れてロナルドは母に言った。「公開処刑の版画に似ていますね」彼はいつの間にか音楽に啓発されて顔は輝いていたが、表情には失望がまだ浮かんでいた。「一、二分後には爆発して、こんな残忍なものを見た報いを受けますよ」
「でも、ロナルド、残忍なものって？」母は狼狽して彼のほうに向き直り、アイロニーが通じない無邪気な顔をした。「あの小さな鬼っ子は目が見えないんだ」ロナルドはそう言って、下方を指さし、両方の肩を怒ったようにそびやかした、彼ならすごいデブと呼ぶ大女が二人、両側から背中にもたれていたからだ。
彼の言葉はどういうわけか広まっていき、その子の目が下を見てからだるそうに閉じられると、数人がその気で注目したら、その両眼は瀬戸物のような白色をしていた。吟遊詩人は、こうして生まれた興味に乗って、相棒を前に押し出して歌の途中で立ちどまらせ、少女をこれ見よがしに売り込んだ。「盲目娘《シエカ》、盲目娘《シエカ》」と彼は叫び、歯をむき出しにして彼らに向かっていった。小さな少女は、恍惚状態になり、両腕を差し出して、また踊り出した。猛烈な速度で旋回するので、そのスピードに追いつけないマンドリンから彼女が音楽を剝ぎとるようにして踊っていた。「見ていられない」と「残酷な」というささやきがバルコニーを這いおりたが、上階の窓からはニッケル硬貨の最初の雨がもう降ってきた。雨は激しくなって、空中で次々とその光がきらめく。小さな少女は動きの合間に立ち止まり、恍惚として耳を澄ませているようだった。そして空気を手にいっぱいつかむと、笑いながら降伏し、歓声を上げながら砂利道を動きまわり、手探りで収穫をかき集めた。もっと重い硬貨が次々と降り注ぎ、溜息が漏れ、恐怖に駆られた笑いがかすかに聞こえた。

「だけど、彼女は幸福よ」シドニーは声に出して、窓枠まで戻ってそこに立ち、どこにいるのかわからなくてもミルトンの声に違いない声が同調していた。「そう、そう、きっと幸福ですよ」

ロナルドは二人の善女に押しつぶされてもがきながら体が動かせず、誰が声を出したのかは二回ともわからなかった。そうするには重労働が必要だっただろう。今日は一日中語句が飛び交い、途切れたり、はやしたり、それが異国の言葉でありながら音の切れ目に意味ありげに聞こえ、彼の心の中にあるものを言い当てているようだった。

人を押し分けて客間に戻ると、人気《ひとけ》がなくなった客間は表の日除けテントで黄色く染まっていた。ソファに座り、後ろにもたれて足を組み、母が窓に現われるのを待っていると、母はすぐ現われて、一瞬目を泳がせたが薄暗がりの中に彼がいるのがわかり、悠然と近づいてきた。彼女は悪かったと言い、彼が快く譲歩を受け入れると、母が肩越しに一言二言言った相手は、外にいるミス・ウォレンだったようだ。彼のそばに座った母は、薄暗がりの光の中でたいそう美しく、落ち着き払ったその様子はシルクのひだが乱れることなくおさまったように完璧だった。称賛した名残がまだあって、かすかに動揺していたが、そのさざ波が心の中で波紋を広げて消えるに任せていた。間もなくすっかり消えるだろうが、さざ波に乗った滑らかな意識が光のように流れたらいいと彼は思った。

彼らは生涯続く互いに対する違和感を追っていて、現段階では一緒にいるという新奇さから、それぞれが相手の独自性を見つけ出す気になっていた。人が会うとはその性質上、逢引き《ランデヴー》であり、舞台装置《ミーザンセーン》が不思議にも重要になる。逢引きで二人だけになると、ベンチとか待合室とか客間の壁に直角に置かれた堅苦しいこのソファなどの見た目には無関心になる。彼らは二人で座り、ロナルドは上機嫌だった。

「それで？」母が言った。音楽が終わりに来て、大勢の人々は同情がにじんだ視線を伏せてバルコニーから立ち去っていた。幼い少女がかき立てた奇形を見たいという欲望が満たされたことがその視線に出ていて、ロナルドにはわかっていた、彼らの多くが見世物に「心を打たれた」のを。部屋はまた空っぽになり、ミセス・カーは幸福すぎると言って自分を諭す必要があるほどだった。「それで？」彼女は服従するかのような気配を見せて話を再開した。

「どうして『それで』なの？」ロナルドが言った。「ここにいちゃいけないの？　母さんはもう眠りたいのでしょ。この部屋は何ですか、いったい？」彼が周囲のアームチェアを見回すと、椅子はみな一方向を向いて恐ろしく利口そうにしていた。

「大勢のご婦人たちがここに座るんじゃないかしら」

「なるほど。しかし僕は雰囲気なんか怖くないですよ」

「ディア・ロナルド、あなた、うるさくなったみたいよ。私はいつも用心して覚えていたの、あなたは雰囲気が怖いのだという考えを。雰囲気はどれも危険だって」

　彼が用心して覚えていたのは、母は彼の精妙さを察したこともないという考えだった。というか、彼女はそこまで努力して感知しようともしなかった。しかし彼はこのホテルに到着して以来、母の感知力の細やかさに驚異を感じていた。刻一刻感じているだけでなく、過去に感知したことで突然見通しをつけ、感知力はあまりにも絶妙で、評価はミスがないので、自分が、同等の細やかさに欠けていた可能性もあり、彼は自分にないものが際限のないことに打ちのめされた。母が、あなた、うるさくなったんじゃない、と言ったいま、彼は母に微笑むことができた。

「母さんに喜んでもらわないといけないでしょ？」

「ロナルド、あなたって、名状しがたいのね。適わないわ」

「僕が適わなかったんですよ。何も言わないで！」彼は母の腕をそっとゆすった。

「どうしても笑っちゃうわ。ねえ、知ってる、私は——私はあなたを尊敬してるのよ？　そうとはっきり言わないで、どうしてこんな告白しなくちゃならないの？　本当に尊敬しています」彼女はその言葉を恭《うやうや》しく発音して繰り返し、言った言葉を振り返って不安になった。

「実のところ」ロナルドが真面目に言った。「僕らは尊敬されなくてもいいのでは？　ねえ、母さん、こう言ってよければ、あなたの世紀末の友人と僕らを混同するのは間違いではないかな。もちろんそういったコメントは、皮肉な反響をごまんと生むでしょう——そう、ワイルド[*1]の芝居では。でもね、じつは、人はあっさりと受け入れますよ」

「そこがあなたの素晴らしい点だわ」ミセス・カーは、彼のコメントの一つひとつに寄せてきた熟慮をこめて言った。「言うまでもないけど、私のデートは望み薄よ、シドニーが言うとおり」

「シドニーが？　ああ、あの女子か、うん、わかった。申し込んだの？」

「ロナルド、あなたって、無神経よ。『女子』なんて言わないで。あなたは彼女が気に入ると思ったけど。彼女はものすごく頭がいいのよ」

　ロナルドは驚いていた、シドニーが好きだったことはなく、その事実にいまになって気づいたのに、母にはそれがすでに長い間明らかだったとは。「もし彼女が『女子』じゃなかったら、ここには来ていないさ。ともあれ、彼女は、どこかしら不自然じゃない？　若いロレンス嬢たちは、少なくとも、ありのままの魅力がある」

「シドニーはありのままで私を好きになったわ」

「あなたはシャールメリーが耐えられないんだと思ってた」

「ああ、大人になり切らない娘《バックフィシュ》のことを言ってるのね。人はそれほど頑《かたく》なになれるものかしら、美しい申し出を断るなんて？　彼女を退屈させないでね。あなたは自分のままでいいの。彼女のほうがそのつもりでいるんだから、あなたはたぶん退屈だろうと」

「彼女に訊いたの？」

「彼女は二十歳というのは退屈な年齢だと思っているの、彼女は二十二歳よ、ええ。とにかくいまは彼女のことで悩むのはよしましょう。この『こと』にしても、私がいま発見し、あなたが正当と認めたわけだけど、私にはとてもしっくりくるわ。嬉しくて――あなたも感じたかもしれないけれど、私は言葉にしなかった、ここまで大幅に受け入れてもらうと、照れくさくて――あなたはドイツから来てくれた、ドイツを捨てて。高くつかなかったでしょうね?」

ロナルドは照れくさそうだった。

「つまり、発展途上でということよ。絵画とか音楽とか」

「ああ、そういうことか、それはない。とにかく、母さん、僕が説明するべきだったんだ」（やっとの思いで既に説明したのにという意識に苛立っていて、声にある調子が出た）「そういうことは二義的なことで――」

「もちろんそうだったけど。私ったら、またバカやっちゃって、それはドイツのレンテンマルク[*2]のことよ」彼女は彼の膝に手を置き、頭を壁にもたせかけ、深い後悔になんと頬を染めさえした、と彼は見た。このすべてが、これほどあからさまに手加減なく、これほど自分をさらけ出して語られたことに、彼は圧倒された。彼が鎧《よろい》にしている確固としたフェミニズムにもかかわらず、ロナルドは真剣なフェミニズムには必ず圧倒された。幼い少年時代からこっち、こんなにまぶしい母を見た覚えはなかった。その間、母はむしろ内気なつむじ曲がりだった。お得意の優雅さも観念的だ。

彼はドイツから来た理由をとつとつと話し、悲しくて恥ずかしかった。彼は話した、母がときどきよこす手紙あるいは一つの思い出によって、彼が見事なほど集中していた経済的な混乱に関する心配から気分転換させてくれた、と。母の不届きな心労のなさには一貫して誘惑された。それに、次の二年間の切迫した中で、ほかのどの時点で彼女と長い間一緒にいられるのか、彼は見通すことができなかった。また彼は周到に認めていた、シチリアでビングズ家に会う計画にそれが偶然によく合致していることを。

とはいえ彼は家がないという子供じみた感じは認めなかったし、ミュンヘンでは寂しかった、ドレスデンでは退屈だった、ベルリンでは数人が彼に無礼だった、という告白はしなかった。彼は用心して一瞬母を見て、告白するのをやめた。足を引いて、やや疲れた目で客間を見回す。彼は示唆していたのかもしれない、こうした逢引きを数回続けるという軽率な衝動で親密になるほかに互いに近づくことはないだろうと。

彼の周囲はストライプがはびこっていて、室内装飾品のつづれ織りに、規則的なダイヤ柄が光るマットに、サテンのような壁紙にもストライプが無数にあり、ドアの裏にあるレースのブラインドもストライプだった。人はこの混み合った空間に閉じこめられたと感じたかもしれない。座って母性を求めるにはおよそ不似合いな場所で、それに応える母性にしてみれば、母性を感じさせるにはもっとも不似合いな場所だった。彼は母に空想上の質問をしなくてはならないと思った。「僕は母さんにとってどういう意味がある？」とか「あなたの人生で僕が果たした役割は何か?」あるいは(最後の怒りをこめて)「あなたは僕を愛してる？」とすら（彼は母がこの誓いをした覚えがなかった）。こうした心の奥にあるかぎりの質問をしてみても、母の答えはここではじかに出てこなかった。その後に大洪水が続き、引き伸ばされたつづれ織りが音を立てて裂け、丸い壺はひび割れるに違いない。親密さに関して彼の深奥にある思いは、こういう質問をしたり応えたりする自由のことだった。彼はまた心の奥でこうも想っていた、そうした親密さにあっては、抑制するのは三倍の価値があるだろうと。

「ここはあなたには退屈でしょうよ」母は彼がそれとなく調べているのを察して言った。「私は一日じゅう何もしないから、根なし草だと感じるヒマもないけど、もしあなたが出てくるのを知っていたら、庭がある別荘を借りてたわ。岸壁に沿った最高に素敵な別荘をシドニーが見つけてくれて、二人のために借りたらいいと言ったのよ。でも、陰気な従姉がついてくるわよ、シドニーは考えていないでしょうが。彼女は一瞬でも従姉と離れるなんて考えられないの。だからその意見は消えました。残念よ、いま思うと」ミセス・カーは懐かしそうに言った。

「シドニーは失望したでしょうね」

「残念ながら、避けられないことだったようね。彼女は失望が似合っているの。でも見方によっては、非常に残念なことね、彼女がホテルを出ていくときに、あなたが来るなんて。どのくらいになるかしら、あなたと私が家に住んで？　私はあなたの何かを奪っているんじゃないかしら？——奪っていると感じてしまうの」

「いわゆる『僕のために生きる』べきだという考えは、まったく野蛮な考えだ」ロナルドは安心させるように言った。

「だけど、自分を解放するなんてできないわ、女は野蛮でなくてもいいのだという考えから」

「理性的でいることは」ロナルドは考えた。「女たちをそこまで連れていく。そうさ、できるんだ……、女たちは自然の力につながり——」

「ああ！　でも私に自然の力があるとは感じないわ」ミセス・カーは驚きの声を上げた。「それに——だって、ロナルド、あなたは、理性的な私をきっと嫌うわ。女性には許されない恐ろしいこと、じゃないかしら」

「しかし女性は自分を理解するほうがいいと思うよ」

「あら、わかってるくせに、あなたは自分を理解した女に魅力を感じないでしょ！」

「魅力って、本当にそんなに大事かな？」ロナルドは不自然な声で訊いた。確信している事どもが土手からあふれそうな奔流になっているのに、言葉の支流が細いので、出口が詰まっている男のようだった。

「マイ・ダーリン……。私たちって、そんなに衛生的でむき出しのほうがいいの？」

彼は言葉になるものを何一つ感じなかった。

母は彼の一方の手を取り、思慮深くその手を返して自分の膝の上に置くと、指を優しく引っ張って一本ずつ広げると、その指先で自分の指先に触れた。「感じのいい手だわ」彼女は言って、溜息をついた。「ドイツに行くんじゃなかったわね」

「衛生的で」がロナルドの気に障《さわ》った。消毒薬が一滴目に飛び込んだみたいだった。「もしかして」彼は彼女が暗闇にいて位置がわからないみたいに言った。「母さんは思っているのかな、僕は物事が美しいのは好きじゃないと」

「そんなに冷たくしないで。そういう意味じゃないんだから。私は軽薄なのよ、それに自分を言葉にできないのよ。私が言いたいのは、あなたとシドニーがいわゆる『真実』を過大評価する傾向にあるのではということよ（真実が大事なのは認めているわ）、そのせいであなたたちの会話に白いタイルみたいな雰囲気が出てくるようね」

「さぞかし憂鬱でしょうね、手術室みたいな息子を持って」ロナルドはこのきつい冗談を飛ばして喜び、さらにダメ押しした。「それとも風呂場みたいな息子かな」

ミセス・カーはまた壁に頭をもたせかけ、眼を閉じた。瞼は閉じられたまま、眠ってしまったようだったが、かすかな謎めいた微笑が数秒間の熟睡を思わせた。客間で眠るのは禁止条項だと思い（それができるとはまず考えられない）、彼は抗議しようと立ち上がり、彼女を見下ろした。

「このまま眠ってもいいの？」彼女は身動き一つしないで訊いた。「いくらあなたがいても、ダーリン、私はシエスタなしではダメなの」

「眠ってしまう前に教えてください」彼は慌てて言った。「僕が田舎者で嫌になるのかどうか？」

「あなたは愛すべき人よ」ミセス・カーは深い溜息をつき、顔というマスクの陰で意識が引いていき、ベアタ・ベアトリックス[＊3]のごとき姿になった。それを見下ろして彼は記憶をたどった、ロセティ称賛を通り越して、はるか昔、六歳だった頃、母のことを「マイ・ビューティフル」と呼んだことがあった。いま彼女は身じろぎ一つせず、ホテルも静まり返っていたので、誰かが入ってきて彼女を起こす恐れがなかったので、彼はまたそこにある小さな椅子に座った。そこからは、彼女のソファの左のほうに長く伸びた日除けテントがオレンジ色に太陽を受け、その下には海が青い線になって、植木鉢からあふれるように垂れ下がっているジェラニウムがそれを縁取っていた。その海を横切って釣り船が一艘ゆっくり進んでいた。それが窓枠の後ろに消えると、また一艘があとに従い、しばらくするとミセス・カーがまた眼を開き、ロナルドは足を組んで両腕をだらしなく下げて耽《ふけ》っていた深い瞑想から我に返った。

＊1　オスカー・ワイルド（Oscar Wilde, 1854-1900）、アングロ・アイリッシュの詩人、劇作家、小説家。耽美的な小説『ドリアン・グレイの肖像』（一八九〇年）も有名。
＊2　一九二三年、インフレ鎮静化のためにドイツで発行された紙幣。
＊3　ラファエル前派の画家ダンテ・ゲイブリエル・ロセティ（Dante Gabriel Rossetti, 1828-82）が最愛の妻シダルをモデルに描いた瞑想する美女の幻想的な絵画のこと。

15　明快な

ヴェロニカは絶望していた。シドニーの部屋のドアを迷って叩いたあとでドアをすり抜けて中に入り、同情と慰めがたまらなく欲しいと打ち明け、その他の説明なしに、シドニーの柔らかな羽根布団の波間に倒れこむと、白いスエードの靴を蹴って脱いだら靴は部屋の向こうに跳んでいき、彼女はそのあとを追って帽子を放り投げた。

「床の掃除はまだなのよ」本から目を上げてシドニーが言った。ランチョンの前に小説を読むと軽い退廃感覚に襲われるが、いまは『日陰者ジュード』[*1]を面白く読んでいたところだった。ヴェロニカが入って来ても気にならず、ただ話しかけないですめばいいと思った。

「もうどうでもいいの、こんなもの二度と着なくたって」ヴェロニカは抑揚のない声で本気で言った。「最低だわ」

「あなたのお洋服、私は素敵だと思うけど」シドニーが言った。「どこか痛いの?」

「本当のことを言うと、自分の洋服が全部嫌いなの。それに自分がどうなるのか、わからないの。

あなたもそんな気になったことある、生きていることが間違いだって？」彼女はストッキングの足を片方振り上げて、溜息をついた。「あーあ」彼女は言った。「編み物を持ってくればよかった。手ですることが何もないときの会話って、ものすごく気まずいのよ、あなたはどう？ 私は、もしよかったら、おしゃべりがしたいの。あなたは何もしていない——ええと、本を読んでいるだけでしょ？」

「どうして外に出ていかないの？」

ヴェロニカは説明した、ほかの人の顔にうんざりしてしまい、心が休まるのは、シドニーが私の言い分を理解してくれる確信があったからだと。ここで、まだ呼ばれたことがなかったシドニーの部屋に座って、シドニーの持ち物に取り囲まれていると、耳を傾けてもらっているような感じになり、彼女がこの部屋で中立の土台にいることも決してなかっただろうと思った。普段ならどのみちどうでもいいことだった。彼女自身、他人が言っていることを十分注意して聴いたことがなかった。要点だけ聞けば、それで彼女は十分だった。ここは北側の部屋だった。朝の太陽が丘に当たって柔らかくここに反射していた。ヴェロニカは自分の部屋のほうが好ましくて、バルコニーに日光が射す五階の表の部屋ではなく、二階の裏の部屋にいるのはいかにもシドニーらしいと思った。ヴェロニカとジョーンとアイリーンは、天井が斜めになったウサギ小屋に似た部屋をシェアしていた。彼女は周囲を見回して、ここはごく一部の人には息がつけるが、やや陰鬱だと思った。

「あなたには」彼女はわざとらしく言った。「この世界がどこか愚かな男と、とてもバカな女にすっぱりと二分されているように見えるの？ そして、愚か者は人が求める究極で、バカ者は人がなりたい究極だというの？」

シドニーはよく考えてみて、ほかの種類もあるはずだと思った。

「それがないのよ」ヴェロニカは挑むように言った。「あなたはいつもたいそう明快《ルーシッド》だと思うし、いまは私も明快よ。誰に対しても絶対に幻想は抱かないの。人々が言うこととか、期待していることとか、自分が欲しいものも知らないくせに、それが手に入らないと騒ぎ出す人たちの愚行を見てごらんなさいよ。何かあなたがしたことについて意見を求めても、みんなある種おかまいなしでしょ」

「他人の意見なんて、私は絶対に聞かないの」シドニーは言った（もううんざりしていた）。

「人には何か判断するものが必要なのよ」

「お一人でどうぞ」

「実を言うと」ヴェロニカはそう言って、肘をついて横に転がり、羽根布団から長い白い羽根を一本引き抜いた。「私はかなり控えめだと思うの、ええ。ところで」と、一息つく間にさらに二本の羽根を引き抜いてから付け足した。「あなたの本当に率直な意見はどうなの、あのヴィクターという男だけど」

「どのくらい本当に率直な意見がいいの？——何か害になることとか？」

「もういいわ、ありがとう。私、そんな顔してる？」

「そうね、率直に言うと、彼はむしろ寂しげな青年じゃないかと思う」

「そうだと思った」ヴェロニカがあっさり言った。「みんなそうみたい。もちろん、私は彼を知ってるほうよ」

「違うの？」

「ほかの人より寂しげじゃないわ」ヴェロニカはベッドから滑り出て、考えながら部屋を歩き回った。手を腰に当てて立ち止まり、衣装戸棚《ワードローブ》の鏡に映して自分をあらゆる角度で見た。「期待させられるかもしれないわね」明らかに関連づけて彼女は言った。「それよりももっといいことを」彼女には計画があったろうが、必要以上に悲劇的に見えた。シドニーを運命にあおられたようにじっと睨み、その一方でシドニーが言った。「彼はあなたに惹かれているみたいね」

「そのとおりよ」ヴェロニカは、当たり前のように、しかし得意にならずに言った。

「彼を厄介払いしたいの?」

「うーん――いいえ。どうしたらいいかしら? 誰もみんな同じだけど、私には誰かがいないと」

「ああ、そうか」シドニーはそう言って、身を引いた。一瞬奇麗な光がヴェロニカに戯れたが、シドニーは急に不快に思い、軽蔑を感じた。そして思った、女はみんな触覚なのだ。この最後の言葉は、大まかだけれど恐ろしい意図があって、周囲を嗅ぎまわる感じがした。

「で、いざ考えてみると」ヴェロニカが言った。「誰かが好きな人って、クソ退屈で、単調そのもの、でもかなり感動的ね。人を憐れむのは嫌いだけど、それもやむを得ないわ。そういう気持ち、空想してみて! 男の人って哀れだと思うの、あなたは? 彼らがもう少し面白かったらいいのに」

「私は言ったはずよ、彼らは面白いって」

「言わないわよ、もし私みたいにたくさん知らなければ」ヴェロニカは憂鬱そうに言った。「あなたがものすごく頭がいいのが羨ましいわ、シドニー。だから、年齢の割に若くいられるんだわ。正直に言うと、私は、十七歳の頃は、男の人が面白いと思ったわ。いまは見るところ、みんなまったく同じ」

「もしあなたが彼らをそう診断するなら」シドニーが言った。「それでいいじゃない。さらにそのほうが公平になるわ。結局、ディナーが終わらないうちにもう終わりと言われるような、可哀そうな女の子たちがたくさんいて——」

「あら、そんな。でもこの私は何をしたらいいの？　何ものかになるのは嫌なの、私はモダンじゃないから。いまの私でもう完全に幸福なのよ、もしほかの人たちがああいう風じゃなければ。シドニー、私、ゾッとするわ、あなたがそこに偶像みたいに座っていると。何か言ってよ。私がどうなると思っているか、教えて」

「どうして私に訊くの？　私はあなたを理解できない人間なのに。ずっといいんじゃないかしら、ヴィクターに訊くほうが」

「彼とは絶対に口を利かない。でもあなたはすごく明快だから」

「誰がそう言ったの？」シドニーはすかさず訊いて、ヴェロニカの語彙にはなさそうなこの形容詞を槍玉にあげた。

「ミスタ・ミルトンよ」ヴェロニカは遠慮なく言った。

「私たち、『明快な』というのはいい言葉だと思うの。それで取り上げたのよ。アイリーンに聞いてみて。彼の語彙はものすごく豊富よ。あなたは『明確な《クリアカット》』と言ってたわ」

「まあ！　面白いこと。彼が私について話すの？」

「もちろん話すわよ。あなたにはたいそうご執心だもの」

「まあ！　面白いわね……」

ヴェロニカはやっとの思いで笑った。「恋してるのよ、そう言うほうがいいなら」彼女は続けた。「そうね、彼はもう中年だから、そのほうが当たってるかも」

シドニーは、ミルトンを出し抜いたように感じて、自分が恥ずかしかった。ヴェロニカの唇を出たこのぎこちない語句がもたらしたことが事実だったと察知して、高原での情景（彼女のその他の記憶とは断絶していた）が帳消しになったかのようだった。彼女は、伝統的な飾りの手順をふんだヘタに演出された求婚を完全に脱ぎ捨てていたので、それをたまさか起きる彼の無作法の現われとして解釈するようになっていた。あれからこっち、彼らは何らこだわりなく会い、こだまのお化けも出てこなかった。

シドニーは「恋愛」という言葉を聴くと、必ずその対象が羨ましくて息切れがしたが、いまは考えよりも感情のほうが早く来たのか、その息切れが苦しくて、「彼は私に恋してる」と自分に言うヒマもなかった。

「はっきり言って、彼はあなたに求婚するかもしれないわよ、そうよ」ヴェロニカは母親のような口をきき、彼ら二人の立場を完全に把握しているみたいだった。「あなたには気まずいでしょうが、彼は老いたる愛しい人なのよ。あら、さほど老いてないわね」彼女は上品に訂正した——その上品さで、シドニーはヴェロニカがヴィクターを軽視してエチケットを無視したことに気づいた。「彼は二、三人しかいない男性の一人よ」ヴェロニカは言って、溜息をついた。「私に対して知的に話す人だから、私も知的に話せるの、自分をバカだと感じないでいられる」

シドニーは彼らの話を聴きたかった。「ミスタ・ミルトンと私は」彼女が言った。「お互いを相手にすると話すことができないの。彼は私につまずいたり蹴飛ばしたりするのよ、まるでヘタなダンサーよ」

「ああ、なるほど」とヴェロニカ。「そういう状況で、何か期待できる？」シドニーはこの状況判断に苛々して肩をすくめた。ヴェロニカは化粧台に肘をついて、椅子の横木に足を絡めた。彼女はしばらくの間楽しくて、鏡に映った自分をいやらしい流し目で見てから、シドニーのパフを取り上げて、自分の顔に白粉《おしろい》を慎重にはたき始めた。「好みのタイプといえば」彼女が言った。「私たちは誰一人あの若いロナルドにはたいした印象も与えないみたいね、どう？　あれほどのマミーの坊やを見たことある！　あら、ごめんなさい、シドニー、ミセス・カーがあなたの友達だったこと、忘れていたわ」

「そんなの問題じゃないわ」

「言わせてもらうけど、彼女はロナルドについてヘンだ《オッド》と思う。何年も彼のことは眼中になかったようなのに、いまになって、どこへ行くにも一緒なんて、まるでロミオとジュリエットみたい。もちろん彼のほうも母親に大騒ぎね。利己主義の母親って、いつでも勝者になるのよ。私も利己主義な母親になりそうだわ」

「実際には、あなたはそうはならないわ」シドニーは洞察がひらめいて言った。

「そうね、彼女みたいに露骨な利己主義者になれそうな神経はまずないわ。あなたに対する扱いもひどいわ。私はすごく腹立たしいの——あら、シドニー、あなたの白粉は私の顔に合わないわ！　見て、青白くなってる。あなたはいいお肌をしてるんだわ、ラッキーで憎らしい！　私はいつも美肌用のバサネを使ってるの」

「どうして彼女の扱いがひどいと思うの？」シドニーは冷静に訊いた。ヴェロニカの話の続きを待ちながら、何が来るかその期待のほうが先走っていた。

「そうね、彼女はあなたを完全に無視してる、そうでしょ？」ヴェロニカはそう言って、白粉の容器に雪花石膏《アラバスター》の蓋をしてから、うつむいてドレスにこぼれた白粉を払った。「『シドニーがどうした』、『シドニー・ダーリンがああした』、『シドニーはどこ？』、そして『シドニーと私は一緒に行くわ』の挙句、ロナルドが来たら、あなたの顔も見ないなんて」

シドニーは、ちょっと間をおいてから、横を向いて窓をもっと広く開いた。ヴェロニカのことを忘れたみたいだったが、ヴェロニカは力をこめて続けた。「ほんとにお気の毒さまね。みんな同情しているわ」

「ああ」とシドニー。

「彼女のあのやり方が気にいるでしょ？」ヴェロニカが知りたそうに訊いた。

「気になることがあるなんて、思ったこともなかったわ」と言ってシドニーが漏らした甲高い笑い声は、いつもの夢の一つに出てくる天井のように、下に降りてくる何かを押し戻そうとしているようだった。ヴェロニカがいま使った言葉が現に口から出てきたのが信じられないようだった。

「あら、ほかの人はみんな思っているのよ、あなた」ヴェロニカはそう言って、ドレスに琥珀のネックレスを合わせて体をそらし、鏡に映った姿に見とれた。「物がわかった人のアドバイスの言葉は受け入れるのよ、マイ・ディア」ヴェロニカは賢人ぶって言った。「そして女は一インチでも信用しないこと。みんな同じ、みんな猫なんだから」

「あなたが特別に話したいことがあると私は思っていたの」シドニーが思い切って割って入り、それで自分から逃げ出そうとした。神経質になって話が止まらなくなり、ヴェロニカの当面の出来事が助けに入ってジャングル状態を招き、彼女自身の価値観が曖昧になり忘れられていた。「あなたは追い詰められたのね、ヴェロニカ」彼女はいっそう熱心に主張した。「いま言ったわね、追い詰められてるって」

「わかってるの」ヴェロニカは率先して言った。「地球上に何もないと感じるの。でもあなたは最高に私を元気づけてくれた。可笑しいわね、誰かほかの人の一番バカらしい些細なことで心配すると、それが自分の心配を追い払ってくれるんだわ。だけど、あなたに訊きたい大事なことがあったの。私、ヴィクターと婚約しました――そうしなさいとアドバイスしてくれる？」

シドニーはしきりに感じていた、ホテルにいる既婚女性なら誰だってヴェロニカにアドバイスできると、その一方で彼女は賢明にも発言していた。「やめなさい、むろん、あなたが幸福でないなら」

「そうね、どうにか幸福だと感じているけど」ヴェロニカは肩で苦笑してそう言った。「そうなの、ヴィクターは大好きよ。それに私たち、なんだか縁があるの――それもじつはここで何もすることがないからなの。あら、そんなに深刻な顔しないでよ、シドニーったら、恐ろしく深刻そうな顔だわ。つまり、あなたはそのつもりがなくても、当たり前のことを言いそう。なんだか怖いわ」

「マイ・ディア」シドニーはもっと熱く言った。「あなたがそうしたいなら、彼と結婚するべきだわ。恐ろしいくらい幸福になってね」

「そうよ、どうして幸福になっちゃいけないのか、全然わからないわ」パッと顔を輝かせてヴェロニカは言ったが、その可能性がいま出てきたみたいだった。「むろん彼にはお金がないし、仕事もないし、あなたが能力と呼びそうなものも持ってない。でもそのおかげで私は、卑しいブタという感じはあまりしないですむわ」

『ブタ』ですって、ヴェロニカ？」

「もっとスリルを感じないということでね。彼と私はユーモアのセンスが同じなの。国に帰れば私が結婚できる人はいるけど、選ぶほど大勢いるわけじゃないの。だってほら、私は幻想が一切ないから。誰かのことを物凄く好きだったかもしれないという感じはあるの、私は難しいとかそういう人間じゃないと思う――あなたは？　男の人たちって、戦前とは違うわね、あなたもたぶんそう思うでしょ？……。『結婚するな！』って、言うのはいいわよ」ヴェロニカは大きな声を出し、両手を上げて邪魔しないでといい、さらに声を上げた。「だけど私は誰かと結婚しなくてはならないの。わかるかしら、子供を何人か持たないといけないの」

「あら、べつに結婚しなくても――」

「マイ・ディア・シドニー」ヴェロニカは大声で言い、恐ろしさに真っ赤になっていた。彼女の気分が変わり、映写機のスライドが滑り落ちてシーンが変わるように態度の変化にはっきり現われ、そのつもりはなくてもドラマを演じていた。失意がまた顔のしわ全部に出てきて、彼女は叫んだ。

「だけど私、ヴィクターを蹴ったの。蹴ってもいい男性って、何の役に立つのかしら？」

この問題は長さと幅の両方で彼女の思索が繰り返し呼び出されるもののように思われた。彼女はその見込みをすぐ受け入れて、お見事な哲学だとうなずいて議論から退散した。「神のみぞ知る！」彼女はお座なりではない溜息をついた。この問題は再登場すると、無敵の優雅さとともに、その場で廃案にされるだろう。シドニーにさっきの賞賛が戻ってきた。ヴェロニカは反発と諦めの中間で足場を固め、晴朗さに到達したようだった。

「で、あなたはどうする？」ヴェロニカが訊いたが、その日のプランの相談を二人でしているみたいだった。「つまり、イギリスに帰ったら、だけど？」

シドニーは一瞬ポカンとした――どこに帰るって？「そうね、やめたところからまた続けるわ」彼女が言った。「次の試験を受けて合格するわ！」

「まあ！　どうして？」

「ええ、私、本当は――」

「私が聴くことじゃないわね、そうでしょ？　面白いわね、私たち、お互いをどのくらい知っているのかな？――私としてはこれほど打ち明けたことはないけど――それでもお互いにほとんど知らないのね。普通だったら、ロンドンでは、何マイル走ったって、そうよ、出会いもしないわ。もちろん、ヴィクターにはどこかで会ったはずだけど。あら、あなたのベッドをめちゃくちゃにしなかったでしょうね、寝っ転がったりして。外国の肘掛椅子には座れないの。傾斜がありすぎて」彼女は床から帽子を拾い上げ、そっと埃を払い落として、かぶった。「なんて言うか、これはさほど悪くない帽子でしょ」彼女は大きく息を吸い込んで深呼吸した。「すごくハッピーな気持ちよ。あなたは素晴らしい。靴ベラをお持ちかしら？　ここの靴はとても細身で、だから、本当は嫌いなの。ねえ、私とヴィクターのお茶にケーキ屋《パティスリ》に来て、もう一度彼を見てくれる？　彼は感じやすいの、じつは。あなたが彼に優しくしてくれたら、彼にどんなに勇気が出るか――あなたは驚くと思う。私たち、ケーキをずいぶん食べるの。大好きなの。節約することもないのよ、結婚する見込みが少しでも出てくるまでは。もし結婚しなかったら――それぞれのことだけど――振り返ってこれを思い出すのよ。私たち、そういう風に感じてるの」

溜息をつきながら、おしゃべりしながら、彼女はふらふらとドアに向かった。そこで振り向いて、明るくうなずいた。

この気分にある明快《ルシディティ》さは、結局のところ、ケーキ欲しさが招いたものではないかという疑いが、シドニーの別れに小さな影を投げた。「私は気をつけないといけないわね」彼女が言った。「さもないとあなたたち二人ともニキビだらけになるわよ。あそこのイタリア人のおちびちゃんを見てごらんなさいよ！　ほかの麻酔薬か何か試してみない？」

「ぜひ喜んでね、私たちは飲みませんから」ヴェロニカはそう言うと、ドアを出て閉めた――きちんと閉まっていなかったので、カチャッといってまたドアが開き、世界中のホテルのドアらしく、蝶番《ちょうつがい》がキーといった。

シドニーは急いで去っていく足音を聞いていた。そして聞き耳を立ててはるかに遠ざかる音が消えるまで聞き届けた。それから立ち上がって、ベッドを整え、羽根布団をかけ直し、琥珀のネックレスを首に巻いて、ロザリオのように数え立てた。何かの予兆が、繰り返す肉体的な痛みが告げ知らせるように、『日陰者ジュード』を手に取らせ、素早く数ページに目を走らせたが、そこにあったのは活字だけだった。彼女が一瞬眼を上げると、――「彼女はあなたを完全に無視してる」と部屋が繰り返し、不意をつかれた。家具の一つひとつの形が、彼女の見るもの一つひとつが、同じことをまた言った。

＊1　英国の作家、詩人トマス・ハーディ（Thomas Hardy, 1840-1928）の小説 *Jude the Obscure*（1895）のこと。

人間の肉慾、婚姻制度の矛盾にあからさまに踏みこみ、当時、本書が受けた酷評によってハーディは小説の筆を折り、詩作に向かった。

16　ヴィラ

三本糸杉荘《ヴィラ・トレ・シプレシ》は最後まで姿を隠し、丘陵の横手の木々に紛れて見えなかった。壊れかけた壁が続く長い小路は何度も曲がってオリーブの果樹園を通り抜けて、その門に通じていた。ヴィラに人が住んだ最後の日が過ぎて、小路の表面は劣化したに違いない。ピカピカに磨かれた自動車が全速力で走り抜けたり、ロシア人の婦人たちの華奢な靴が踏みしめたりしたことをいま、想像しろと言われても無理な話だった。ミス・フィッツジェラルドの一行は、アイルランドでは「ストリーリング」と呼ばれているマナー、つまり気楽に道路いっぱいに広がって進むうちに、そんなヴィラの存在に不信感を抱き始めた。しかしながらミス・フィッツジェラルドは個人的な経験だったものを優先して彼女らをもてなし、自分を一行の女主人《ホステス》に任じたので、彼女らは不信感を遠回しに漏らすにしても、のろのろと歩いて丘を下りた拍子にオリーブの木々の向こうに目を凝らしたり、ときには座り込んでしまい、緩やかになった壁のあたりで、野営した思いにひたったりしていた。社交的な花束を選ぶにあたり、彼女らの心に響くようなものはただ一つ、最後に追加された参加者であった——

ミスタ・ミルトンはほとんどすべてのピクニックに同行していた（彼の影響力というより運命の働きであろう）。ミス・ピムは、二人組の片割れとして欠かせなかった。ミセス・ヒリアはヴィラの庭園に情熱を注ぐことでこの善良なる二人との付き合いに寛大な気持ちになっていた、二人はインドを知らないし、この牧師《パーソン》はブリッジをしないという人たちだったが。ロナルドがたくみな采配を見せた。彼は彼らを束にして引き受け、彼らをこの上なく意識的で知的に見えるグループにまとめ、純朴な外見の裏に芸術の深みをほのめかした。少なくともミスタ・ミルトンは、ロナルドは考えているに違いないと感じ、ロナルドが正しいことを疑わなかった。

険しい曲がり角が続いたあと、ヴィラの門が彼らを見下ろしている所に出て気づいた。勝ち誇る彩色鋳物の渦巻き模様を門扉に見て、突然目的地に到達したらしいと。緩やかな上り坂と三本の糸杉の木が寄り合って会議をしているような風情を見せて、門に至る道を支配していた。彼らは息を切らせて近づき、ミス・フィッツジェラルドの後ろに黙って立ち、門が開いたらなだれ込もうと身構えていたが、彼女はあらかじめ用意してきた鍵を出すと、錠前にキリキリと差し込んだ。彼らは彼女の背後に押し寄せて、右に左に目をやってヤシの木を見上げ、異国らしくむやみに太ったその幹の間を覗き込んだ。物影が絡み合い、静寂が広がり、称賛の声を呑み込んだ。ミス・フィッツジェラルドは、彼女がここで見つけた物をすべてチェックして満足そうにうなずいてから、ロナルドを招き寄せて、彼が見たかったのはこれで全部かどうかなと言ってもらった。

ロナルドは見たいものなど一つもなかった。彼女と同行もしたくなかった。彼らは互いに誤解していた（彼女にそんな疑念はなかった）。彼女は最初から彼をマークしていた。歓びに満ちたその年齢は、真剣に扱われることを期待し、相手の落ち着いた熱心さに対して、内気な甘美な暴露をする。ロナルドがもはや取り戻せない年齢になった女性たちとの出会いを好んだのは、その出会いが彼を気まぐれという行き止まりの後ろに引きもどしてくれるからで、それはつまるところずるい方便だった。というわけで彼らが近づくやり方にはある種の軋轢があり、相手を「受けとる」というより「受けとられる」というのが両者のどちらにとっても平等な行先になっていた。ミス・フィッツジェラルドはその朝、招待状を持って彼の隣にドシンと座り、彼のほうはまさに思索の危機の瀬戸際にいたので、その邪魔をした彼女を殺したくなった。彼はドイツにいたときに、自分が思索できないことを知った。時間があり過ぎて、圧縮する要素に欠けていた。そこにあったのは、身を切られるような没交渉の連続のみ。ベンチとかソファに一人で座っているだけで、人を挑発しているように見えて、ロナルドはしっかりと立って考えることができなかった。「あなたのお母さまだけど」とミス・フィッツジェラルドが話し始めた。「あなたに訊いてとおっしゃったの、私たちと一緒にロシアのヴィラを見に行かないかって――私が鍵を預かっているの。お母さまは、あなたがきっと大喜びすると」ロナルドには話の接ぎ穂がなかった。

歩道が何本も馬車道から出てその先は見えなくなっていた。コリント様式の円柱が一面の下ばえの上にそびえていて、石橋のアーチから水の流れが感じ取れた。一行は手間取っていて、この魅力に誘われてドギマギしてしまい、馬車道を前よりゆっくりと、いっそう固まって列になって登っていった。これはヴィラではなく、むしろカントリーハウスで、ほんの一瞬だったが、目につく泉水の陰影と不規則に噴きあがる飛沫だけが異国性を忘れさせた。それからミス・フィッツジェラルドはロナルドの腕をつかんで脇に引っ張り、生き物を驚かすように興奮して指差した。「ほら」大声で彼女が言った。「あの上――ヴィラよ！」みんなそれを一目見たが、白い高慢ちきな窓が四十枚、無愛想に閉じていて、その灰色の正面を横切るどっちつかずのわびしさは、古くも新しくもなかった。地元のものではない堅実さがあって、ついに償われたという安堵感があった。だが、人が出会う最初の姫君のように期待は裏切られた。

「もちろん十五世紀《チンコチェント》のヴィラには見えないわ」ミス・ピムがこれでお許しをという感じで言った。

「面白そうなものがありますね、どうですか?」ロナルドがミルトンに言った。「『ポルトフィーノ・クルムの夜』[1]のことで」と続けたが、ミルトンの優しい空虚な眼差しによって完全に孤立した自分を感じた。「残念ながら、僕はまだ読んでなくて――」ミルトンが言った。ロナルドはさもありなんといい気になった。そして、「ほほう……」と言った。ドイツで最近観察してきた観点から、議論したかったのだ、独立都市だったシャルロッテンブルグの温厚な男爵について、彼は居間の紫色のシルクのカーテンの後ろに蛇を飼っているのだ、と。彼はドアが目の前でぴしゃりと閉じたかのように溜息をついた。滅亡した文明がロナルドを惹きつけていたが、その終焉の追悼にあずかるには、来るのがあまりにも遅すぎた。彼はすぐさまロシアについて何か得ようと考えていたところ、ミスタ・ミルトンがミセス・ヒリアに話しかけて、話をつないでくれた。「僕はどうなのかとよく思うんです、結局のところ、貴族制度を現実的に認識していた唯一の民族はロシア民族ではないかと」

「それって、あなたがロシア人を好きだとか嫌いだとかいう話なの?」ミセス・ヒリアは彼をよく見て言った。一方ロナルドがほとんど同時に叫んだ。「この世界は現実そのものだから、彼らには居場所がないのさ!」

「こう言おうとしているんですか」ミルトンはいまの最後の言葉に集中して訊いた。「彼らはたんに場所を移されただけだと？　擁護できる説だと僕は思っているんだ。そして日ごとに心を打たれるんですよ、この世界は何事かについて現実的な考えがある者には居場所がないと、そしてほとんど自動的に彼らは排除されている」

「彼らは洗練されたタイプよ」ミセス・ヒリアが言った。「愛すべき人たち——だけど人にはあまり好かれない」彼女は庭園を見渡し、庭園は深い穴を周囲に隠したまま、待っているように見えた。「言っておきますが」彼女が打ち明けた。「これは喜ばしいことよ。あの橋のほうに行きましょうか？　この庭園は永遠に続いてほしい——ほら、腰掛けがある、階段が付いてるからそれを登れば丘の上よ！」彼女は橋に向かい、道が急に曲がっていて、光沢のある葉に腰まで埋もれたのか、光った魚のように重い葉が彼女のスカートの揺れから跳ね返った。スカートのすそを跳ね返す葉は重く、釣られて踊る小魚のようだった。これらの植物は艶々と力強く、湿気の多い土壌から生い茂ったのだろう。ミルトンとミス・ピムはミセス・ヒリアのあとに従った。ロナルドとミス・フィッツジェラルドは何かやりとりがあって、少し遅れているようだった——貴族制度の本質について論じているのか。庭園はミルトンにはとりわけ神経質な感じを与え、誰かに見張られ叱責されているようだった。これを許容するには自分を低く見るほかなく、彼は慌てて訊いた。「そう考えたとして、そのどこがいいんですか？」葉がざわめいてしばし中断が入った。そしてミス・ピムが、より深刻な失意につねに見舞われる人らしく、それに答えた。「あなたがそう考えたとして、私たちのどこがいいんですか？」

「あら、まあそれは……」とミセス・ヒリア。

「私たちって、この三人のこと？」ミスタ・ミルトンはこう言って、論題をそらそうとした。彼はミセス・ヒリアの背中の構えから、一分か二分すれば、彼らは帝国論をかじり始めることがわかっていた。

「いいえ」ミス・ピムがいっそうヤケになって言った。「私たち全員のこと、私たちの階級のこと……」

ミセス・ヒリアは彼女をまじまじと見つめてから、笑い飛ばすことにした。「あなたが社会主義者だったなんて、知りませんでした！」

「でも一人は社会主義者でないと」ミス・ピムは断固として続けた。「そして私たちのどこがいいのか、と考えないと。そうしないではいられないからよ（どこかの党派に親しみたいというのではなく）、近頃は、何もかも溶鉱炉に入れる時代なんだから」

「気楽に話せることじゃないわね、どう？」ミセス・ヒリアは軽く言い、その育ちの良さから、宗教的な経験を誰かが話そうとするときと心得て、これを防いだ（だがいまのところ、専門家の立場を言い訳にすれば、それはもっと許されただろう）。「私には思えるの」彼女は話すことにした。「例を出すことじゃないかしら？　つまり、何か出発点を人に与えるのよ。というか、人は注目するわよ。だって、ここでも感じるわ――イタリアの人は注目してるのよ」

「だけど、あなたはどう思うの、彼らは私たちがたんなる怠け者だと思っているんじゃないの？」ミス・ピムが息まいて言った。「私はそう思ってるわ。私が友人と歩いたり読書したりしていると、上のテラスの人たちが見下ろして、そのままやめない感じがするの。だって、ホテルの中ですら、そうでしょ、すぐ思うのよ、もしかしてウェイターたちが――」

「自意識過剰よ、ミス・ピム、それがあなたの問題なのよ」ミス・ヒリアは遠慮なくだが優しく笑った。「被造物は確信的な寄生生物よ。私みたいにイギリスを出て長く暮らして、どうなったか見ると――」

「――私は大陸全体で暮らし――」

「――あらそれとは別よ。つまり、それはただ国際人《コスモポリタン》になるだけでしょ」

「そうよ、でもそれはまさに――」ミス・ピムは大声を出して、すぐ静かになり、すっかり混乱してしまった。

二人のやりとりのおかげでミルトンは自由に彼女らから逃げ出し、辺りを礼儀正しく、あちらこちらでぶつかる大枝を杖でよけて歩いたが、彼が逃げたことが不安に思われるかもしれない。小道は、しばらく急な登り坂になったあとで徐々に下りになり、いかにもアルプスらしい光景が展望された。相当な高さまで来たに違いないという感じがした。小さな断崖から注意深くそれて元気を出し、水をたたえて渓谷が下を流れているらしい橋のアーチをふらふらと渡る。ときおり人工的な景観が現われることもあり、木々のベールにまた覆われる。噴水が噴き上げるボールのように樹木の上でバランスをとっているコリント様式の園亭《アーバー》の中で、ミス・フィッツジェラルドがロナルドに話しかけているのが垣間見えた……。「それで私」彼が惜しみなく見せているその横顔を、息を呑んでつくづくと眺めてから彼女は言った。「あなたが詩も書いていらっしゃると期待して、そうなんでしょ?」道がまた下る前にミルトンは耳にした、ロナルドがほとんど聞こえないほど低い声で、「あぁまあ、前にも言ったように、僕の専門は経済学です」と答えたのを。ミス・フィッツジェラルドに全面的に共感しているミルトンは、歯ぎしりした。ロナルドは一切を意に介せずに自分の将来を何かにゆだねることを拒否している、と彼は考えていた。ミセス・カーの息子の中にある、抜け目ない怠惰または冷めた奔放さ、あるいは、ミセス・カーの夫の息子の中にある、上品な無効な行為または腹立たしい鈍感さに用心していた。そしてこのありうべきことのそれぞれに基づいて着々と事を進めていた。しかし、言質を与えないマンネリズムの後ろからこの拒否が出てくること、また、ブヨのダンスの迷路、くっついては離れる無意味で情熱的なジグダンス*2の中で、シドニーをすら含む全員に向けられた長い光線のことは、予想していなかった。どの水準であれ、ロナルドには危機を予感させるものはなかった。ミルトンは思った、ロナルドは快活とか寛大とは言いきれないと。ただ想像できるのは、彼は熟視するために来たのであって、ミルトンが見る彼は並んだ囲いに沿ってぶらぶら歩いている。ロナルドがどのくらいシドニーを傷つけたかと考え、彼女は果たしてその仕返しができたのかどうか、と思い迷った。ただし、彼が来るという最初の言葉の「圏外」に彼女がいたことは明らかで、友人の息子を怪物《ジャガナート》にすることはなかっただろう。舞踏室での短い出会いを除いて、彼らが言葉を交わしたのかどうか、ミルトンにはわからなかった。これをいま留保しておくと、このひねくれた娘を彼目当てのさらに深い計画に十分に従事させられるだろうし、たんなる恋人にするには、前より近づきにくくなるだろう。

さらに登ると、廃屋になったサマーハウスに出た。壁は吹き飛ばされたか、たんに崩れ落ちたのか。ミス・ピムは熱心に探し始め、台座の下や隅っこを調べ、歩道の裂け目に沿って杖の先を走らせたりした。そして彼女は「彼ら」が何かを落としたかもしれないでしょ、と説明した。これがちょっとありそうに思えたので、ミルトンもその気になって片方の膝をついてみた。「そうだ」彼が言った。「小さなカバンとか、滑り落ちた腕輪《バングル》とか、ボタンでも、もしかしたら見つかるかもしれない！　彼らが何かあとに残さなかったなんて、信じられない。間違いなく毎日ここに来たんだから」ミルトンは彼女を見て仕方なく笑い、また立ち上がって、膝の埃を払った。彼女は、なぜこの園亭に執心してきたのか、その説明はしなかった。たぶん説明しようとして園亭を離れ、庭のほうに上がると、園亭は鳥の巣のような親しみがあった。ミセス・ヒリアが夢見心地で座っていて、言った。「何かを申し込むには、うってつけの場所だったわね」

彼が無視したそのテクニックがまたほのめかされた！　ミルトンは慌てて言った。「しかし僕らには理解できそうもないが――わかるんですか？　かつてここで出た言葉が！」

「でも上流のロシアの物語では、人々はつねにフランス語か英語を話しているみたいよ」

「想像もつきませんな、英語で愛し合ってはならないなんて」

「どうかしら」ミセス・ヒリアは彼をじっと見て言った。「自分の母語だけだと限界を感じるのよ、そのくらいのぼせ上がっていないと」

「あら！」ミス・ピムが言って、手を振っている。「エリナが登ってくるわ！」

ミセス・ヒリアは、エリナは一人で来たらいいのにと言った。「だけど、もちろん」彼女は補足した。「ロナルドがもしほんとに貯水池か何かに落ちたら、それはお気の毒よ。だけど、何がベストでなかったかなんて、言えないものよ。だって彼がこれからどうなるかなど、考えられないもの！」

「僕が行って見てきましょう」ミルトンが決意を込めて言い、園亭を出ていった。

道を下りながら彼はいたるところでロナルドと呼んだ。その声を受け止める静寂に彼は腹が立ってきた、返事がないからではなく誰も聞いていないからだった。ロナルドは角を曲がった所にいて、ちゃんと聴いているかもしれない、哀れな中年のミルトンが空しく吠えていると自分に言い聞かせるかのように。だからミルトンはシャッターを下ろしたような静寂の中へ進み、パーゴラ[*3]、芝生、または湿原を行っても空虚が待っているのに驚きかつ悩んだ。ミセス・ヒリアの言葉が返す切れぎれのこだまが、突然彼を水面がきらめく方角に向かわせた。道はなかった。やむなく茂みを掻き分けて行くと、切り出されたもっと大きな貯水池のふちに出た。鮮やかな緑色の四角い水面が、突き出した崖の下にあった。貯水池は黄色い大理石の縁石があり、それを横切って見ると、滑らかな濃淡の縞になった側面が三フィートほど下って水面に接し、水面は普段より低いのだろうか、濁りのない半透明さのせいで相当な深さを思わせた。水面は硬質に見えた。死体が表面から消えても、その窪みが残りそうだった。裂け目はゆっくりと復元するにしても、さざ波が立つことはないだろう。緑色の線がせりあがるとか、大理石の表面が一瞬でも波立ったところなど、彼には想像できなかった。さらに身をのり出して、本能的な警戒心から上の崖を見上げると、崖は蝶番《ちょうつがい》のついた蓋のように、彼にいきなりのしかかってきて、内心で絵に微笑した。その絵は彼の態度とマナーが意識的に好んだ空想上の構図で、「殺しの誘惑」と呼んでもいいものだった。彼は自分の頭と肩が映っているのを見つめ、崖と空（どちらも緑色と交わっていない）を見たあとにやがて大枝のざわめきがして、ロナルドの姿が崖の下から出てきて、貯水池のふちに沿ってのんびりと立ち、そして腰を下ろし、足をぶらぶらさせている。「彼が何か言うかもしれない」とミルトンは憤慨して思った。数秒の静寂の後、その長さが無礼で滑稽に思われたが、彼はやむなく妥協して水面の向こうに呼び掛けていた。「やあ、ハロー！」

「ハロー」ロナルドが答えた。「一人で探検ですか？」

「うん——君も？」

「いや、そうでもないんです」ロナルドは丁寧に言った。「ミス・フィッツジェラルドと一緒に探検しているところです」

「僕が見たうちで最高に大きな貯水池でしたよ」ミルトンは下方に目をやって言った。

「ああ、大きいですね？　泳げそうだ」

「まったくもう――十人相手に話しているみたいだ！」

「ああ、この崖を挟んでるからですよ」

「こっちに回って来られませんか？」ミルトンは苛々して言った。

「何て言いました？」ロナルドはそう訊いて、招待が繰り返されると、一瞬驚いた様子で間をおいた。貯水池を注意深く見回して、残念そうにやむなく指摘してきた、茂みの深さから見てそれは不可能だと思うと。「しかし、まあ、もっと先のほうで会えますよ」彼が言った。「曲がりくねった道がどれもじつに美しく、出会いには最適ですよ。そういう期待はできるとしても、ミス・フィッツジェラルドと僕は誰にも会いませんでした。幽霊にも会えなくて、僕らは会えるとあてにして、とても会いたかったんですよ」

「ミス・フィッツジェラルドと何をしてたんですか？」

「彼女はミス・ピムを捜してほしかったんでしょう。一人で寂しかったんじゃないかな。まさか、僕が彼女を貯水池に投げ込んだなどと思ってないでしょうね？」

「君のように出没していると、がぜん怪しく見える！」

「しかし彼女は浮き上がってきたはずでしょ。もし僕がやっていたら、そこで、僕が戻ってくるわけがない。うん、僕は貯水池のために戻って来た。そのものが見たくて――僕は水が好きなんだ」

ロナルドは貯水池のふちにつかまって身を乗り出し、投げだした自分の足が映っているのを見て微笑んだ。ミルトンは彼の向かい側に腰を下ろし、パイプを取り出して火を点《つ》けた。そして感想を述べた。「母上をお連れするべきだったね――これがお好きだろうから」

「母は歩くのが苦手で――足にマメができてるとか、心臓が問題とかではないんだ。要するに怠け者でね」

「それとも、母上はお淋しいんじゃないの、午前中君を手放すのが」ミルトンは、神経質な者だけにできる人を馬鹿にした様子で笑ったが、それで一番ゾッとするのは当の本人なのである。

「そうだな」ロナルドが言った。「誰でも人に飽きるんだ」彼は考え深く向こうを見たが、ミルトンではなくミルトンの映像を見つめたのは、目を上げないで見つめられるから、そしてその間、下方の水面を見ていれば顔を合わせないですんだ。「非常に知的な女性ですね」彼が述べた。――「あのミス・ウォレンは」

「へえ、そう思うの？　話してみたんですか？」

「いや」ロナルドが言った。「彼女はこのキャラバンみたいなホテルで、僕に言うことが何もない数少ない人の一人なんですよ。もちろん、彼女が話好きだなどと言うつもりはないんです。想像するに、彼女は満を持しているんじゃないかしら」

「彼女は友達甲斐がないと思われていますがね」

「ああ！　友達甲斐があってほしいんですか？」

「僕はほとんど関係ないけど――彼女を知って少し時間がたちましたが」ミルトンはそう言って、ホテルでは時間の観念が違うと言いたげだった。

「へえ、そうなんですか?」ロナルドは敬意を込めて言った。「だって、僕の見るところ、彼女には取り入ろうとする意欲はないと思う。すでに家族の中にいますよ」

「病気とか幽霊みたいに?」ミルトンが微笑してほのめかしたが、その微笑はかすかな印象に終わり再現されなかったので、ロナルドには届かなかった。

「どっちかと言えば幽霊かな。階段の上に現われるらしいが——もっとも、母が彼女と一緒に出掛けていなかったらの話です」

「ホテルって、そうさ、友情にとっては偉大な場所ですよ」

「それが目当てで」とロナルド。「みんなが来るわけでしょう?」

「まあ何人かの——」

「しかし、本当にそういう人っているのかな?」ロナルドが口調を一変させて鋭く問い、自らの予想を超えて、ある種の深遠の淵すれすれまで、のし上がったかのようだった。「何人かの女性がということ?」

「ええ、そうじゃないかな」ミルトンはロナルドの挑発を尻目にこう言い、おじさんのような余裕を見せて微笑した。

「女性が異なっているのを妨げるものは、もうないでしょう」ロナルドは面白くなさそうに言った。

「なのに、彼女らは同じままであり続けようとしているみたいだ。新しい世界のどこがいいんですか、もしそこに来て住むことのできる人が誰もいなかったら?」動かない青白い自分の映像の上に座り、組んだ腕にうずくまってそのまま動かない彼をよそに、いま彼が発した最後の叫びがこだまになって、彼を覆う洞穴を作る岩の斜面の下に手でさわれるように漂っていた。寂れた庭園は、得るものが何もなかった陰鬱な例証として、彼の目に映ったに違いない。シェイクスピアのいう弱き者なる女性性が、[*4]もっとも深い絶望に落ちたのが一目で見えたこの急落は、バランスを失したということよりも、外側から加わった悪質な力によって背後から急襲されたことを示唆していた。ミルトンは沈黙し、ロナルドの救済に行くのをためらったのは正解だった、そして、この瓦解は言いえて妙であると感じ、庭園はとどのつまり復讐を果たすべき資格が十分にあったのだと感じた。

＊1　フランスの作家、外交官ポール・モラン（Paul Morand, 1888-1976）が一九二二年に書いた短篇。ドイツ寄りの外交官と言われていた。ポルトフィーノ・クルムはホテル名。

＊2　「ジグ（"jig"）」は十六世紀のイングランドで流行した回転を中心に急速度で進行するダンスのこと。

＊3　つる植物などをはわせた「あずまや」のこと。

＊4　『ハムレット』（*Hamlet*, 1600）でハムレットがオフィリアに吐く有名な台詞、「弱き者よ、汝の名は女（"Frailty, thy name is a woman."）」による。

17　パティスリ

そのパティスリには小さな青いブリキのテーブルが十二台あり、幸福そうなストライプ柄の日除けテントの下に点々と置かれていた。大勢の人が毎日ここに朝から引きつけられていた。ミセス・カーは、なるべく多くのショップに行くべきだと主張していて、ショーウィンドウをゆっくりと見て歩いた最後の三十分間に、自分のお相手役《コンパニオン》には四分の一だけ注目し、自分の顔はその四分の一も向けなかった。彼女はその間、シドニーのために品物を選び、濃い色のアメジストのネックレスを愛想よくプレゼントして、また会えたら信じられないくらい嬉しいと思うと言った。そして青いテーブルとその周囲のイギリス人たちが横向きに座り、悪くないわという雰囲気でフォークの先でケーキを食べているのを見て歓声を上げたが、彼女の注目はすぐさまその場をそれた。その情景は彼女を喜ばせたらしく、彼女はその喜びを逐一笑顔にして、知り合いの人たちそれぞれに送って見せた。

「ほら、見てよ、シドニー――これぞ文明だわ！」

「すごい食慾！」シドニーはそう言ったが、友人を街のもっと古いはずれた地区の旧街区に案内するつもりがあり、そこにはフルーツショップのほかには何もないはずだった。

「ええ、私も同感だわ――これぞ文明なのね！　食事どきにはみんな食べたらいい。こちらへ――ああ、シドニー、ぜひ！」

「でも私たち、おなかは空いてないわ！」

「ええ、そのとおりよ」ミセス・カーはテーブルにパラソルを立てかけて、にこやかに笑った。テーブルは二人の間でマッシュルームみたいに小さかった。彼女は困ったようにハンドバッグを見て、シドニーのほうにどうにかしてとばかりにそれを押しやり、手袋を丁寧に脱ぎながら周囲に目をやり、みんなが何を食べているのか見た。「こういうことはほとんどさせてもらえないの。ロナルドは自分勝手に朝を過ごすし――それも本物の死んだヴィラ――このリヴィエラはご覧のとおり、ごったがえしでしょ」――彼女はテーブルを叩き――「私だって勝手にしてもいいでしょ？」

「これがあなたのおっしゃる朝だとは、知りませんでした。私たち、たびたびここに来ていましたよね」

「そうね」ミセス・カーが言った。「私は自分からそう言いたくなかったの。ロナルドにそんなこと口にできるもんですか……。ああ、ベルモット？　あなたは禁欲的なのね！　チョコレートのほうがいいんだけど。ゆっくり飲んでくださる？　そうすれば、まだ行かないですむでしょ？」

「あら！　でもこれから私たち――？」

「どこに行くというのよ？　それに、どうして行かなくちゃならないのよ？　でもね、マイ・ディア、私はどこにだって行きますよ。今朝はあなたの朝なんだから。私がもし無理強いしなかったら、あなたはいまだって同行したりしてないわ。あなたが何をしているのか知らないのよ、見かけたことないんだもの――あら、ほら、ヴェロニカ・ロレンスがあの恐ろしい青年と一緒にいるわ。彼女には不自然な趣味があるのね。彼女はどうしてロナルドのあとを追いかけないの？」

「とてもがっかりするだけでしょうよ」

「そんなはずないと思うけど。ロナルドはけっこう影響されやすいの」ミセス・カーはテーブルの上で手を組み、横を向いて座り、夢中になっていた。「彼はものすごい顔をしてヴェロニカを見ているわ、顎にクリームをくっつけて。情熱って、品性を落とすのね？ 教えて、シドニー、あの二人は婚約してるの？」

「ええ、おそらく」シドニーは意識した顔をしている。

「あら、彼女はそういうことをあなたに言うの？」ミセス・カーは好奇心から訊いた。「変わった友情関係だこと！ 彼女はたいへん申し訳ないという様子を見せてるのかしら、それとも、もっと複雑なの？ 私のことは何と言ってるの？ 面白いから、知りたいわ」

「あら、どうしてあなたのことを話し合わないといけないの？」

「わからない。でもあなたたちは、人物批評はするでしょ、きっと……。彼女は本当に普通の子なんでしょうね？」

「どっちかというと彼女が私を魅了するんです」

「ああ、あなたを魅了するだけなら……。問題は彼女が誰を好きなのか、よ。お皿を探して、私たち二人分のパティスリ《ケーキ》を選んで――甘すぎるのはダメね？」シドニーは呆気にとられ憮然として重い腰を上げた。「私の好みはご存じでしょ――あなたは直感力があるし」ミセス・カーはちょっと目を上げて、いつもの一般向けの曖昧な微笑を急いで個人向きにして、いつもの気分でシドニーを一瞥、そのまなざしは瞬時に消えたが、それに背を向けるには苦闘があった。「さあ、行きなさいよ、どうしたの?」彼女は急き立てながら、そこには忘れずに戻ってくるだろうという含みがあった。シドニーは先に出て、椅子の背をすれすれに掻き分けて店の戸口に行き、混み合ったカウンターへ行った。

考えながらうろうろしていたら、肘と肘がぶつかったのがヴィクターだった。片方の手にフォーク、もう片方に皿を持って、手なれた様子でフォークをかまえ、ケーキを選んでいるところだった。

「やあ、ハロー!」ためらう彼女をよそに彼が言った。「何かお役に立ちましょうか? 僕はほとんど全部知ってるんです。コーヒー系のものはよして、一級品に見えるけど、中身はスカスカですから。最後に残ったグリーンのやつを取ってあげましょうか? ヴェロニカはこれに夢中ですよ。僕らはここにずいぶん来るんです」

「ヴェロニカがそう言ってたわ」

「そうか、彼女がそう言ったんですね?」ヴィクターは思い出して言った。「ほら、さあ、いつものやつなどと言わないで——僕はもうどうでもいいから」

「まあ、ごめんなさい」シドニーが言った。彼女の同情にはやはり率直さがなかった。なぜならヴィクターは話しながらそわそわと歩き回り、相手の目を見ないで長い間話すたちの青年だったから。

「しかし、若い時って一回しかないんだ」ヴィクターはそう言うと、カウンターを回ってぶらぶら歩いて行ってしまった。そのあとでシドニーが彼のあとを追いドアから外に出ると、彼は、こうするのが選択できる究極の気遣いだと即時に判断して、ドアをふさいだ。

ミセス・カーはある友人と背中合わせだったことに気づき、対話しようと彼女のほうを向いた。友人は元気になり、ミセス・カーは同情していた。シドニーは一瞬立ったまま彼女らを見ていた。「デ、リ、シャ、ス！」と叫んだその人は、もう一つ別のホテルから来た浅黒い女性で、彼女の一行は円陣も解けてしまい、困り果てて座ったまま耳を澄ませ、この華やかな侵入者をときどき見つめる眼差しに臆病な反感がこもっていた。

「ほ、ん、と、にデリシャス！」ミセス・カーが同意した。それから、シドニーがいるのを見て、言葉を切り、笑いながら、テーブルにまた視線を戻した。「何年ぶりかしら、マイ・ダーリン」彼女が叫んだ。「お店全体を持ってきたのね？」

シドニーは皿をテーブルに置き、持ってきたものを仕草で示し、静かにベルモットを飲み始めた。「さっきの『ダーリン』はロナルドのことにちがいない」と彼女は思った。「彼はどういう性質の！……親類みんなが同じ性質になるのか？」そして彼女は訊いた。「私は親類関係がほとんどないの」

「まあ、そうかもしれないわね」ミセス・カーは親切だが曖昧にそう言った。……そしてケーキの見本を見た。「そうね、結局は、家庭生活よ——どうして結婚しないの、シドニー？」

「みんなそこにおさまるんだと思ってました」

「そうよ、だけどちょっと心配なのよ」ミセス・カーはそう言って、友人のうつむいた青ざめた顔のほうを向き、深遠で澄んだ、しかし非常にありきたりな視線を注いだ。

シドニーが急に動き、テーブルの足が揺れて、ブリキの上で陶器が踊った。「そうですね、ロナルドを一年か二年、あなたがここに置いといてくださる——」

「シドニーったら！」ミセス・カーは低い声で強く言い、一瞬間をおいてからフォークを置いた。「いけませんよ、そんな――そんなに見苦しいのは！　何というか――何というか、それがわからないわ。あなたらしくもない。こういう下劣な友達を作ってほしくないの。あなたと同じ種類の女の子がもっといたらいいのに。あなたのエッセンスは、繊細さと洗練よ、それから、そう、育ちのよさなのに、あなたが最近感化されている恐るべきベニヤ張りは、なんだかすごく……、そうね、あなたの言う『ぞっとするけど笑える』なのかもしれないけど、でも――」

「これが『ぞっとするけど笑える』に当たるかもしれないわね」シドニーが言った。「『動物園のおばさん』にお茶をご馳走になるみたいな」

「もっと動物園に連れて行ってもらえたらよかったわね！　あなたの話し方から察すると、あなたの友達は最低のレベルで卑しい人たちということになる――エキゾチックってやつよ！　あなたはロナルドまでも苦しめてるの、もっとも彼は原則として注意深くもないし批判的でもないわ。彼はあなたが非常に不自然だと言ってるのよ、で、私はときどき彼に腹を立てたけど、あなたがその調子でものを言うと、はっきり言って、あなたのことを誰かに対して弁護するのは困難だと感じてしまう」

「残念ですわ、ロナルドが私を好きになるはずがなくて」

「あら、そこまで強く言うことはないと思うわ」ミセス・カーは静かに言った。「私が物事を強く言い過ぎたのかもしれない――シドニー・ダーリン、そこでヘン《クィア》に固まって座ってないで、何か丸呑みしたみたいよ。みんなが見るわよ……。私がどんなに不届きものか、知ってるでしょ。自分の友達は楽しい人が好きなの、私は何も言わなかったわよ、あなたが私に歯向かったりしなければ。

何があっても私たちの朝を台無しにしたくなかったの。それはもうなしよ、いいわね？……さあ、あなたが持ってきたミルフィーユを一つ食べましょうよ、おいしそうだわ」

シドニーはケーキを一口ほおばって、おが屑みたいなのを必死で呑み込みながら、そこらじゅうで一心に睨まれていると感じ、自分が本当に人目を引いているのか、たんに太陽が日除けを通して射し込んでいるのか、あえて決めないことにした。会話は周囲でたしかに低調になり、多くの視線はほぼテーブルを離れ、見つめている視線は――道路の向こうを見たり、店内に戻ったり、皿を見下ろしたり――彼女は辺りを一瞥して確信した、それをじっくり見て考えたほうがいいと。断奏音《スタッカート》が張りつめた中で小さくあちこちで鳴っているようだった。彼女は疑っていた、ミセス・カーは、白日夢に浸っているようないつになく呆然とした顔をして、自分の行動には頓着せず、シドニーがケーキを食べ終わることに関心を見せたりして、何かを「やり過ごしている」に違いないと。シドニーはこの先を追求しようと、ケーキをせっせと食べ、そのたびに呑み込めなかったらと恐れていた。いまの抑え切れない高揚感は、陶器の乗ったテーブルをひっくり返した子供が感じる気持ちだった。

ほどなく彼女は外側の意識に戻っていき、自分らはよい身なりをしていて、有閑階級風で人目についていることだろう、自分が別の人間で、歩道に立って見ていたら、それがはっきり見てとれただろうと思った。そしてその友人関係の優雅な雰囲気や、互いが相互に完成させている空気を称賛し、日除けテントのほどよい日陰に二人で座っていた記憶に紛れて立ち去っただろう。「そうね」彼女はこの称賛の思いに動かされてから、会話を続けた。「海外での朝を満たすには、ケーキはとてもいい方法だと思うわ」

「私も、そう思う……カーネーションを探しましょうか？　少しあなたに買いましょうか？」

「私がロナルドに買いましょうか？」シドニーはミセス・カーの顔を覗き込んだ。笑顔だったが人に向けた微笑ではなく、一枚の絵のようだった。ミセス・カーは何か固いものが目にあったのか、かすかにまぶたを上げた。

「きっと彼は喜ぶわ、まったく新しいことだから。彼に物を与えたい人は、ふつうはいないと思うの。そうねえ、彼は何かを受け入れるタイプだという印象を与えないから。可哀想なロナルド、人に好かれる訓練をして欲しいわ。一度は思ったの、あなたが彼のために何かしてくれるんじゃないかと。でもいまはわかるの、あなたにはそれがうまくできないのが」

　この母親らしいささやかな空しい願いをシドニーの目の前で素朴に披瀝したミセス・カーは、見捨てられたと知りつつ、美しく諦めているようだった。シドニーは、その様子に驚き、言葉を忘れて座ったまま、この友を見つめていたが、非難もしないそのたたずまいが、無言でシドニーを責めていた。「そうよ」ミセス・カーはそう言って、突然脇道にそれてうつむいたので、まぶたの動きと明るい声の抑揚のほかに、彼女が言わんとしていることもその要点もつかめなかった。「あなたたちの言ったことすべてを信じるなんて言ってませんよ、二人ともよ、堂々と嬉しそうに人生について語ってくれたけど。私は抽象論は苦手だし、人生論を述べているとしたら、人生はたしかに抽象論ね、ええ。あなたも知ってのとおり、私は軽薄で難しい人間だけど、少なくとも正直でいようと努力したわ——私は信じてないけど。でもね、マイ・ディア、本当に正直でいたいのよ。お祈りもしましたよ（そう言えるならだけど）、あなたたちのどちらかは身の証しを立ててほしいと。というか、できたら二人とも、と。何かが慣習を超えられるなどと、私は言ったこともないわ。あなたは言うけど。そうね、あなたはしきりに主張してるわ、若い男と若い女の間に理解は成立するって、そしてそれはわだかまりもなく、ビリッとしたりドキッとしたりしないで存続するって。ロナルドも同じ。私が合間に『それで?』と言ったとき、あなたたちは二人で腕を振って、いまはその例証となる適切な人が見つからないと宣言したのよ。それで、あなたたち二人はそのまま、私は待っているの。私は当たり前すぎるのかしら? 可能性がいっぱい芽吹いて、私はここで最高に牧歌的な関係を待っているの、花開こうと。私が失望して皮肉を言ってると思うなんて——そんなの負け惜しみよ——あなたたち二人が通常の疑惑と警戒心と反感にたどり着いて、その前触れとして、生物学者も心から喜ぶようなもっとも正常な惹かれ合う気持ちを見せられたからといって皮肉を言ったりしないけど?」彼女はここで思い切り笑った。惹かれ合う気持ちという考えそのものが、彼女には悪趣味に思われた。「しゃべってばかりだったわね」と彼女。「混乱してしまって、自分の嫌いな言葉もいくつか使ってしまった。私が訊きたかったのは——それが最初から一番知りたいことだったの——これよ。あなたとロナルドはどうして友達同士になれないの?」

ミセス・カーの手は、指を全部開いてさりげなくシドニーの目の下にテーブルのはじに沿って置かれ、彼女の個性とおぼろにつながっているのか、だがどちらも彼女が言ったこととは関係ないようだった。シドニーはすっかり面食らって、この二つと和解できなかった。「いまおっしゃっていたことは、本気なんですか?」彼女は疑わしかった。「いまおっしゃったことを本気で信じているんですか? その多くが私たちが本当にうまくやっているどうかにかかっていたんですか——私とロナルドが?」

「私にはそう見えたの」ミセス・カーは言って、同時に少し迷った様子があり、これらの質問でシドニーが論点を混乱させたようだった。

「私たちを助けたと思っていらっしゃるの？」

「ただ……あなたたちを評価することでね」

「では」シドニーはこの言葉に驚いて言った。「ある意味で私たちを評価なさるんですね？」

「ええ」ミセス・カーが言った。「それにあなたがいないととても寂しい。あなたのカーネーションを今朝、捨てたりして、ごめんなさい。ほんとは捨てたくなかった」

「今朝にもう？」カーネーションは長持ちするのよ」シドニーはそう言って、花の命を深刻に考えた。「お邪魔したくなかったの、わかるでしょ」彼女は言い添えた。

「お邪魔するって？」ミセス・カーはこの中流階級の言葉をいぶかりながら繰り返した。その上品な謎めいた雰囲気は同情的ではなかった。「私は思うの」彼女はゆっくり言い、ほとんど知らない女に、いわば学校友達に、それも娘の学校友達にうまく説明しようとしているみたいだった。「あなたはちょっとばかり……真面目にとりすぎているみたい、ねえ、違うかしら？　だって、あなたが来るとか来ないとか、それが私とロナルドの間でどんな違いになるかしら？　彼は喜んだでしょうし、友達になる用意もあった。あなたが私にとって何者なのかを彼は承知しているし、多少窮屈と思っても、彼はとても感謝しています。彼は私がどこに行っても友達を作って欲しいのね。だから」と娘の避けられない無理解を憐れむように微笑んで、彼女は言葉を結んだ。「誰だって私とロナルドの間を取りちがえているのよ」

「実際のところ、みんな物事を当たり前にとりすぎているみたいね、笑っちゃう！」シドニーはそう言って笑った。

「あら、シドニー・ディア、ダメよ。どうしたの？　ずいぶん辛辣ねえ！」

「どこが辛辣なんですか？　女の子は退屈と決まってるわけですか」

「退屈どころか。あなたはとてもチャーミングだったわ、利己主義じゃないし――あなたは時間を私のためにたくさん犠牲にして、私に与えるばかりで――私はもらい過ぎたわね、きっと」ミセス・カーは後悔するのをやめた。

「なぜご自分を責めるんです？　友達がみな同じなことがわからないんですか？」

ミセス・カーは溜息をつき、自分の手を見下ろして、この言葉は認可して通すことにした。特別な悲哀をこめて微笑み、悲劇的に眉を寄せ、もっとも深遠な表情をたたえて、彼女は告白した。

「だけど、あなたの場合は、私が特に有罪なの。いまになってわかってきたの、あなたはあまりにも多くを私に期待し、私はそれを受け取るだけ受け取って、あなたが何を取りもどしたいのかなどつゆほども考えなかった。残念ながら私たちは間違っていて、あなたの理解も十分でなかった。そうよ、私はあなたが本当に好きよ、でも――」

「でも？」

「あら、ただ、でもなの！　つまり、ほかには何もないの。人を好きになるのはいつも簡単に思えたし、人に好かれるのは正しいと思えたわ。でもその中にはもっと何かがあるとはまったく感じられないの――何かがあるんでしょ？　恐怖よ、自分がいないなんて、友人たちもいないなんて、それで完ぺきな釣り合いがとれてるなんて。あらゆることに中庸を思うの――でも私、なんだか寒い……。私のハンドバッグを取ってくださいな――もう食べないなら――中に入ってケーキのお代を払いましょうか？」

シドニーにとって、こうしてやり取りが続けさまに重なると（とくに最後にきて、夫人が長い請求書を振り回して支払いを主張すると、金を借りることになり、どう対応したものか困りはてた）、低俗な感じだった。ロナルドに面と向かう落ちつかない性意識《セックス・コンシャスネス》が自分の側にあることは苦痛ではなかったが、激しい反感はあった。しかしミセス・カーはそこに座り、薄ら笑いを浮かべ、邪魔が入ったのが明らかに気に入らず、好みにうるさい無敵ぶりは相変わらず、だから「低俗」は意味をなさなかった。シドニーは見当をつけるだけだった、残酷さも、ちょうど芸術がそうであるように、きわめて独善的になると独自の純粋さを持つのだと、そしてそれはすべてを超越し、もっとも手近な素材を聖別して利用するのだと。

ミセス・カーの後ろに座っていた友人は、何分も前に立ち去っていた。小さな青いテーブルは一つひとつ人がいなくなっていた。パティスリの仕事はいったん停止、やがてランチタイムがやってくる。この無人状態に驚き、周囲の木々までもが溶けてしまったのか、二人は日除けテントの日陰を出て、まぶしさに一瞬立ち尽くし、道路を左右に漠然と見た。

「いまはどこなの？」ミセス・カーはそう言って、シドニーの袖に触れ、この先どこに行くのか不安だった。

シドニーは何一つ提案できなかった。自分たちがいまヨーロッパのはじにいることを思い出し、気持ちをトップに持っていく衝動もあって、プラハ、岬《フック》、またはルーアンを提案する気持ちもあった。さらに長距離を踏破できそうな体力と、路肩から一歩でも動き出せない現状とが、同時に存在している。二つ三つの言葉も出せず、二、三歩でも動けばミセス・カーから離れてしまう、逃げ出すならどこがいいかと想像した、気分なり、部屋なり、場所なり、いや、国でさえ、どこなら聖地になってくれるだろう。彼女自身の背景が、今日の危機とここ数週間の危機がもたらしたものを別にすれば、こうして距離感をおいてみると明らかに、入口がなく見通せない正面を呈していた。彼女は自分の人生をはっきり見ていたが、その中に入る方法がなかった。全部がカンバスに塗られた絵のようで、出来栄えはよかったが、現実の真相を捉えたという感触はなかった。

彼女は思った、だから、わざわざ戻っていくほどのものは一つもないのだ、と。そして腕をミセス・カーの腕からそっと引き抜いて言った。「よろしければ、私はホテルに戻ります」

18　私がほんとにしたいこと

ミセス・リーーミティソンは大陸版の『デイリー・メール』を持ってラウンジまで降りてきて、その上に座った。自分で読む気はなかったが、かたわらに置かなかったのは、誰かがやってきてちょっと見せてくれというのがわかっていたからだった――人々はこういう細かい点ですぐ繊細さを失ってしまう。そして新聞をもみくちゃにして、しわができる。ミセス・リーーミティソンはわかっていた、もみくちゃにしないで新聞を読む人はほとんどいないことを。人々がラウンジにやって来る、ランチタイムの三十分前という万策尽きた無為の空気の中で、彼女はありったけのスピードで編針を動かし、気づかない振りをした。人生はミセス・リーーミティソンの中に、密生した本能を一そろい茂らせていた。彼女は、眼鏡の向こうを見て、いつもの温和さは失わずに嗅ぎつけていた、現に、捕食者が接近してくるのを。

「どうなんでしょう、今朝は何かニュースがないのかしら」誰かが言って（話好きの一人）、毛糸の編み物を持ったまま不満そうに椅子を一脚ずつ見て回った。「ずいぶん長い間、ニュースがないようね」

「ほんとにどうなんでしょう」ミセス・リー＝ミティソンがもっともらしく言った。彼女が見出しを一目見る前に、ハーバートが見てしまった――ハーバートは二階で、靴を脱いでいるところだった。

「変ねえ、これという事が何も起きないなんて――つまり、むろん政治問題はいつもあって、もちろんそれはどんどんどんどん続くから、みんな関心をなくすんだわ。とくにこっちにいると、政治がどう影響しているのか見えないから、でもじつはみんな疑っているのよ、政治には影響があるんじゃないかと」

「悲惨な落盤事故があったわ」

「炭鉱夫たちは」あるレディが苦々しく言った。「いつも苦難に巻き込まれるみたいね。ほんとに同情するけど、いつまでもいつまでも同情し続けるのは難しいわ、とくにこっちにいると、そういう人はいないも同然だから――彼らは木を燃やして、そうよ、ほかのことはみな電気を使うの」

ミセス・リー＝ミティソンは声に出して編み目を数え始めた。「失礼だけど」彼女が言った。「おいとましますので――あら、おはようございます、ミスタ・ミルトン。ヴィラから戻られたんですね？」

ミスタ・ミルトンは、前より見た目がよくなって、最初にデビューした時より集中力が消え、気持ちのいいレンガ色に日焼けして、一礼してから書き物机の一つに腰を降ろした。「ランチの前に書く手紙が何通もあって」彼は上品に説明して、万年筆のキャップを回して外した。ラウンジで出会うご婦人たちを無視して何らかの言い訳をしないのは無礼だと思っているようだった。しかし、人生は、どこかで生きるしかないので、彼は決まり文句で説明する技を身に着けていた。「一章終えないと」、「哲学をきわめないと」、「ジャックを読んだかい?」、「ものすごい文字謎《アクロスティック》をひねってるんだ」、(または手紙の束を見せて)「友達の言い分を聞いてから……」などなど。

一分か二分の間、彼のペンの動きは遅く、一通書くのに形式を意識して、まるで二人のご婦人が彼の肩にもたれかかっているようだった。それから彼が肘をつくと、ペンが吹っ飛んだ。小さくてガタついている書き物机の両側に長い足を出したら、ゴム引きの靴のかかとが音もなく床を踏んだ。彼が二人のご婦人に与えたのは、もめごとの多い人間ではないかという印象だった。

「どうなんだろう」ミセス・リーミティソンは考えた。「この人は主教《ビショップ》になれるのかしら……。あの口髭を剃ればいいのに。間違った印象を与えているのよ。ビショップになったら、剃らなくては。結婚したら、おそらく、剃るわね。もし私が彼と結婚したら……」

ミセス・リーミティソンは、このほかの点では不道徳な人ではないが、自分が関心を持った男性と想像の中で何度も結婚していて、そういう縁組の可能性をあれこれ吟味していた。「後ろの髪の毛を何とかしたいわ」彼女は考えた。「あれはたまたま禿げただけで、遺伝性じゃない。手入れが間に合いさえすれば……」毛糸の刺繍をしていた婦人が口を開いた。会話が堰を切ったように始まるものとみえた。ミセス・リーミティソンは編針を持ち上げて警告した。「シーッ」と彼女が言うと、刺繍を持ったご婦人はラウンジの反対側に傲然と移動した。彼女が熱心に見ていたミルトンは、何の動きも見せない。この脇役の演技を見ていなかった。彼は便箋にインクブロッターを強く押しあてたので書き物机がガタンと傾いたが、彼は次の手紙を書きはじめた。

ミスタ・リーミティソンは階下に降り、用心して座り、新聞を手で引っ張り出した。きっちりと畳まれていたので、折れ目を開くとポケット版観光マップのようにパッと開いた。ドアが開閉するたびに、彼は新聞の上から向こうを見やった。無言だったが、毎回じっと、誰彼かまわず公平に見つめた。出たり入ったりするのは問題ないと感じられる人は一人もいなかった。何をしているのか彼はあえて問わなかったが、それをするには相当の理由があって、まったく無責任にやっているのではないと思いたかった。

「ああ、ほら」彼は妻に言った。「ミス・シドニーが来た。おはようございます、ミス・シドニー」

「おはようございます、ミス・ウォレン」とミセス・リーーミティソンは言ったが、ハーバートが関心を抱きそうな人に声をかけるのがいつも苦痛だった。

「おはようございます」シドニーは驚いて言い、ラウンジは混み合っていて人を掻き分けることになるだろうと思っていたように見えた。

「早いですね、まだ」ミスタ・リーーミティソンが言った。「時間を間違えましたね。いま十二時を七分過ぎたところです。ミセス・カーとあの青年は、どうしました？」

「ロナルドなら、僕らの一行にいましたよ」ミルトンが言った。「ヴィラまで一緒でした」シドニーはドアマットの上にぼんやりと立ったまま、彼のほうを見て、何か訊こうとしているみたいだった。彼は彼女のほうに行こうという本能が働き、いまは思い出せないが何かすることがあると思ってずっと緊張していた。彼女の後ろにも横にもあるガラスのドアが、開閉するたびにきらきら光り、階段の上り下りが角度を変えてダブルに映っては消え、リフトがシャフトを降りてきて格子窓のようなリフトのドアの後ろで待機、そのすべてが表現主義の風景のようで、彼女が与えている集中を欠いた、機械的な、静止状態でいる様子を強調していた。

ミスタ・ミルトンは途方に暮れているシドニーをリー゠ミティソン夫婦が見るのを望まず、手に取るようにわかると思った自分の無作法で彼らの注目をそらしたいと思い、両手を椅子の背に置いて、書き物机から立ち上がり、もう座りたくないと思った。リー゠ミティソン夫妻は、彼女らしくないやる気——熱意に見えた——を見て、明らかに驚いていた。彼女はそこにとどまって時間を過ごすつもりなのか。彼女は日々、苛立ちを見せ、ためらいを見せずに、点から点へ前進する人だと思われていた。彼らは、彼女がずいぶん早く戻ってきたものだと繰り返し、一緒に座りましょうと言った。彼女は微笑みながらやって来た。

「見て見て」彼女が叫んだ。「この美しい新しいビーズのネックレスを！　今朝いただいたプレゼントよ——ミセス・カーがくださったの」彼女はネックレスを外して夫妻と友人たちに回して見せると、彼らはそれを光にかざして、色が素晴らしいと叫んだ。「美しいったらないでしょ？」彼女は繰り返し、みんなの賞賛だけでは満足できないようだった。

「美しいですね」ミルトンは大人しく言って、ビーズを手にとって重さを計り、嫌になった、アメジストが憎らしかった。そして名残惜しそうな振りをして返し、彼女はたかがその程度に値踏みされたのだと思った。所詮、そういう価値の女なのだ。彼は彼女が頭の上から首にビーズを着けると、嵐の中のポプラの木のように、勢いよくミセス・リー゠ミティソンのほうを向くのを見た。

「アメジストが長い間、欲しかったんです、夢に見るくらい！」彼女は宣言するように言い、ビーズを指でいじった。

「素敵なご友人だこと、ミセス・カーは」ミセス・リー゠ミティソンは言い、何一つ考えず、または、万事を考えながら、編針のはじをじっと見て、編み続けた。

ミスタ・リー＝ミティソンは、見るからに美人だという評価をシドニーに与えたことがなく、彼女をここでよく見ることにしようと決めた。椅子に座ったまま半身になり、足を気楽に組んで、そうすることにした。「ラッキー・ガールは誰かな？」彼は言って、親指を振った。「今日は記憶に残る一日になるんじゃないかな？」

彼女の姿勢、見られているという空気がこれを認めていた。彼女は笑って、ミルトンのほうを見た。「行かないで」彼女が言った。彼女の代わりに激しい屈辱感を覚え、この場を逃げ出そうという本能を感じた彼は、手紙や便箋を全部かき集めた。「ここにいて、ヴィラのことを話して――お願い、ここにいてよ！」

彼はとり憑かれ始めていた――午後の間中、周到に彼女を避けていた――新しく来た人全員に自分を見せている彼女の新たな印象が拭えなくなっていた。そんなことがあってたまるものか、と彼は思った、まさか彼女が「魅力的」だなんて！「魅力」のないことが最初から彼には特別だった。それは否定的な意味以上の資質だった。彼女には混じりけのなさがあり、ノルマン時代の建築物の混じりけのなさを思わせ、それが「良さ」として彼の評価を高めていた。彼は嬉しかった――これは虚栄だとあっさり自認すらしていた――彼女は愛想がない、協調的でない、不感症だ、さらには不愉快だとまで言われるのを聞くことが。彼は一人で自分自身を成りゆきに任せていた、いわば、大きくて、暗くて、高慢で、抑圧を寄せ付けない人がシドニー・ウォレンだと決めて、彼自身と彼女自身の特異さを強く思い、抑圧されないようにしていた。「僕はそんな彼女は望まない」彼が怒ってそう思ったのは、三時頃に窓から見下ろして、彼女がロレンス一家と仲間と一緒に騒がしくテニスコートに出て行く彼女を見たときだった。「あれは僕と結婚しようとしない娘ではない」と彼は思い、それが彼女に加えたもっとも厳しい評価だった。なぜなら、さんさんと日光を浴びていた町のベンチのそばでのやり取りのせいで、彼女に抱いたプライドがいまも痛み、彼女は不完全であると見きわめたと感じ、その結果、宿命的な限界の向こうにいると思ったからだ。彼が年を経るにつれて、地平線が自然に閉じる中に、彼女は小休止《ブレーク》として自身を差し出していたのだ。「彼女はこのようであってはならない」彼は絶望に囚われて言い、彼女を隠すためにシャッターを揺さぶってカタカタ鳴らし、その場を去った。彼はもう一人の人間に対してこれほど深まる関心を抱いたことはないと感じた。もはや人が所有する限度という問題ではなく、これを超えて、接触できない自己にあって、彼らは何者なのかという問題になる。

彼は別荘の裏の丘の上へ散歩に出て、危なっかしいテラスから見る町は小さく見え、海岸は、青一色にもかかわらず、乱れて陰鬱に見えた。しばらくの間こうしたものを眺めていると、翳りのない地平線には一艘の船もなく、気持ちが広がった感じもせず、険しいほうの近道を急いで下り、熱く焼けた地面をずるずる滑り、蹴った小石が次々とはねて、足下の危険に瀕したような居留地にガラガラと落ちていった。そうやって彼はテニスコートまでたどり着いたが、中に入るのが嫌でたまらず、ネットの向こうに目をやって、両手についた泥を払った。ホッとしたが悔しいことに、シドニーはどこにも見当たらなかった。この日は自然に単純になりそうに思われ、彼は自分の将来を考え、午後もそれにつられて際限なく膨らみそうで、やめようと思ったが、やめられなかった。人は楽しまなくてはならないが、彼にはその必要がわからなかった。

熟考中のある一点で、彼女は彼の背後に音もなくやって来たに違いない、彼女の声がいきなり聞こえたからだ。「最近はプレーしないの？」彼はしまったと思いながら振り向いて彼女を見ると、鮮やかな赤のブレザーのボタンを顎までとめて、両手をポケットに深く入れた彼女は、いつもの朝の彼女というよりも、悩んでいる少年のようだった。

「君をここで見たことがないんだ、僕がプレーしているときに」

「私も前はプレーしたのよ」シドニーが言った。「プレーはできるけど――もうしないわ。ちょっと歩きましょうか？」表情は静止したまま、無関心のほうが勝った顔で、丘のほうに彼女は深くうなずき返した。

　静寂が突然降りてきて、それが一分二分と長引く中、彼は彼女のあとについて道を登った。彼女は神経質にまっすぐな姿勢で、腕の下からラケットが突き出している。彼女の派手なブレザーが陽射しの中で眼に痛く、彼は絶えず彼女から目をそらしていた。彼女は、さる夕刻に迫りくる黄昏の中、彼とともに歩いていた軽やかな白い衣服を着た女性のようではなかった。その時は一種のショックがあり、彼は驚いた――岩の上に光が炸裂したからだ。彼はあの時の彼自身の身震いを思い出し、彼を取り巻く暗い木々の震えを思い出した。内在するものがあったに違いない。彼らの接触そのものが小道にとり憑いているようだった。彼は先方にいる娘に追いつきたくて、彼女のほうに手を伸べて、後悔とノスタルジアのこの重大局面にさいして、慰めを求めた。

「どこに行くのかな？」彼が訊くと、彼女は振り向きもせず、彼のことなど明らかに思いもせずに、叫んだ。「ああ、どこだっていいの。道を下るの。遠くないわ、さもないと私、死んじゃう！」

　彼らは狭い所から逃げ出すように足早に歩いていくと、道路に出た。一息入れて彼女は左右を見た。どっちの方角にも招くものはないのに、彼女は期待に満ちて立った、天国のような景色が彼らのために開けるはずだというように。道路はさっきと同じ道路で、彼女のために変えられることもなく、二重の並木、厳かに扉を半分開いた別荘、そして同じ空気が穏やかに前方に散策すべく伸びていた。栗の木はもう芽吹いていた。間もなく、訪問者は退出すべしというサインとして、栗の木は入り組んだ指のような若葉で道路を覆うだろう。木の周囲の空気はねばねばしていて、かすかに春の匂いがする。彼はハッと息を呑んだ――この瞬間も、あの時のように、いつしか過ぎて彼を苦しめるのだろうか？

「残念な気がするでしょうね」彼が言った。「僕らが行ってしまったら。人はここなら、たやすく幸福になれるかもしれない。ここにいる限り、それができないはずはないよ。出て行くなんて、致命的だ。こうして木の葉が芽吹いてくるという想いには、一種の穢れが付きまとうんだ、秋のようなな」

彼女は疑わしげに彼を見て、軽蔑めいた想いに唇をゆがめた。「ミスタ・ミルトン」彼女は訊いてみた。「あなたはまだ私と結婚したいの？」

「歩きませんか」彼は急いで言った。「こうしてただ――突っ立っていても……。どっちに行くか――こちらにしましょう。無理に、どうかな、歩かなくてもいいのでは？」

「お願いだから、お返事を」彼女が言った。「みっともなくて、引っ込みがつかないわ」

本能が働いて彼は彼女の肘を取り、リードしたが、水たまりをよけて歩いているみたいだった。肘が震えるのを彼は感じた。

「ご存じでしょう、僕はあなたを愛しています」彼はそう言って、この言明の響きに、その確定ぶりに驚いた。「シドニー、シドニー」と彼は囁き、閉じた瞳の後ろで、黒い瞳が彼女の白い顔を見上げているのを感じた。

彼はまた彼女を見て、一瞬、彼女が何者でもなく、ただしゃべっている少女になった。「あなたと結婚するわ」彼女はそう言ってから、こう言った。「とても結婚したいの」

彼女はなぜ急いでこう言って彼を安心させたのか？ 彼が見ると、彼女はまっすぐな目をして彼を探っていて、瞳はほとんど黒く、充電し過ぎていて、不透明のまま、読み取って、と叫んでいた。

「僕を愛していない？」彼が言った——「どうなの、君は愛してる？」

「ああ、いいえ」彼女はその誤解にぞっとしたようだったが、その肘を彼の力の抜けた手につかまれながら、手放さないよう求めていた。「だけど、わかるでしょう、私は愛したい」と彼女は言った。

「マイ・ディア・シドニー……」こう言いながら彼は本能的に人気《ひとけ》のない道路を左右に見た。

「ええ、ここでキスしても」彼女は言った。「もし誰も来ないようなら」彼は身をかがめて素早く彼女にキスした。

「誰かがいたと思う」彼女はすぐそのあとに決まり悪そうに、笑って言った。「あそこの別荘の門から見ていたわ。このまま歩く、いつもの顔で？」こうして「いつもの顔で」少し歩いたあと、彼女は心配そうに訊いた。「あなたは本当に私と結婚したかったのよね、違う？」

「どうしてそういうことを僕に訊けるのかな、自分でわからないの？」彼は苦し紛れに叫んだ。

「ともかく」と彼女。「私にわからないなら、きっとわからないのよ、ね——もう私はあなたを受けたのだから——訊くほうがフェアなことでしょ？」

ミセス・リー＝ミティソンがちょうど訪問していた別荘の庭の門から（都合のいい紹介になった！）用心深く歩いてきて、門柱の間で長くたたずみ、名刺入れ《カードケース》の角を唇に押し当てて、彼らが道を下ってくるのを観察していた。

「小さなボタンの掛けちがいで……。彼女は理解していないと思う」ミセス・リー－ミティソンは言った。

19　ティー・ガーデン

ドクタ・ロレンスは娘たちをホテルから連れ出す話をしていた。「まったく同感です」彼はそう言って、ヴィクターを嫌そうに見ていた。「娘のヴェロニカはどなたかと結婚するに決まっています。しかし、彼女が君と結婚する理由はどうしても見つからない」これは物事を切り出す際に、不必要なほど心ない言い方だった。ドクタ・ロレンスは、そのとき面接《インタビュー》が行われていた戸外では、黄色い眼鏡をかけていた。おかげで陰険に見えて得をしていた。唐突な男だと、ヴィクターは思い、心臓の専門医を訪れる必要があっても、診察などまったく受けたくない種類の男と見ていた。テニスとダンスをさんざんしたのにヴィクターはこのところ肉が付きはじめていた。彼はドクタ・ロレンスがこれに気づいていると感じていた。彼はドクタの父親に二十ポンドの借金があり、ドクタ・ロレンスはこれを知っていると感じていた。まずいことになった。ヴェロニカはできることはしてくれた。彼女はヴィクターに自分の父親は野獣に近いと認め、父親に言わせればヴィクターはどうしようもないマヌケだということで、それから彼女は二日間寝室に閉じこもり、頭痛がひどいのだと宣言した。ドクタ・ロレンスはフレンチ・リヴィエラ[*1]のいくつかのホテルと連絡をとり始めたが、どこも満室だった。事態は行き詰まった。

「うちの父は」アイリーン・ロレンスはデュペリエ大佐に話した。「私たちからやる気をすっかり奪う名人なのよ。私たち、よく心配するの、みんな未婚のまま死ぬんだと」

「ああ……そうなんですか？」デュペリエ大佐はとても気がかりだった。「思うに」と彼。「女性たちも最近はやりたいことが相当やれるようになりましたよ。あなたたちだって、誰でもそうなると思いますよ」彼はテニスのあと、イングリッシュ・ティー・ガーデン[*2]でヴェロニカの姉妹の相手をしていた。彼らはレモンの木の下で待ち受けていた小さなテーブルを囲んで、三角形になって座っていた。傾きかけた太陽が少女たちの腕と顔をサンゴ色のピンクに、ドレスを金色にしていた。デュペリエ大佐は姪がいないのが悔やんでも悔やみきれなかった。

「できますよね」アイリーンが言った。「私たちは自分が本当にやりたいことを、十分長く続ければ。でも一つひとつが他人のクソまじめな微妙な思惑で邪魔されるんだわ——とくに父親の。『ああ、もちろんやりたいならやったらいいよ、マイ・ディア』と言って、父は病人を見るような眼で人を見るの。『そんなに熱心なら、やる価値があると本当に思うなら』とくるの。わかるでしょ、そういう不可能な立場に追いやられて、『熱心』にならされるの。父親に対して劣勢になり、そのくせ父は何事にも熱心にならないの、とくに私たちの誰かが若い青年と結婚するという問題になると——私たちが何かキャリアを持ちたいと思うのと問題は同じこと。私たちはみんな感じてるの、何らかのキャリアを持つのは、女性には有利なことに違いないと、ただし女性がそこまでキャリアに固執したいかどうか。若い男性なんか、そのことを恋愛抜きで見るようになったら、父親が予想するほどの大騒ぎを私たちがする価値はないかもしれない。そこで父は溜息をついて言うのよ、『おやおや、それは心配だな、その件で君がそれ以上に強い気持ちがないなんて――』って、だからこっちはもう気が抜けてしまうの。うちの父は」アイリーンが言った。「恐ろしく微妙なんです。専門医をしているのも不思議じゃないわ」

「しかし、専門医と言ってもそこまで微妙である必要はないと思うわ」とジョーンが言い、デュペリエ大佐を見たら、彼は驚いたような顔をしていた。

「神さまにお願いしたくなるわ」アイリーンが述べた。「少なくとも目的が結婚のときは、父親がいなければいいのにと思う、シドニー・ウォレンのように。でも彼女の場合は、そもそも大騒ぎを始めるのが難しいでしょうね。はっきり言って、もしシドニーが本気で結婚したいとしても――そういう印象を受けたことはまるでないけど――彼女はとても事務的だったわ、結婚できそうな誰かということで、古びた中年のミルトンを選んだけど。でもやはり、シドニーはそもそも事務的な女性だわ。彼女は、そうなの、医者になろうとしてたのよ」

「知りませんでした」デュペリエ大佐が言った。

「彼女は冷血動物だと思う」ジョーンが言った。「なんだかゾッとするの。それに彼女は牧師《クラージーマン》さんの妻には少しも向いていないと思う。私には見えるの、彼女が教会の教区委員や会衆をさげすむように見ているのが」

「彼女は司祭《ビショップ》の素晴らしい妻になりますよ」デュペリエ大佐が言った。「私が会ったことがある司祭の細君はみなさん尊大だった。シドニーはそれに、黒いサテンのような衣服を着ると、とても端正に見えるでしょう、あと二十年でも三十年でも」

「ミセス・ピンカートン閣下は、彼が司祭にならぬよう必死で手を打つでしょうね」とアイリーンが言った。「彼女は彼を嫌っています！　きっと反対してまた持ち出すわ、彼が選ばれるときになったら、彼がどなたかほかの人の浴室を使ったことを。残念だわ、だってシドニーが黒を着たらきっと見映えがするから。四十五歳くらいになったら少し分厚いサテンの黒で、いまここにいる彼女よりずっと彼女らしくなるわ。面白いじゃない、いまいる人はみんな同じ一つの年齢にしか見えないなんて、それで本当に彼ら自身でいるなんて？　つまり、あなたが会う女性は明らかに二十歳になるまで生きて（その年齢で美しいのよ）、でもその後は道を見失ったみたいなのに、あなたが知り合いになりたい男性は、ええと、三十歳か二十四歳か、あるいは、残念だわね、あなたは四十歳か五十五歳の彼女らに出くわすことはないかもしれない、それで、子供たちは、あの恐ろしいコーデリアのように、蒼くなるほどシェイプアップして皮肉屋の二十九歳の女になるのよ、そうなると、彼らはもう一切老いぼれないの」

　ジョーン・ロレンスは夢を見ているようだった。トレーが置かれ、デュペリエ大佐が彼女にホステスになってお茶をついでと頼むと、彼女は頬を赤くして、とても驚いたようだった。彼女にはかすかな記憶があった、熱帯のどこかのベランダでデュペリエ大佐と朝食をしたことがあった、互いに向かい合って、皿に盛られた未来を思わせる大きな果物をはさんでいた。彼女は熱帯の背景についてはよく知らなくて、旅行も読書もたいして経験がない、あったとしても曖昧なスケッチ程度だった。そこには、ここと同じく、あの時と彼らの沈黙を彩るヘリオトロープの濃厚な香りが漂っていて、というのも彼らは動く気配もなく、言いたいこともないようだった。彼女は見つめられ……彼はすでに日除帽《トピー》を脱いでいた。彼女は白いモスリンを着ていて、刺繍があって、リボンつきで、透き通っていた。彼女は厳格に言うと古風な《フロック》ドレスを着ているとは思っていなかった……。なんてことを想像するのか。デュペリエ大佐は言ってはならないことを勝手に言う人なんだ！　彼女はティーポットの蓋をカタカタいわせて、熱湯を指にこぼしてしまい、もう考えることも目のやり場もわからなくなった。

「お砂糖はご不要でしたね、デュペリエ大佐？」

「ありがとう、砂糖なしで、それにミルクもあまり好きではなくて」

彼女はこの憶測はしており、本能的に彼はミルクもあまり要らないことがわかっていた。「このホテルは」アイリーンが言った。「花嫁さんを大量に生み出しているみたいね。ほんとに残念だわ、男性がほとんど出払ってしまって！　ほかの男性方が出てくると思いますか、デュペリエ大佐？」

「思いませんな」彼はロレンス姉妹をばらばらに連れ出すのが不可能でないことのみ願っていた。アイリーンだけ連れ出せたら、言うことはないのだが。しかし、ジョーンがお茶会から抜けだして、座って遠くを見ている。彼は彼女に騙されたと感じた。「僕はこう言いたいな」彼は機嫌よく笑顔になって、話を続ける努力をした。「ここは恋をして、婚約して、それからどうにかするにはもってこいの場所だと思うんだ。残念ですよ、我々の多くがここに来るのは、老人になってからになるなんて」ティー・ガーデンが一瞬ひらめいて彼に見せた、半分だけ記憶に残っていたか、一度も視覚に浮かばなかった何かか、ティー・ガーデンの明るい芝生と太陽を浴びて枝に丸く実っているオレンジとレモンと共にひらめいた。彼の仲間がみな微笑んでいる。「このすべてが」と彼。「陽気で楽しいんだ」

「あなたはどこで恋をしたの？」ジョーンが訊いた。「つまり、どんな景色だったの？」ジョーンは頭を少し傾けて、両手を顎の下で組み、見つめる瞳をうるませて、その意味ありげな瞳は彼を通り越して日光に溶けた。

「なんてことを訊くのよ!」アイリーンは生意気な声を上げた。「デュペリエ大佐はたくさん旅行をしているのよ」

デュペリエ大佐は苛立ちと驚きのこの一瞬、我ながらはるばると長く旅してきたような気がした。彼の想いはさっきの会話に立ち返り、彼女らが会話の中で避けていたことを捜そうとした。誰かが二十歳になるまでに生きた女がどうとか言っていた、その後その女はどうなるのかと。誰かが自分を見失い、世に失われてしまい、消えた……。彼はすべての女が二十歳になるまで生きることを知っていた——二十二歳、二十五歳ということもある。これは明確なことと思われる、ジョーンを見るといい。しかし、何かが、彼がインドのダージリンで出会ったミス・マクリーンという女の身に起きて、それから彼が求婚して愛すべきミセス・デュペリエになり、彼が彼女に求めたのは、いつでも二十歳でいるわと彼女が誇らしげに約束することだけだった。彼は歳月を数えることはなかっただろう。おそらく彼女は、われ知らず、彼を出し抜いていた。彼女は道を見失った? 彼女はいま独りで上のほうに、上の部屋で横になって、太陽が沈むのを、照明が全部消えるのを、暗闇が自分を窒息させるのを、腹立たしく待っていて、空虚な空に期待して窓を開き、身を震わせるのを待ち、哀れ心の中で左右に寝返りを打ちながら、肉体は固く静かにこわばって、閉じ込められた彼女は、彼を呼ぶ叫びをこらえている。「ああ、お帰りなさい、アレック……。あなたが入ってくるとは期待すらしていなかったわ。どうして入ってきたりしたの? だって、あなたは下でとても幸せなのに……」

ミセス・カーと友達の一行は、ガーデンの奥で一緒にお茶をしていたはずだったが、そばを通り過ぎて、しゃべったり笑ったりしながら出ていき、ロナルドはそのあとをふらふらと追いかけ、少し方向を見失ったようだった。彼はパナマ帽をたたんで腕に抱えていた。そしてまぶたを伏せてテーブルを一つひとつ横目で見ながら、誰かが声をかけたり、手を差し出したりしたら、遠回りする準備をしていた。デュペリエ大佐は、その若者が気に入っていたわけではないが、何となく彼が気の毒だった。彼は、アメリング坊ちゃん《マスター》のように、肥満体でもないし、自己満足というのでもなく、騒々しくもなくて、彼の閉店は一時的現象で、（デュペリエ大佐と同様に）優雅な失意が漂っていた。だから彼は喉の奥で励ますような音を立てて、テーブルから誘うように椅子を引くその一方で、アイリーンは、ロナルドがそばを通り過ぎるその態度を見て腹を立てて、叫んだ。「ハーイ、ロナルド！」その声が絶叫みたいだったので、みんな椅子から跳び上がった。

捕えたことに安堵して、彼女ら三人は不安な親切心からロナルドに微笑みかけ、その困惑交じりの気遣いは、彼本人には与えられた贈物であり、サークルのみんなを刺激できるし、ここにいる彼の仲間には、ある理由から、願ってもないものになった。彼はあらゆる場所では引く手あまた、ブリッジで、ほかのホテルでのディナーで、リー＝ミティソン家にとってはコーヒー・パーティで、そして彼は、微妙な母親の間接的な強制があって、会合に殉教すべく縛られている雰囲気があり、画家たちが木に縛りつけたかの青年セバスチャン[*2]さながらだった。彼は目下幸福な少年のようではなく、前かがみになって、しなやかな手首を膝の上で組み、遠慮のない目で、それが彼らにはなお困惑の種となったが、一人のロレンスの顔から次のロレンスの顔を凝視した。

「姉妹のどちらにも、どうやら、ミスタ・アメリングとのご婚約を僕からお祝いできないようですね？」

「ええ、そうよ、おかげさまで！」アイリーンが力を込めて言った。

「ああ！」ロナルドは驚いて言った。「しかし、どうなんでしょう、あなたは彼と結婚したくないんですか？　彼はここではたいした人気があるように思ったけど」

「彼は途方もなくラッキーな青年ですよ」デュペリエ大佐が発言した。

「もちろんです」ロナルドは上品に同意した。「僕はいまミス・ウォレンにもおめでとうと言ったところです」彼は補足した。「そしてミスタ・ミルトンにも、外で会って一緒に歩きました。二人は非常に驚いて、どちらかというとむっとした顔をしましたよ。僕は間違ったことしたかな、どうです――彼らは婚約したんでしょう？」

「みんな知ってるわ」とアイリーン。「それで私、シドニーが喜んでいるとは思えないの。選んだわけじゃないから。でもあなたは何か知っているでしょ、とにかく。彼女はあなたのお母さまに話したはずよ」

「話してないと僕は思うな」ロナルドが曖昧に言った。「残念だけど、話してないよ。僕の母親は適切な既婚婦人とは言えないから。母は、どうなんだろう、こういう立場に遭遇した若い女性が求めるような胸を貸してあげられる人とは思えないんだ。残念だが、母は僕と同じ感覚だと思う、友人は、多種多様で、何かのときは愉快でも、ほとんど面白くない人たちなんだ。――もちろん敬意を払う価値はありますよ――彼らがそれこそ正常な人に近づきさえすれば。人々が人生の大きな経験と呼ぶものは」ロナルドが言った。「とても狭くなっている」

「すごい語彙力だなあ、カー」デュペリエ大佐はそう言って、煙草のケースを恭《うやうや》しく差し出した。

「これほど流暢な言葉は聞いたことがない。書くの？」

「書かないようにしています」ロナルドはそう言って、煙草を物悲しく見つめ、もらわなければよかったと思っているようだった。彼は溜息をついて、デュペリエ大佐の火の点《つ》いたマッチのほうに近づいた。

またもや牧歌的な一夜が来た、苦しいまでに無意味な一夜が。夜気がレモンの香りを呼び出していた。ロレンス姉妹は襟巻を肩にまわし、椅子に座ったまま身をのり出し、猫のように毛皮にその身を埋めた。薄い青い煙が晴天に消え去っていく。ジョーンは考え深く言った。「それは問題じゃないと思う――つまり、話すほうは――あなたが正確に意味を知って話しているなら。だから私は話さないの、絶対に」

「だけど、そのぶんもっと考えるんじゃないのかな」デュペリエ大佐が言って、煙草の灰を落とし、彼女のほうは見ていなかった。

「ええ、そうよ、私はとても考えています」ジョーンはそう言って、片方の足を振り上げてそれを見た、謎めいていた。

「本当に考えるの？」ロナルドは興味を見せて言い、目がすっかり覚めた。「何について考えるんだい？」

「そう、本当に……」強い視線を見せて、アイリーンが口を挟んだ。「ええ、本当よ、ロナルド、あなたってクールだわ！」

デュペリエ大佐の困惑に対して、ロナルドは顔を赤くし、言葉に詰まった。ロナルドは人が思う以上に過敏で、人に反論したり、人を怒らせるのが嫌いだった。しかし彼は、自分が何をしたのか、見たところ想像できなかった。「僕は――僕は、本当にすみません。だけど、どうして……」

「まあ、つまり」アイリーンが言った。「本当は、もし意見が本当に自分のものでなかったら……つまり、もし人が、みんながすべてについて感じていることを言うように期待されていたら――」

「私は『感じる』なんて言っていないわ、『考える』って言ったのよ」とジョーン。

「まあ、それは同じことよ」アイリーンが言った。彼女らは互いに相手をじっと見た。

「ああ」とロナルド。「残念だなあ。だって、僕が考えることって、すごく一般的だから、もし誰かが興味を持っても」

「まあ、どうかしら――あなたはまだ少年だわ」

「ああ、いいかしら、アイリーン、ロナルドをしつこくいじめないで――」

「大丈夫だよ、ありがとう」ロナルドは言ったが、まだ顔がピンク色だ。「僕は君の姉上の視点に大いに興味を持ちました」

「私は視点なんか持ってないわ」アイリーンがぷりぷりして言った。「私は単純なことをしゃべっているだけ。ねえ、いいかしら、もしあなたが菓子パンを見たら、それが菓子パンだと考えるだけじゃないでしょ、どう？　あなたは菓子パンについてどう感じるか、食べたら美味しいかしら、誰かの菓子パンじゃないかしら、もし食べたら喧嘩になるな、とか考えるのよ。それが人間でも物でも、同じことが起きるの」

「ああ、なるほど」ロナルドが言った。「もしそれが君の言う考えるということなら、言わせてもらう、それはプライベートなのかもしれない、プライベートそのものだよ。だって、そんな考えの人って、僕はほかに知らないもの。さっぱりわからない――」

「多くの人は、どうして自分がそう考えるのかなど、わざわざ人に説明しないと思うわ。人はみんな、自分の考えで人を走らせて、うなずいて微笑んで、『じつに素晴らしい！』と言って、四六時中その他のことを考えているのよ」

ジョーンは、自分の考えのプライバシーを人々の論争の種にさせておく一方で、それとなく仲裁工作として、頭にかぶったスカーフのひだの上に金髪を渦巻き状に広げたままにしていた。「私の手首にさわってみて、氷みたいでしょ」彼女が突然言った。「きっとものすごく寒いんだわ」

「マイ・ディア・チャイルド！」

「あら！　本当は寒くないんだと思う」ジョーンは自分からクリスタル・グラスを落として踏んづけたような気がした。「どうかみんなを行かせないで！」彼女は憐みを乞う目でデュペリエ大佐に懇願した。「どうしてあんなこと言ったのか、わからないわ――手首が寒かっただけなんです」

「私は行きたくない、それは確かだ」大佐は名残惜しそうに庭園を見回して、二度と来ることはあるまいと思っているようだった。思っていたよりずっといい庭園で、思っていたよりももっと友好的で親しみがあった。「我々はしかし、あなたを凍えさせてはいけないから」彼はそう言い、手もなくジョーンを見つめた、彼女が凍えるか凍えないかは、彼の分野のはるか向こうのことだったから。

「バカね！」彼女の姉妹が叫んだ。「手袋はどうしたの？」

「このところ夕刻が」ロナルドが説明した。「ギロチン台の刃のように落ちてくるね。僕は母のあとを追っていくしかないんだ」彼は立ち上がり、彼女らを想いを込めて見下ろした。ヘン《クィア》な（と彼は思っているようだった）、決して満足のいくグループではない。「君も、僕と一緒に行きますか?」彼はアイリーンに訊いた。

アイリーンの心はたちまち前に跳んで、ヴェロニカに告げていた、ロナルドが(ええ、マイ・ディア、誓ってもいい、彼が本当に――!)散歩に行こうと誘ったのだと。「私にはこれなのよ」彼女は断定した。「これほどスカッとすることはないわ、滑るような足取りの明後日の人々と一緒なんて、あなたを半分しか見ていない人たちと。彼は私の手から食べたいのよ、きっと食べると誓うわ。一時間だけ外に連れ出して、町を一巡りするの」笑顔になって彼女はほかの人たちに言った。「ロナルドと私でもう失礼してもいいかしら?」彼女の唯一の疑いは、門から出たときにロナルドの頭を街のほうへしっかり向けて、ヴェロニカに告げる恍惚感をそれほど長く後回しにできるかどうかだった、ヴェロニカはいま、そう、窓のそばのベッドで雑誌を読んで、ペパミントをなめながら、孤独な時間が長引くにつれて、ヴィクターが引き起こすにいたったた出来事のことをますます悔やんでいるにちがいない。

あとの二人は孤独に取り残され、かつてないことだったので、差し迫ったような、やや奇異な感じを受けていた。「どうやら」とジョーンが固くなって言ったが、固くなろうとたいして役に立たなかった。「私たちで仲良くやったほうがいいみたいね」

「そうしますかね」デュペリエ大佐が言った。見ると、五時半になっていた。上のほうでヴェロニカは半分狂ったように思案に暮れているのだろう。この時間までにデュペリエ大佐が現われないことはまずなかった。大佐はあたりを見て、遠く樹木の間のテーブルを見ると、カップルが少しかしこまって意識して親しそうにしていて、夜になるのを前に、どこかフクロウみたいにお互いを見るような周囲を見るような、することのない時間をもてあましている。おかしい、とデュペリエ大佐は思った。彼の視線を追って、ジョーンは変《クィア》だわと思った。彼女は冷たい手に顎を乗せて、憂鬱そうで、恨みのない溜息をついた。「元気を出そう！」彼女の友が厳かに言った。

「私はそんな元気な性質ではないのよ、あなたのような」彼女は宣言した。

「そうだな、僕はむしろ楽しい性質をしているかな」デュペリエ大佐が言い、しぶしぶ自分を一瞥して、また目をそらせた。

「むろん」彼女はもっともらしい小さな声で言った。「あなたは素晴らしいわ」そして後ろにもたれて椅子の後ろに手をやってラケットを探りながら、また「素晴らしい！」と繰り返したが、声が苛立っていたのは、ラケットがなかったからだろう。「私は期待しているの」彼女はまた始めた。

「私たちはどうしても――」

「わかってますよ。もう中に入らないといけないことは。あなたが風邪を引いたら、いいですか、私は絶対に自分を許せませんから」

「約束するわ、私は風邪を引かないって」哀れジョーンは忠実に言い、立ち上がるついでに周囲を不服そうに、ハンターのように見たら、ラケットは椅子の横に立てかけてあった。

「どうもありがとうございました。ご一緒にお茶ができて」彼女が言った。

「私には愉快なひとときでした」デュペリエ大佐が言った。

＊1　地中海沿岸の風光明媚な一帯はイタリアとフランスにまたがり、リヴィエラと総称され、南フランスに所在する一帯をフレンチ・リヴィエラまたはコート・ダジュールと呼ぶ。

＊2　紅茶、軽食を供する果樹園や花壇のある農場庭園のこと。ケンブリッジ郊外のグランチェスターのそれが有名。

＊3　聖セバスティアヌス（256?-88?）、ローマのキリスト教殉教者。祝日は一月二十日。多くの画家が矢に射られたこの若き聖人を題材にして絵を描いている。兵士、黒死病、同性愛の守護聖人といわれる。

20　ミセス・カー

「まあ、ミスタ・ミルトン」ミセス・カーは叫んだ。「これ、本当なの？　もし本当なら、素晴らしいわ！」

彼は突っ立ったままだった。彼女はゆったりとクッションにもたれ、座ったまま彼を見上げている。「ええ、あなたは魅力的で」彼は疑念を抱いて考えた、「有害な女性だ」と。彼はまっすぐ前を見るように努力したが、深いあふれそうな二つの瞳にあたかも重りが落ちるかのように、天井から射す光がその邪魔をした。銀紙から切り出したような、輪郭がはっきりしたむき出しの光は、柔らかに目に届き、そのまま下方に泳いで溶けたので、彼は何も読めず、ただ明るみを覗き込んだ。彼は彼女に降伏するほかなかった、彼女の穏やかな聡明さと、真面目で、熱心で、友好的なその影響を受けて。「はい、本当ですよ」彼は言った。「ご存知ありませんでしたか？」

ディナーがすんでも、ロナルドが到着してからこっち、彼女はすぐ私室に引き取らないで、ラウンジの奥の静かな一角で、後ろに棕櫚《しゅろ》の木のあるソファに彼と一緒に座ることになっていた。ジェイムズ・ミルトンは考えた、彼らはここへ、オマー・カイアム[*1]の幻想のように近づいてくる、コーヒーを乗せた小さなトレーと、真面目な定期刊行物を一抱え（ロナルドのものであろう）持って、フルーツの砂糖漬けの籠は、ロナルドが、憂鬱そうな曖昧な気前の良さで、客たちに勧めたもので、ロナルド自身はこういうものが好きではない様子だった。彼らの客の一人が、ミルトンの感じでは、意を決して自ら砂糖漬けを取りに出てきた。彼女は優雅な嬉しそうな様子で一つ取り、ロナルドが義理堅く立ち上がり、塔のように途方もなく背が高くてシャツの前面に手間どってシャツがしわくちゃになり、また座るように求められた。ミルトンは招かれなかったわけではないが、下のラウンジの熱心な会話仲間に紛れ込み、直視されたのに応えて椅子の背にさわると、彼女のお愛想笑いが彼ひとりに集中した。

ロナルドは椅子を正しい角度で引き出した。ミルトンは彼らと一緒に座っていた。

「では、きっと」とミセス・カーが要約して言った。「あなたは幸せね」

こういう時、人は適切に自分を表現しろと期待されているわけではない。彼の微笑と仕種は、彼らしい不十分さを表わしていた。彼女はうなずいて女性らしい理解を示した。「とても幸せね」彼女は言った。

「最高だね」ロナルドが二人の年長者のような風に言った。彼は足を組み直して、砂糖漬けのタンジェリン蜜柑にかみついた。

「そうね」ミセス・カーが考えながら言った。「少しわかるような気がするわ、これが彼女に何を意味するのか」

「彼女はもちろん、あなたに話しましたね」ミルトンは心の平静を保ち、驚いた仕種を言葉にこめた。

彼女はうなずいた。そして「少しね」と言った。「だって、まあ、もちろん、あなたはご存じね――彼女はとても静かな人よ。多くを語らなかったけど、輝いていました。彼女はおよそ不思議な輝き方ができるのよ」そう言いながら、ミセス・カーは彼を外してシドニーだけを一瞥した。「もちろんよ」彼女は例によって、完全な趣味にもとづく声明を出すときのお座なりの静かな声でつけ加えた。「彼女はとても幸福よ……。私の大きな願いであり、ほとんど叶わない願いでしょうが、そういう彼女を見たいの、あんなに輝いて自信がある彼女、それが私には大きな意味があることなの。あなたはほんとに――ご自分でわかってる？――たいしたことをしたんですよ」

「ありがとう」ミルトンは力なく言った。

「私にありがとうと言う理由なんかありませんよ」ミセス・カーは目を見開いて彼をまっすぐに見て言った。「何のために私にありがとうと言うの？」

ミルトンは、この無垢の攻勢に弱りきって、ロナルドを見て、彼がここにいなければいいのにと思った。しかし、ミセス・カーは彼を手元に置くと決めているようだった。

「ところでロナルドは」彼女は楽しそうに言って、自分の手を息子の膝に置き、考えながらうつむいてその手を見てから、また手を引き戻した。「結婚しようとする人のことを、気の毒だと感じるんだって。彼は信じられないのよ（そうでしょ？）、『二人の人間の間のいかなる満ち足りた生活《モーダス・》様式《ヴィヴェンディ》であれ、その土台は魅了にある』なんて！」

「僕はいつだって心を開いていますから」ロナルドはそう言って、梨の茎《くき》を食いちぎってとった。

「愛そのものについてだけど」ミセス・カーは息子を尊敬するように言った。「彼は深刻に疑っているの。そこに人生の一部があるの、ミスタ・ミルトン、だから、私はとてもありがたいんですが、あなたが私の哀れなロナルドに説明していただけたら」「人生の一つの流れかもしれない。人々は、まるで

「人生の一部じゃないよ」ロナルドが言った。「人生の一つの流れかもしれない。人々は、まるで断面図みたいに言っているが」

「おわかりでしょ？」彼の母親が言った。「でもシドニーも一時は懐疑論者だったわ、ええ。いまこそロナルドが彼女と話してくれたらいいのに」

「シドニーにはまったくその気はないと思います」ミルトンは言ったが、所有者然とした言い方で、微妙な決まり事に土足で入ったかなと感じた。

「私の印象では」ミセス・カーが遠慮がちに言った。「シドニーは、自分が完全に知っていることを話すのが好きなようね」

「むしろ静かな人が相手でも？」

「むしろ静かな人ともちゃんと両立できるのよ」ミセス・カーは、啓発するように、彼のつまらない難癖を愛らしい微笑で形無しにした。「私は哀れなシドニーに依頼したりしていませんよ、だって彼女はごく最近卒業したばかりと言ってもいいのだから、ロナルドに課外の講義をしてくれなどと。私は何となく想像できるんだけど、彼女は彼に感じさせたのではないかしら、彼はまだまだ未熟な愚かな腰抜けだということを」

「講義して欲しいなあ」ロナルドが言った。「きっと十六世紀になるんだろうな。霊感を受けた若き女性による愛情《アモール》に関する講義は」彼は注意深くミルトンを見つめ、どうやら彼を霊感の役割で考えたいようだった。

「あなたは『十六世紀』をミス・フィッツジェラルドから拾ったのね、むしろくだらない表現になるわよ、ロナルド・ディア、使いすぎたり無差別に使うと。だけど、『霊感を受けた若き女性』というのは」彼女はミルトンのほうを向いてはっきり言った。「とてもいいわ。あなたの霊感を受けた若き女性は、むしろ愛らしいことがわかったんじゃないの?」

「むしろ愛らしいですよ」ミルトンは、レッスンを受けているみたいに、こだまを返した。

「シドニーが恋してる……」ミセス・カーはつくづく思い、自分の経験ではない深遠な経験の水際から危うく一歩退くようにして、ミルトンに言った。「あなたが羨ましい!」

ミルトンはロナルドの澄んだ、やや好奇心が浮かぶ眼差しに出会った。彼らは互いに深く見つめ合った。「幸運ですね」ミルトンはそう言って、刺すような皮肉を感じて一瞬目を閉じた、光がまぶしすぎたように。また目を上げると、ミセス・カーの息子がまだ彼を探っていて、それから前に一歩出て説明した。「どうか許してください、じっと睨んだりして、しかし僕は、人があっけらかんと、僕は幸福だと告白するのを聞いたことがなかったんです」聖職者《クラージーマン》の舌が唇まで出そうになった、そんな告白はしていないと反論するために。だが彼は穏やかにこう言っただけだった。「ああ、そうなんですか? もしそうしたければ、睨んでいいですよ!」

「さぞかし感じるでしょうね」ロナルドが言った。「大きな責任を」

「――ロナルド・ダーリン、あなたはミスタ・ミルトンの父親じゃないのよ」

「しかし、僕が発言したのは」彼女の息子は熱く顔を火照らせて言った。「さっきの言葉は、ミス・ウォレンを指したものじゃありません。ただ、彼はきっと彼自身で大いに責任を感じるだろうと言っただけです。心の状態というか――」

「そのとおりね」ミセス・カーは元気よくそう言うと、息子にもう行きなさいと手を振った。彼女は息子のロナルドにやや気圧《けお》されたように見えた。少年が尊大になっていた。彼女はその深刻そうな顔を見て困ってしまい、大昔の失敗か何かでまた悩んだみたいだった。ロナルドの遥か遠い歴史を手繰り寄せると――ロナルドの父親との結婚に――間違いが一つあった。彼女はラウンジのほうを見た。「ねえ、ロナルド」彼女は幸福な霊感を得て声を上げた。「ロレンス家の一人があそこに、あなたが知りたがっている娘たちの一人がいるわ。あそこに立って、退屈そうにしてる、ドアの向こうよ。彼女はあなたを見ていたし、おまけに、あなたが食べ物を持っているところも見てたわよ。向こうに行って彼女に話しかけたらいいんじゃないかしら、あなたがよければ。私は利己主義に見えるのはごめんですよ、ええ」

彼女は息子が人込みを縫ってラウンジのほうに行くのを見守っていたが、いかにも寂しそうで、いかにも取り残された様子、そこで鼓舞するような微笑でミスタ・ミルトンに視線を返したが、その目が一瞬空洞だったので、ミルトンは彼女が息子を去らせるのに本物の犠牲を払ったのだと信じるしかなかった。そして、閉じ込められたという疑い、さらに、彼らの沈黙と光と孤独のオアシスが彼にとってはむしろ遠い危険な孤島になったと疑ったことで、自分自身を責めた。彼女の個性は奇妙な通路を通って彼女を取り巻く環境を拒否するので、人は自分の感覚に即座に頼らない限り、その背景が消えてしまうから、半ば意識して、彼女をもっとよく表わすもう一つの背景を、それは半分は彼女自身が発する高揚感である背景を、心の中で呼び出したのだ。ラウンジの無遠慮な派手な明るさは、釉薬《ゆうやく》をかけた品々に騒がしいまでの強烈な光を浴びせ、彩色もかしましく、赤らんだ肌、急き立てるような早口、これらがミルトンの意識の縛りを緩め、沈静させた。調整された光線と澄んだ暗がり、そして漆黒の闇と騒がしい木立に開いた窓が、ある感情を彼にもたらし、おりしもミセス・カーが熟慮して言った。「宗教って、私としては、感謝の気持ちの大きなはけ口だわ」

「それは残念だなあ、宗教を何かのはけ口に利用するなんて」

彼女は前言を取り消した。「心理学者たちが人を迷わせてきたから」

「誤った推論は心理学者より古いです」

「そうでしょうね」ミセス・カーは同意した。そして努力して、自分が保持しているあらゆる繊細な本能に逆らって話し続けた。「あなたは感じてるのね、あえて言うけど、力を――シドニーの中に宗教の力があるのを。私はそこまで戻らないと、なぜって、おわかりのとおり、私は理解してないから。誰も彼女をつかまえないでしょうね、それを欠いていると」

「彼女がまさかつかまえられる人だと、僕は思っていませんが」

彼女は本心から驚いて心を動かされ、聞き誤ったに違いないと思ったように息を呑んで、眉を上げた。「つかまえられないって？　あなたは忘れていませんか」彼女が言った。「私はシドニーの友達ですよ」彼女はよく考えた。「新しい力はそれと一緒に、何というか、それ自身にはできないことをもたらすの？　あなたは、そうよね、ごく新しい彼女の恋人なんでしょう？　まだ見えていないかもしれないし、頭では認めていないかもしれないけど、それはたしかに感じているはずよ」

「あなたは、僕が得たものを理解していないと思っているんですね」

「あなたには奥の奥まで見る自信がまだないと思うの。でも、あなたはそこまで行かないといけないわ――彼女はあなたのものなんだから。絶対に。私たちはみんな、はがれ落ちてゆくの」彼女の声にあるのは、勝利の響きだけだった。そして彼に女説教師のように微笑んだ。

「僕にはそう言っておきたいんですね？」彼は言いつつ、自分の微笑が顔を醜くゆがめるのを感じた。

「そんなことはありませんよ」彼女は見透かすように彼をしげしげと見つめて言った。「わかってるでしょ」彼はまたもや感じた、彼女の後ろにある窓を通して、あの暗い庭が風に荒らされているのを。彼女の周囲には、あの動かない陰影が、あの衰えることのない穏やかな光があった。

「もしも」彼は不安そうに切り出した。「もしもですよ、僕がそれほど幸運じゃなかったら。もしも――いいですか、僕がこうした詮索ごとに安心してふけったら――彼女があっさりと僕の手を取ったのか、怖さのあまり必死でそれを握りしめたのか、または方向を間違って途方に暮れたのか――そうなら僕のやってることは正しいんです、彼女を守るために、彼女をつかまえておくんですよね？」

「――守るですって！」ミセス・カーが割って入った。「あなたは、たいへん無邪気な皮肉屋なのね、彼女がそれをありがたがるとでも思ってるの？　いいわ、どうぞ、そのまま進んでください、お邪魔はしませんから」

「それで全部です」彼は声を立てて笑った。「曖昧な好奇心でした。それでいいですか？」

「もしあなたが便利屋になるだけでいいなら」ミセス・カーは考えて言った。「間違ってはいないわね。でもあなたは信じられるの、彼女が――あなたを利用するなんて？　それって、もっとも普通の女性の場合でも、立派とか言って誉められることかしら？　あなたはそれで妥協できるの、我々のうちのどちらか一人だけに通用するシドニーに？　私たちの二人のシドニーは、同じに決まってるのよ」

「パニックだなぁ……」

「パニックなど、一瞬以上は続かないわ。もちろん、日和見主義ってあるわね」彼女はミルトンがやつれたように彼女を見詰めているのを目撃していた。「あなたは思ってないわね」彼女は穏やかに言った。「あなたにそのつもりがあると、私が思っているなんて」

彼は、侮蔑を表わしたくて、一音節だけの不気味な笑いを漏らした。

「間の抜けた音だわ」ミセス・カーが同意した。「無駄だわ、安心感を得たいがために、彼女が用心深く卑しいことをするなんて、そんなとんでもない考えで自分からふざけるなんて。考え《アイデア》には」と彼女はかすかに身震いして言った。「奇妙な力があるのよ。人の心を苦しめるの。ああ、約束してちょうだい、そんなことしないと」彼女は叫んだ。「怖くなる――あなたが狂ってしまうのが！」

「気にしていただいて恐れ入ります」ミルトンが言った。

「あなたは、私が我がシドニーを評価していないと思うの？」彼女は声を荒げて、何かを暗い目で見つめ、それから手でそれを振り払い、落ち着きを取り戻して微笑んだ。「人間について人が持つ考え《アイデア》は」彼女は彼に話しかけた。「ある種の可能性を採用するのを拒否するのね、ある物質がある種の染料を受けつけるのを拒否するみたいに。そういう感じはしませんか？　例を上げるわ。ほかの誰にとってもそうでしょうが、怒ってプライドが傷ついているような女性で、残念ながら最近シドニーが私に失望しているように失望している女性なら誰でもが、あなたが彼女に付与する牧師夫人という強い身分とともにあなたを受け入れたのは、避けられないというか、むしろ確固とした、たぶん効果的なジェスチャーだったのよ。おそらくそういうのを求めていたのよ、いかがかしら？　そして――そのことをその価値で受け入れて――拍手するの。拍手しないではいられないのよ、得点を上げた人や、適切なおあつらえ向きの返答には、なぜなら、自身は、決して達成できないから、なおさらね。で、私たちは二人とも知っているのよ」ミセス・カーはきっぱり言った。「あなたにはどちらも決して可能ではないことを。私たちがもし知らないと仮定しても、私たちは、彼女の代理として、それほど相容れない仲ではないことを、彼女がその証拠をくれたんじゃないの？」

「もしそれが必要とされていたら」とミルトンは言い、両手を合わせてこすり始めた、手が冷たいのだろうか。それから一瞬沈黙して、地面についた彼女のスカートのすそをじっと見た。そして自分を引きずるようにして何か考えようとした。「ところで、どういう意味でしたか、証拠というのは？」

「あなたを愛している証拠のことよ」ミセス・カーは目を見開いて叫んだ。「彼女があなたを完全に愛しているという証拠ですよ！ ミスタ・ミルトン、私のことで彼女が少しでも傷つかないように努力してくださいな。おできになるでしょ、いかがかしら？ 戻ってこられるくらい幸せにしてあげてね」ミセス・カーは目つきと仕種で謙遜の情を示し、彼にすっかり任せることにした。「あの子がいないと寂しいの！」

「しかし、彼女がまだ傷ついていると、どうしたら僕にわかるんです？」シドニーの恋人は元気なく言い、ほのかな称賛の気持ちでミセス・カーを見て、シドニーと同一人格になったなとすぐ感じた。

「おそらく」とミセス・カーは、シドニーの地位の変化を考慮して、言った。「彼女は傷ついていないわ。でも私は気が短くて、気が利かないから。彼女はプライドが傷ついたのだと思うの」

「僕は信じられませんよ。ミセス・カー」ミスタ・ミルトンは、果てしない皮肉な調子でこう言ったので、彼の声はかつてないほど穏やかに聞こえた。「僕は本当に信じていないんです、あなたが気が利かないなんて。それにあなたの忍耐は果てしないと言ってもいい。しかし彼女は痛みを求める変《クィア》な食慾があるんです。それが発明の才をともなっていて、人はいかなる点でもそれを防御できないんです」

溜息をつき、瞼を上げて、ミセス・カーはこれもあり得ると自ら認めた。「ありがとう、寛大なのね」彼女はそう言って、彼をつくづくと見た。「あなたこそ、よろしいかしら、無限の忍耐力を持っていたようね。あなたたち二人は、そうよ、一緒に幸せにならないはずがないわ。あなたたちのこと、私はとても嬉しいの」――彼女はホッとして辺りを見回し、また表面に浮上したように、熱心にすべてを受け入れることで、彼の意識をラウンジに再び入室させた――「そして、中年の女性として感じるのよ、とても重要だと。私は立ち上がって、あなたの良きモーセのように、有利な地点にいるようなものだわ、あなたたちの先行きがはっきり見える、あなたに見えるよりも。どちらにも平等に素敵だわ、そうですとも」彼女は、本来いた段階へ泳いで戻り、やや表面的に結論した。「結婚するのはお二人のどちらにとっても」

彼は解放された。彼女はもう彼に用がないようだった。笑い声と人声が四面ガラスの壁に挟まれて、クライマックスが来たみたいに、肯定的な叫びになって彼らを取り囲んでいた。ラウンジは一瞬、何かを意味しているように見えた――彼は啓示を求めていくつかの顔を見たが、それが何であれ、彼には届かなかった。顔は全部、閉じていて白紙だった。

「いかがかしら」ミセス・カーが言った。「ロナルドを探してくださる？　私は彼の邪魔をしたくないの、もし彼がハッピーなら――彼に一言言ってください、私はもう休むと。あなたにはとても助かりました、この話をしていただいて、ミスタ・ミルトン。いつも感じていたのよ、私たちは知り合うようになると、でも、気がつきました？　私たちは一分以上話したことすらなかったわね。私がシドニーをあなたから遠ざけていたなら、許してください。もう行って、彼女を探したら。良い夜を」

彼女が去ったあと、彼はやたらに固いソファに座った。ソファは、彼女が立ちあがったときにクッションが散らばったままだった。彼は照明が斜めに自分に注いでいるように思い、感情を防ぐ感覚を鏡と天井が無効にする防御壁のようで、オーケストラの演奏中は、いくら望んでも、自分の話は聞いてもらえないのと同じだった。

＊1　オマー・カイアム（Omar Khayyam, 1048-1131）、十二世紀のペルシャの物理・天文学者。西洋では四行詩『ルバイアット』（*Rubaiyat*、初版は一八五九年）の作者として有名。

21　渓谷

二日間にわたって太陽は、半透明の灰白色の雲一つない空から切り離されていた。このために丘や家々は形がいっそう重厚になった。高所へ登るのは冷えた密な空気の中で困難になり、どの渓谷の上へ行くのもみな嫌がった。本がかぶさるように太陽がかぶさる感じだった。日光が消えると、花々は色彩を死滅させた。燃える炎に似て、花々は自発的にけばけばしく偶発性を帯び、ブーゲンビリアは壁面に重い図形を作り、ジェラニウムは昔のお菓子屋のような垢抜けないピンク色の平面になり、ミモザは丘の正面に単調なおぼろなマスタードのような染みを点々と付けた。遠方は四方澄み切っている。海岸は何マイルにも渡ってあらゆる細部がよく見え、明るい海のさざ波の一つひとつまで、そのすべてが重厚で、少し不吉だった。人は重さに疲れ、半ば不安になった。ロナルドは一人で渓谷の一つの川床を登っていて、気がつくと急いでいた。

その川はかつて広域を行く急流で、丘をいくつか道連れに伴い、川幅も広かった。いくつかの要所で渓谷の河原全体を占め、岩石の根元をにぎわして飛び越し、あるいは二手に分かれて長い浅瀬をなし、細長いレモンの形をした小島がいくつかできた。いまその広い川床は乾き切っていて、化石になった流れを、ロナルドが運動に楽しみを感じながらも痛い足を引きずって歩き、石にぶつかるたびに上げる鋭い叫びがこだまになって何度も返った。川はもはや若くなかった。変幻して蛇行することはなくなり、いつの間にか摩滅して深く水路を穿《うが》ち、急速に流れ下って、目的ありげな不気味な効果を上げている。ロナルドの目には、鋼鉄のように滑らかで、見通すこともかなわず、川はもはや彼の旅のお伴ではなかった。何世紀も前なら、ロナルドは川と出会うべくして出会っていたかもしれない。

どちらの岸辺にも渓谷の壁がそびえ立つ手前に余地があり、耕作の手が入っていた。土地は十字形に別れていて、ロナルドが川床から這い上がって、芝地のはじに腰を下ろし、すりむけたかかとを撫でたり、靴の中の小石をどけたりしたが、どうやら彼は進入禁止区域に侵入したようだった。しかしこの種の地帯では、どこに行っても侵入になる。もし人が十分に美しくて、表情が無邪気で、上方から怒鳴られてもイタリア語がわからないなら、ほとんどの場合、許される。ロナルドの表情は、率直で、神経質で、仔馬のようで、怒り心頭の所有主の武装も解かせただろうが、いまはそんな事件もなかった。渓谷は人っ子一人いないみたいだった。彼が三人の女性とヤギたちと凝視する男のもとを去ったあとは、もう一人もいなくなった。彼は思った、おそらく、渓谷は今日では狭すぎて、水のこだまがまとわりつき、上空の緊張の下で丘から丘まで深すぎるので、人はみな本能的に背を向けるのだ。彼はそれでも突き進んだ自分が不思議だった。

三人の若き女性は門にもたれ、大きな声で細かいことまでいちいち上げてロナルドを称賛していた。彼女らがあまりにもはっきり発言していたので、彼に理解させるつもりがあるのかと彼は思った。彼は速度を落として、彼女らから逃げたいわけではないと見せる努力をした。彼の耳の色が変わると、さっそく彼女らは話題にした――すごかったわね。彼女らの目は上から下まで彼を舐め回し、ドイツのヴュルテンブルグで彼をドナテロ[*1]に比較したアメリカ女性の目のようだった。彼はそういう彼女らに復讐できずに、彼女らの抑制心について一種のメンタル・グラフを理解しようとしたが、遠慮ない行動をとる女たちに抑制心があると思えないからだった。そのこと自体はいうまでもなく、ロナルドが冷めた気持ちで自分に言ったように、申し分なかった。彼女らは、まったく無心に、あらゆる激励とよい助言を彼に与えた。

　じっと睨んでいた男も激励の雄叫びを一声上げ、「美人《ベリシマ》」にまつわる不可解さは同じだった。それから孤独がゆっくりとやってきて、ロナルドをつかんだ。荒れ果てた川床のほかに何もなく、空しく荒れた庭は、うろ覚えの記憶のように曖昧で、ときどき鳥が一羽、ゆったりと空を横切って飛んだ。ロナルドにあるのは、ささやかな孤独の知性の誇りのきらめきで、それが彼を支えていた。ここにいるのはいいことに違いないと感じたが、彼は非常に落ち込んでいた。罠にかかった感じがした。渓谷に戻って駆け下りても、渓谷が続くほかに何もないだろう。「おお、孤独よ」彼は小さな声で叫んだ。「あなたの乳房は力強く重く、わが賞賛するところにして……」パラグラフの続きは覚えていなくて、さらには、この作者バレス[*2]はここから逸脱して極端な国家主義へ進んだのか？　ロナルドは思った、どんな説明できない逸脱が、逸脱からなると信じられている成熟に先立つのか？　彼は突然石と格闘するのをやめ、ものも言わなくなり、渓谷の片方の壁に抱きついて川から離れ、芝地を静かに踏んで歩いた、彼に思えたことは、人はこの騒がしい孤独でもっとも強くなれる、騒音でなく、静寂が強くする、ということだった。そこで彼は静かに渓谷の角を回り、岩の見える所に出てくると、そこにシドニーが座っていて、向こうの渓谷を見上げていた。その明らかな無意識のさまをしばらく見つめたあと、彼はそっと言った。「ああ……君か？」

「あら、あなたね？」彼女が叫んだ、不思議そうだが、驚いてはいない。

「びっくりさせたら申し訳ない！」

「大丈夫、あなたが来るのが聞こえたから、でも、振り返らなかったの、誰が来るか知っていたから。いたらいいと思った人がとくにいたの？」

「いや、まあ、誰もとくには。彼らが急げと言ったんです、イギリス美人がいるからって、でも僕の想像では、それは、一般的には『不可能ならぬ彼女』という意味で、それ以上は考えなかった」

「彼らって？」

「門のところにいた数人の少女と、とくにすることもない男がね」

「誰かがたんに『彼ら』と言うときは」シドニーが、彼に会えてうれしいというサインを見せて言った。「人はリア[*3]のことを思うんじゃない？　そして、鼻に親指をつけていつまでもからかうの。『彼ら』は私も見つけて、ここに来るけど、彼らは何も言わなかった。私は嬉しいわ、彼らが印象を受けたとわかれば」

「彼らは感動を受けやすいから」ロナルドが言った。「もし君が来るのを待っていたのがミスタ・ミルトンだったら、彼はあんな少女たちを好きになったりしませんよ。彼女らは、自信過剰の圧倒的多数だから。その会話たるや、まったく自由なんです」

「彼女らは、あなたのことは好きなんでしょ」シドニーはそう言って、意味のない称賛の目で彼を一瞥した。「それに、言うまでもないけど、彼女らには想像できないわ、どうしてあなたが一人で渓谷を登るのか、行先に女性がいないとしたら。もちろん、もしあなたが猟銃を持って、ぴったりした緑色の半ズボンをはいて、ムネアカヒワ《リネット》撃ちに行くなら、話は別だけど」

「申し訳ないが」ロナルドは言った。「あなたは英国そのものだ」

「申し訳ないけど、私はそういう人たちは、全然好きじゃないのよ。彼らがどうして生まれたのかわからないし、少なくとも、どうして彼らがどんどん生まれ続ける必要があるのか、わからないわ」

「あえて言うと」とロナルド。「彼らは土壌を豊かにしている」

「あえて言うとね」とシドニー。彼女は川床から鋭く突き出した岩の上に座っていた。かつては危険なのが楽しい座る場所だったことだろう。いまその場所は、彼の立ち位置を複雑にしていた。もし彼がいまいる場所にずっといるなら、彼の後ろの急流の水音に負けずに聞こえるように、彼らは声のピッチを上げなくてはならなかっただろう。だからといって、もし彼が河原を横切って彼女の隣に座ったら、内緒話も退屈になり、愛想がいいだけになっただろう。しかしその岩は二人が座るのに十分な大きさがあり、彼女は問題をあっさりとこう言って片づけた、「ここに来て座ったら」と。そして、前に投げ出していた足を曲げて、岩のはじににじり寄ったので、場所がたっぷり空いた。「エネルギーの大きな無駄ね」彼女は感想を述べた。「大勢の人を、次の世代にもまったく同じ別の人が入れ替わるだけなんて」

彼女のこのコメントは他人事のようで、物事の流れの間接性が行きずりに彼女の目に留まったが、彼女の心を引かなかったみたいだった。その態度はロナルドの目には嘆かわしく映った。彼は片肘をついて彼女の横顔をこっそり観察し、戸惑いと哀しみのうちに細部まで見た。「あなたにはそれが心配なんですか？」彼は訊いたが、平等に距離を保っている間に、彼女の不思議な知覚麻痺を彼女に自覚させられるかもしれないと思った。ロナルドは、知的な人間は完全に平静ではいられないと考えていた。彼女は彼のほうを向き、とりとめない思いをたたえた暗い瞳で彼を見た。

「心配かって？」彼女はゆっくりと言って、思い出そうとした。「どうして私が心配するの？　そのことで私にできることは何もないわ、違う？」

「僕の母は、そう、君のことを独立していて元気がいいと述べていましたよ」

「私にはよくわからない」シドニーは考えながら言った。そして彼の母親が自分のことをどう述べたのか正確に知りたいと強く望んだ。ロナルドはその大きな鍵だったのではないか。だが彼には彼なりの曖昧な先入観があった。彼の目と額と、二、三の仕種と独特の行動様式が彼の会話にさも重大そうに飛び出してきて、その他の彼と調子が合わず、彼は母親と似ても似つかなくなった。ミセス・カーは、少なくとも、自分を入れ替えるのを好まなかった。彼女の資質のうち彼が受けた資質は、無制限に彼に与えられていた。それらはいかなる形にせよ、共有されるとか、二人をより親しい間柄にすることはないように見えた。彼は、残りの者と同じように、物問いたげに母にまつわりつき、より親しいにしてもその他と同じ外面的な好奇心からまとわりついていた。彼はせいぜい二歩か三歩、記念碑の足元から上にいるだけだった。そこから彼は賢人ぶってシドニーに言った。

「僕の母親は、うん、知的なんです。彼女は理解する人で、そうじゃなければ褒めたりしませんよ」

「そうでしょうね」シドニーは言って、話を終わりにした。しかし、ミセス・カーの息子に興味はなかったが、母親の一部であるかのように彼に引き寄せられる感じがして、どこまで来たかを見ようと道標を振り返って、彼に訊いた。「それで、あなたは本気で、そうね、差をつけたいの？」

「いやまあ、そうなればと願わないではいられないだろう」ロナルドは言って、一人微笑み、老人のように鷹揚だった。「君だって、昔はそうだったでしょ?」

「昔は?」シドニーは勝手にそう取られたのが心外だった。

「ああ、君はいまでもそうなのかな。でも君はミスタ・ミルトンを見逃すことはできませんよ」彼はこう言うと、重要さと孤独を和解させようと空しく努めた、彼女はこの二つの中にいることがわかり、彼女は婚約した娘なのだという彼の考えがそこに重なっていた。彼女はうつむいて座り、背中を少し丸め(彼はそうと見た)、深い悔恨の兆しと、部外者にされたことを黙認する様子があり、それを茶化すように冷静に見せびらかしているようだった。彼女はこれを感じて、恭《うやうや》しく曰く、

「もちろんあなたには、この種のことに対する忍耐心はないわね?」

「僕がまだ若いからかもしれない」ロナルドが言った。「しかし、僕はこの場で確約できるほど率直ではないですよ」彼はまた靴のかかとで岩を蹴り始め、口を結び、彼女と分け合うつもりもない楽しみを見せて、自分の意見を言うのは控えた。

「あら」と彼女は驚いて訊いた。「あなたが若いと誰が言ったの?」

「ああ、僕の了解では、あなたが言いました。でも、もちろん」彼は、彼らが互いに気まずい思いをするのを恐れて、軽く言った。「印象なんじゃないかな、人がつい作り出してしまうでしょう。いままで気にしたことはありますか——どうしてそうなるかと?」彼は晴ればれと彼女の向こうに目をやって、渓谷を見下ろした——ちょっと晴ればれしすぎている、と彼女は思った。明らかに彼は気にするのだ。彼が気にしないことがもしあり得るとしても、彼の母親はなぜ彼に言ったのだろう?「そうさ」彼は請け合った。「一般的なやり方では、間違いなんだ、どこかで自分を巻き込む

のは」

　シドニーは賢いと感じたが、その他大勢なみに賢いのは、貧相な満足である。彼女は訊いた、「あなたは自分を巻き込むつもりは絶対にないの?」と。彼はおそらくないだろうと、そうしないでいい可能性はあるだろうと――お粗末な疑念だった。

「ああ、僕はむしろ簡素な生き方をするつもりなんだ、理不尽なのはそのままで。いま、僕は確信しているんです、魅力を否定するのは間違いだと。人はそれを耕すべきだし、自分で楽しまないと。それで人は開化されるのさ」

「それで、ほかの人たちはどうなるの?」シドニーが言った。「たとえば、あなたの母上は?」

「僕の母ですか？　彼女はとても開化している」太陽のないまぶしさに瞼を細め、目を凝らして彼女の向こうを見ると、空が青白く反射していた。

「そうね、それは彼女の大きな利点だわ。だけど、彼女はどこにいても単独で開化されるとは思わないの？　彼女はあなたの言う文明も推進すると思ってるの?」

「君の言う意味がわからないな」とロナルド。「母は勤勉な女性ではないんです、母が何かを『推進する』など、僕には想像もつかない」

「彼女はそれを推進しようとしない、そんなことしたくない、のね。彼女はまったくモダンじゃないのね、あなたや私みたいに、でしょ。彼女にはそんな必要がないんだわ」

　ロナルドは憶えていた、母が「白いタイル」について言ったことを。彼はシドニーがうとましくなり、向き直って反撃に出た。「そうなんだ、君は母が嫌いじゃないんだ、そうでしょう?」

「ええ、嫌いじゃないこと、知ってるでしょ」

「さあ、どうかなあ――みんなは嫌いだよ、ああ。ミスタ・ミルトンはどう？」

「どうして彼が嫌うの？　私は――私は彼に訊いたこともないわ」

「彼が母をとても――注意して見ているんだ」他意もなくロナルドがミスタ・ミルトンの表情の真似をした。「もちろん僕は思いますよ、彼は違いがよくわかる人だろうと」彼はこう言って礼儀正しく締めくくった。彼は話すかたわら、岩の上に積もっていた小石やかけらに手当り次第に手をのばし、そばにそれをまた積み上げていた。ところが彼は突然座り直し、一つひとつ渓谷の下へ投げ始めたが、男性的で正確に投げた。小石は跳ね、岩のかけらは川床の大岩にぶつかって跳ね返って鋭い小さな音を立て、ピンで刺したような音が水流に交じって聞こえた。丘が前かがみになって覗いているようだった。ロナルドが演じるこの小さな嵐に、彼自身が我にもなく驚かされたのか、渓谷の静寂が乱された。渓谷の静寂は光と影の干渉を受けず、風にも揺れずに、その周囲をカーテンのように取り巻いていたのだった。

「あら、気をつけてよ」シドニーが怒った声を出した。「ジェイムズに当たるかもしれないじゃない。彼は登ってくるかもしれないの」

「来るかもしれないと思ってた」ロナルドは納得したが、最後の石三つを見送ってやりたい自分は抑えられなかった。「では、どうして彼は来ないんだ？」と彼は言って、また肘をついてそれにもたれた。「何があったの？」

「思い当たらないわ。私はランチを断って、今朝、ここに来たの、頭痛がしたのよ、それで、私はここにいるから、もし彼があとで来るなら、とメモを残してきたの。右のほうの三番目の渓谷で、修道院の裏の、と書いたわ。彼は数え損なったのかもね。あるいは来たくなかったのかもしれない」

「来たいに決まっているでしょう。結局、それが唯一、理屈に合ってることだから」

「つまり、あとは一貫して理屈に合ってないということなの？」

「そうじゃないよ、もし僕が本当に恋していたら、一日中だって君と一緒にいたいにきまってるよ」ロナルドは見事な弁舌をふるった。

「ああ、本当に恋をするのが一番の間違いなのよ！」

「間違いというより、考え違い？」

ロナルドが話している一方で、彼女は、自分が言ったことすべてが糸巻きからほどけてくるのを見ているようで、たびたび眩暈《めまい》を覚えた。彼女が口を滑らせたことに真実がときどき出ていた。彼女は最後の真実をまた氷のように冷たく受け止めた。それが深く落ちていき、彼女はロナルドが恨めしかった。

「そうか、マイ・ディア・ロナルド、あなたは、考え違いをしないのね！」

「じゃあ君は母親ぶらないで！」

お互いに相手から一音か一声か聞こえたような気がして、二人とも耳を澄ませた。ミルトンが、名前が出たことで意識に線が一本走り、渓谷を彼らのほうに向かって上がってくるような感じがした。しばし二人して、彼がいまにも現われるような気がした。シドニーは前のめりになって待ちかまえたが、渓谷の角で視界に入ってくるものはなかった。彼女は肌寒くなり、彼が来るのが聞こえたとばかり思ったのに、現われたのはロナルドで、あのときすぐに振り向いてにっこりしなかったた自分を責めた。彼女は時計を見なかったが、心理的なあの時間に来たことを知っていた、いつであれ長く待ったときのターニングポイント、すなわち、時間はどんどん進むのに、友達が到着する見込みはどんどん減っていくあの時間だ。彼女は畏れた、ミルトンの代わりに、あくまでも遠くを見る神の摂理《プロヴィデンス》が介入して、彼女とミルトンは二度と会えないのではないか。そうなりませんようにと彼女は祈った。そしてたしかに感じた。私は彼を愛している、と。ロナルドは、何となく察しがつき、彼女から遠くなったと思い、あらためて思うと、結局のところ、自分は最初から話に入っていたのかどうか、わからなくなった。

彼は言った（その効果を見ようとして）、「もう行こうかな、彼に出会うかもしれないな――彼に急げと言いますよ。ともあれ、僕がここにいるのを知ると、嬉しくないだろうから」と。

パニックが起きた。「いいえ、ダメよ、どうか行かないで」彼女は叫んだ。「この渓谷に一人でいるなんて、耐えられない。人っ子一人いないんだから」

「それは前から気づいていたことでしょう」彼はそう言い、我にもなく女性性《フェミニニティ》を見せたことで、真っ赤になった。「神経《ナーヴィ》に障る?」

「ええ、神経に障るわ」彼女は少年のような苦笑いを見せて同意した。

彼はまた彼女の横に座り、また足を揺らし靴のかかとで岩肌を蹴り始めた。窮屈な思いと感謝の念がこもごも交じり合い、しばしの沈黙状態に気持ちが緩み、接近している緊張感からくるこわばりが、穏やかで安らかな無関心に変わった。

＊1　ドナテロ（Donattelo, 1386頃-1466）、十五世紀に活躍したイタリア・ルネサンス期最大の彫刻家。

＊2　モーリス・バレス（Auguste Maurice Barrés, 1862-1923）、フランスで活躍した小説家、政治家、国家主義者。
＊3　「リア」は何を指すか不明。

22 ちょっと心配

これ以上進みたくなくて、自信もないし渓谷も怖いミスタ・ミルトンは、渓谷の入口で一本の木にもたれ、川床をさげすむように見渡した。ここで会おうなどとシドニーに言い出してほしくなかった。

彼は午前中、兄と姉にそれぞれ手紙を書いて過ごし、婚約のことを告げたが、手紙を投函するのを忘れ、まだポケットに持っているのを気に病んでいた。手紙は明るく表現も巧みで、イギリスに届いたら彼の点数も上がるだろう、手紙には男らしい高揚感と、少年らしい寡黙さがどちらも十分にこめられているから、と彼自身承知していた。正しい調子を識別できる彼の天性は、皮肉癖に誘われがちで、これらの手紙が、誠実な調子を奏でているに決まっている、それに誠実な意図をもって、自分自身と向き合って誤解を防ぐために熱烈に努めたという彼の意識は、これで大丈夫という気持ちにさせてくれなかった。彼は思い迷っていた、底知れぬ疑いなしに、つまりウソ偽りなしに恋の経験を述べる努力ができるものかどうか。重要な手紙は熱烈な思いをこめて投函されるべきだ。

そういう手紙は記憶とぶつかり過ぎるし、何度も何度も良心によって評価される。彼は、手紙をポケットに入れたままシドニーに会いに行くのは無作法だと感じていた。これらの手紙は彼女と面と向かった彼の立場を舌足らずに要約しており、彼女への賛辞にはすでに所有慾が見え隠れしていたからだ。そこで彼は少なくとも自分に確かめた、行動が宙づり状態になるこの小世界では、もっともこまやかな夕闇の時間があっても、ヒマですることがない恋人には無用のためらいだと。しかし彼は真面目過ぎるくらいにそれを問い詰めた。これよりもっと深い、ためらいの領域の向こうには、彼は安心できなかった。

彼らのデートは、ミセス・カーと会話した夜以来、邪魔が入る束の間のものばかりで、それを総計すれば、別れているのと同じことだ。この狭いむき出しの場所で彼女と再び会うのを彼は心配していたのか、それは危険を招く舞台であり、さりとてしがみつくべき第二案はありそうもなく、ミセス・カーと彼女が言ったことから逃げ出してたどり着ける場所もないことを？　ラウンジで話して以来、ミセス・カーは絶えず彼と一緒にいた。彼の想いは眠っている間も、彼女を納得させようともがき続けた。苦しい叫びがとめられなかった、「ノー、ノー、ノー！」と、彼女の雄弁な沈黙で閉じられたドアに向かって叫び続けた。シドニーのこよなき忠実な友である夫人が実際にはほとんど無言だったことをはっきりと思い出せば思い出すほど、あれほど多くを理解した代わりにシドニーの恋人たることを彼はますます断念した。彼を待っているシドニーは（彼女が短気を起こさないで立ち去っていないとすれば）、すべてを信じてあの渓谷の上に立ち、想定した信頼感のすべてを彼に寄せている、その信頼感は、奇妙にも非常に簡素で、裸のアーモンドの木に咲いた花のように彼女の不思議な性格が花開かせたもので、彼の内なる自信を滅ぼした。

来週、ミルトンはイギリスに戻ろうとしていた。その事を兄への手紙に書き、その段取りに打ち込めることが楽しみだったが、この良き決断の運命は投函していない手紙が握っていて、まだ彼の判断にゆだねられていた。彼が出立し、彼女が少しあとで彼のあとを追う、あるいは彼女は彼ともにすぐ帰るほうを好むかもしれない。彼女がもっと長くここにいたいなんて思うだろうか？　彼女とホテルの絆は、彼の見るところ、まだ痛いほどの抑止力を振るっていて、彼女の高潔な人格がどの程度損なわれるか彼には読めなくても、いますぐ断ち切ったほうがいいのだ――彼の助力がなくても、彼女の自信は求めていない彼の一言がなくても断ち切るべきだ。彼らはしばしばミセス・カーに言及してきたが、いわば会話というコインが流通するために刻印された彼女のコインの小さな表面《ヘッド》の向こうに行ったことはなかった。彼らは彼女について話したことはなく、彼女の人となりが彼らの領域に入ったことはなかった。

一週間後には、海岸も丘も彼ら二人には永久に消滅していただろう。彼は、彼も彼女もどちらも戻ることはないと思っていた。いまから一年もすれば、この場所を一瞬でも生き返らせるには、記憶の力を借りなければなるまい。彼はまず名前から始め、彼ら二人なしでは、結局、名前にすらおぼろげな継続性しかないことに気づくのだ。もし地震が起きて町が廃墟になり、あるいは地滑りが海岸すべてを流し去っても、彼は、恐怖がいったん去れば、心の痛み一つなくその場に残されているだろうと思った。その場所は記憶の中で損なわれずに居残り続け、たいして愛されず、ほとんど思い出されないのに、彼がたまたまそこに向かうと、奇妙にも完全な姿でいる――まったく愛されず、滅多に再訪しない場所が残っているように。彼にとってその場所を作り上げているはずの、彼の感覚の中にある色彩と匂いと光の束の間の衝撃は忘れられ、彼が怠惰な半日に受け取ったかもしれない総計のみが、残るのだ。お互いに重ね合わせた千時間は一時間に溶けあう。千時間は順ぐりに独特で、色彩もこれとあれは違うのだ、気分または環境によって。

「果たして彼女は」彼は思い迷った。「僕にとってそれほど完璧になるだろうか。連続する瞬間ではなく一瞬のものとして？　いくたびものあの夕刻、朝、光、記憶、理解半ば、垣間見た姿、これらはバラバラになるのか、あるいは一緒に走って、彼女という全体像にまとめられるのか？　僕は彼女を深く愛せるのか、もしそうなれば？　人が顔と顔を合わせられる『三位一体の神《ゴッドヘッド》』以上の人間がいるのか？」

彼は木から離れて、順調な足取りで渓谷を登り始めた。誰かが投げたらしい石が上から弾んで落ちてきて、川床にぶつかった。その後、ヤギが二匹、互いに前後しながら、ほとんど垂直の丘を横切り、皮肉な目で彼を見下ろした。「たいへんだね」とヤギたちはほのめかし、縞瑪瑙《オニキス》の目をしばたたいた。やがて彼は川床に足取りも軽く降りてきたシドニーとロナルドに出会った。彼ら二人は話し込んでいて、声が岩に囲まれていたので、彼らは一、二分、ミルトンのことは聞こえず気づきもしなかった。ロナルドは頬が紅潮し、関心のある顔をしていた。地面が凸凹しているので言葉が弾み、非常な速さで口から出てきて、髪の毛が束になって額で踊っている。両腕はだらりと垂れていても、ときどき動いて体を支えている。石が彼の足元を転がり、バランスが怪しくなるからだ。ミルトンは、二人がお互いによく似ていることに気がついた。体の造りも立ち居振る舞いも同じ、姉と弟といっても通るのではないか――どちらにとっても有利なことだ、と彼は信じた。そういえば、彼が二人を一緒に見たのはこれが初めてであった。そしてこれが最後だろう、おそらく。彼らは物事の本質において、互いになくてはならぬものとして運命づけられているのだ。彼は唇を噛んで振り返った――自分は道具だったのか？　このゴーストのような触れ合いには哀感があり、干からびた、色彩のないゴーストのような一日ともタイミングが合っている。失望感から腹が立ち、彼は両手を振り上げて叫んだ。

シドニーはびっくりして、明るく輝いた顔を彼のほうに元気よく向け、ウォーキングステッキを振り、急ぎ足で川床を進み、緩んだ石を避けて岩から岩を伝って速度をあげた。「この怠け者！」彼女が叫んだ。「役立たずのジェイムズ！」彼女の帽子の柔らかなふちが彼女の動きで起きた風にあおられ、明るい色のスカーフが大気に吹かれて後ろになびいた。彼女はキラキラしていて、元気いっぱいだった。ロナルドは、健脚を見せていたが、流れの中ほどでシドニーの後方に控え、しぶしぶ口を閉じた。

「どこにいたの？」彼女は息を切らして叫んだ。「女性として当たり前のプライドが一粒でも私にあったら、あなたの顔なんか見るもんですか……。ロナルドにいまにもあなたが来ると言ったのは、何時間前になるかしら。もしあなたが来なかったら、山が崩れてあなたを呑んでしまったのだろうって。それであなたに出会ったら、あなたは全然急いでいないいんだから！」彼女は土手を這い上り、彼の腕を取った。

「僕は全然考えてなくて――遅れるつもりなどなかったのに」

「何かを考えていたんでしょ」とシドニー。「本当にひどい人」そして彼女は励ますようにロナルドに手を振ると、ロナルドは彼女のあとを追ってきて、進んで三人目となり、彼らはついに道が分かれていそうな地点に来た。ロナルドはここでさようならとうなずいて見せ、丘の側面のいま来た道の険しい道をたどっていった。登りながら彼は口笛を吹き、一度か二度振りむいて海に出た二人の頭を確認し、彼らのことはもう忘れたか、もう関心がないことをあっさり示した。シドニーではなくミルトンがいつまでもロナルドに気遣いを見せ、心配して彼を呼び戻したい気持ちが半分あるようだったが、ついにロナルドは丘のひだに消えていった。ロナルドは、申し訳ないくらい気楽に彼らを振り払った。

「ロナルドのことはもう考えないようにしましょうね」シドニーはそう言って、溜息をついてミルトンを呼び戻した。「二人だけでいたいわ」

「しかし、マイ・ディア……」

「私たち、幸せじゃない？」彼女はいくぶん怒って叫んだ。

彼はうなずいた。「君の言うとおり」彼は言って、彼女の腕をそっと押した。「それが僕を黙らせる」

「黙っていられる状態じゃないわ」彼女は言い、顔をゆがめて微笑した。「私にキスして！」

「恐ろしいくらい、なんて静かなの」彼女が腕を彼に預けたまま言うと、彼はここで抱いていた彼女を解放した。「私がここに来たことを思い出させないでね。もう二度と――実験は失敗でした。ジェイムズ、私はあなたを幸せにはしないわよ、もしあなたが静寂で私を取り巻くつもりなら――不気味な静寂って、風船みたいに膨らむけど、絶対に弾けないのよ」

彼は笑った。「君は言葉にできないのが好きじゃないんだ」

「言葉にできないものなんかないわ」

「君がいるよ」

「いいえ、私はそうじゃない。私は本質的じゃないし、口もつぐまないわ。よろしければ、自分を完璧に説明しましょうか。さあ、実際的になってね。計画について話して。あなたは例の手紙を書いたの？」

「今朝、書いた」

「素晴らしいこと。実感したいわ、このウソみたいな場所ではない所に、私たちには何らかの愛着があるのを。私は昨夜書いて、寝る前に、ラウンジから人がいなくなったときに、支配人の箱に落としてきたの。鍵が掛かっているから、もう取り出せないし、自分を抱きしめながら寝室に行ったの。あなたはいつ手紙を投函したの？」

「まだ投函していないんだ」彼は悲しげに言った。

「あら、どうして？」彼女は叫んで、混乱しながらも自分を取り戻した。「そうなると、私がずいぶん乗り気に見えないかしら？　でも私は投函したわ、抵抗できなくて。この爆弾を持ち歩けなかったの。みんな言うわ、国で、『いやはや、今度は彼女は何をやらかしたんだ？』と。みんなきっと確信するわ、何かがどこかで間違ったんだと、だって私は、なぜかいつも正しいことをしないようにするのがうまいから。私が好きな人はみんな役立たずなの。私は自分の請求書が払えない。私は自分の頭脳を使わなければ放漫になり、もし自分の頭脳を使うと病気になる。どうなの、私が何に似ているか、あなたには意見があるでしょ――なにも、本気で言ってるわけじゃないけど、自信があるの、あなたには私に関する意見が山ほどあるって。でも、あなたは要点を述べるのがあまり得意じゃないわね――あなたはきわめてかすかな核のある可能性の霞を見ているのね。致命的な取り合わせだわ、そうよ、利口で親切なんて。あなたははっきり見ることができない。斜視のようなものかしら。この辺り一番のおバカさんでも、私のことは即座に描写できるわね」

「僕らが共通して持っているものが一つあると言っておこうかな」とミルトン――「僕らは二人とも、自分のことを悪く言う人間なんだね、僕は自分に関する自分の考えなど、君には絶対に言わない――君が同意するのが耐えられないから」

「あなたが嫌いになるわ、私が言ったことを全部信じるなんて。そんなことはないわね、ジェイムズ、まさか？」

「君がそのまなざしで見るなら――」

「ええ、そうね、はい、はい」シドニーはそう言って、溜息をついて目を閉じて、彼の肩にもたれて頭を付けた。「あなたをとても愛している」彼は腕に彼女を抱いて、急いで話そうとしたが、彼女は手を彼の口に当てて黙らせると、手をそのままにして、彼女が続けて話した。「この世界にはもうほかの誰もいないの、ほかに誰もいないわ。私はあなたのことばかり考えています。あなたと一緒にいつもいたいの。あなたはとても親切だから」

彼は彼女の手が震えているのを感じ、手を引き離して言った。「親切だって？」

「ええ、親切よ。それが当たり前だと思ってるの？　あなたは知ってる、私があなたは絶対に来ないと思っていたのを。私は午後にここまで上がってきて、不安でたまらなかった、あなたは絶対に来ないだろうと。あなたは私から追い払われたと思って。『あの方』はもっとよくご存知だと思った」

「誰がもっとよくご存知なの？」彼は言ったが、悪寒が走った。

「ああ、私は知らないけど」彼女は言って、笑い出した。「私はバカなの。さあ、もっと早く歩きましょう。冷えてきたわ。太陽が出ていないと、日中でも道に迷うのよ」

彼らは黙って歩き、修道院の方角を取り、渓谷を離れたいと思った。歩きながら間近な将来について議論し合った。シドニーは約束した、もしテッサが、シドニーがいなくてもいいと言うなら、ミルトンと一緒にイギリスに帰りますと。テッサは、まったくその気はなさそうでも、あと三、四週間は残っているべきだと感じているはずだった。彼らは六月に結婚することで合意した。「心から願っているの」彼女は言って、自信なさそうに微笑した。「あなたにとって役に立たない人になりませんようにと」道路に出る前に彼女はまた彼を引きとめて、おなかが空いた、もっとナッツを食べたいと言った。そしてポケットから栗とアーモンドを手にいっぱい取り出すと、彼が二つずつ、両手に挟み、一個をもう一個に当てて砕いてくれた。

「不思議ね、どうして私にできないのかしら」彼女は叫んだ。「私の手は本当に鉄みたいなのに！……。今日は一日中、これを食べ散らかして――ランチよりいいわ」

「驚くべき考えだな！」彼は叫び、両手をその意味で振り上げた。彼女は返事として、この日は自分にとってものわかりよく過ごせたみたいだったし、自分で一日の計画を立てられないとは思わないが、結婚したあとに自分がどうなるかは保証できないと。

彼が提案した、もし彼女があまり疲れていないし、空腹でなかったら、このままおとなしくホテルに戻らないで、この次の二つの丘のふもとを突っ切って、そこから下に降りたらオリーブの木の向こうがホテルだ、と。彼女がこれに跳びついたその活発な様子に、彼はじつは彼女は内心ふさいでいたのかと疑ったが、この提案はあえて引っ込めなかった。渓谷の入口から再び見えた地平線は、突然空の広がりを露わにして、記憶にない解放感をもたらしたようだった。信じられないほど澄み切った空気だった。その日の午後はさらに冷たい灰色になった。木々はこの時間、一本一本が徹底的に別個に立っていて、やがて一つになって夕闇に流れ込む。半透明な空の下で海は白くガラス状で、ときおり百のさざ波が一回の大波になって押し寄せてくる。そこここに糸杉の木が一本、オリーブの木の暗い林に囲まれて待っている。夕刻は痛みをたたえ、無時間のささやきがあって、ミルトンはこれもまた忘れ去るのかと不思議な気がした。彼らはオリーブの木々の薄暗がりの中を歩き、水底にいるような気がした。シドニーの顔は蒼ざめて、陰影の加減に騙されて、メランコリックに見えたが、スカーフの色が燃えていた。「素晴らしい」彼が言って、スカーフのはじをつかんだ。

「僕はこれを愛してる。君が身に着ける色が全部好きなんだ、とくに白が――」

「それは白じゃない――」

「いや、白だよ。もっとも澄み切った、もっとも明るい白だ。怖がったり、まごついたり、暗くならないで、マイ・ディア、着るものも同じように」

「でも、ジェイムズ、牧師の妻《クラージーマン》としては――真紅や炎の色は着られないわ。あなたの人生は――」

「牧師の人生はまごついていて、暗い、と思うんだね?」彼は言ったが、彼らがいかに互いを知らないかに思い至り、彼女が彼を知ることの難しさを思いやった。

「人生を思ったのではないの、あなたのことを思ったのよ。告白するわね、人生という響きは半分も好きじゃない」

「だけど、シドニー――」彼は、ミセス・カーが後ろにいると思ったのか、周囲に目をやり、シドニーを見て微笑んだ。

「だけど私たちは人生を生きていくんでしょ。どんな人生だって、崖っぷちから見れば、見られたものじゃないわ。もし私たちが決めなくてはならなかったら、私たちはおそらく生まれていないわ。

でも人生の多くは、同じよ、確信があるの、流れに半ば入ったらいいの。私たちの人生は愛おしいものになる。でもあなたはあまり見られないのよ、ローマ風のスカーフをかぶった私は」

「変わらないで、違う人にならないで」彼が叫んだ。「とても愛しているんだ、ありのままの君を」彼女は非難するように彼を見た。その瞬間、彼は彼女を激しく愛し、すでに彼女は彼にとって失われたも同然になった。彼はその瞬間に喜んで飛びつき、それによって持ち去れと言われたものすべてを手放した。目を閉じて彼女にさらに近づき、彼女を強く抱きしめた。彼らはひとつににじんで消え、彼も彼女も自身を忘れた。彼は崖っぷちに来ていた。

　彼はまた時間にさらわれ、休止期間がどのくらい長かったか言えなかった。ただ一つ、その間を通して、丘は孤独を額縁にした二つの人影を伴って待っていたことだけがわかった。彼女が立てた音か声を聞いて彼の腕の中にいる彼女に意識を戻したが、彼はあえて問わなかった、どこに行っていたのかと。彼らは目と目を見て互いに何か問いたげだった、二人は本当に一緒にいるのか、お互いからそれを納得したいみたいだった。そして二人とも目をそらし、彼らが忘れてしまったことをそこに読みとるのが怖いみたいだった。

「私、ちょっと怖い」彼女は彼から離れようと動いて、言った。そして、彼が繰り返す質問すべてに答えて、「ちょっと怖いの」と言った。彼はこれに微笑んで、高揚感を覚えた。彼は彼女を解放したが、その後、彼女の腕を自分の腕に通し、そのまま歩くことになった。彼女の様子には戸惑いがあった。想いを言葉に表わそうとしているようだった。彼女はやっと言った、彼のことを厳粛な目で見て、この事を自分より彼のほうがよく理解するのを楽しみにしているようだった。「私たちは――というか私は、少なくとも、私としては――保証されすぎているかしら?」

彼は彼女が意味することにある影を見たが、影という以上のものではなかった。彼女の仕種を伝統的なものとして、さらに彼女の気分は包括的なものとして、捉えたいと思った。彼女は若い一人の女性だ――女性としてもとても若い。唇をすぼめて彼女は腕を引っ込めた。「ああ、いけない」彼女が言った。「どうしてあなたに訊いたりしたのかしら？　難しいのは私自身ね」

「違うよ、いいかい、シドニー……。僕らがなぜ怖がらなくてはならないんだ？　僕ら二人にとって、あれは出口なんだ――それがわからないの？――僕ら自身から抜け出す出口なんだ。あの少年を覚えてるだろう――カーディー[*1]だ――おとぎ話に出てくるやつさ、まっすぐ空に向かってドアを開けて、空中を歩けと言われた子のことを？　彼はそれが気に入らなくて――当たり前さ――空しかないんだから、星が彼の足の下に出ているだけだ。それでも彼は前に進み、自分が歩いていることに気づくんだ――彼にはわけがわからない。僕らがもしまっすぐ前進すれば――」

「私はドアのところに戻ったでしょうね。私はおとぎ話に出てくる人じゃないの。ファンタジーを理解する力がないのよ、ジェイムズ。私には新しいものは何もないの」

彼は言いたくなかった、「では、僕は君に差し出せるものは何もないのか？」と。気がついてみると、すでに自分がそう言ったような罪悪感があった。彼にとって彼女はあらゆる点で新しかった、本人と存在の双方すべてで。彼は想像できなかった、部屋の向こうにいる彼女を見て、見知らぬ人間の愉しみを受け取れなくなる時を。彼は想像できなかった、彼女の動きには彼に対する計算があるという時が、あるいは彼が予想もしていないのに、彼の思索のベールの後ろから彼女がまた現われるのをやめる時が来るとは。

「君はそこが間違ってるんだと思う」彼は穏やかに言った。「言ってみれば、君はそれほど長く生きていないから。驚くかもしれないが――」

彼女はそこで彼を制し、何も言わなかったが、彼女の奇妙な沈黙が彼を制した。彼女の顔は静寂で引きつっていて、いまにも泣きだしそうだった。彼の横を根気よく歩き、非常に疲れたようだったが、歩きにくい車の轍《わだち》をたどり、ときどき機械的に頭を上下させて、木々の枝を避けた。彼から遠のいたように見え、彼がついさっきまで彼女を腕に抱いていたのが嘘みたいだった。彼は叫んだ、「シドニー、君は幸福じゃないんだ！」と。この悲鳴が彼から一気にこぼれた。彼はもっと多くを与えたかった、これを取り消すために。

「言っておくけど、私は幸福よ」彼女は頑固にまた冷たく言った。「あなたが幸福なら、私は幸福なの」彼女は、彼女をどなりつけたと彼が感じるように話したが、彼は熱気をややおさめて言った。「ああ、いいでしょう、マイ・ダーリン、君をいじめたくなんかないんだ」彼は恋をしたことは一度もなく、誰かと喧嘩したこともなかった。これは、と彼は思った、「恋人同士のけんか」なのだ（いまにそうなるんだ）、それがおせっかいな速さで近づいていきて、恋愛と喧嘩という二つの経験をつなぎ合わせるのだ。では、これは、彼らの合成した気質――理性がなく、ピリピリしていて、見栄を張る――が垣間見えるものだったのか？　彼はこれを彼女に訊きたくてたまらなかった――彼は彼女が自分よりもっと正気であると信じていた。彼の顔は、伝えられない思索に高揚して輝いていたが、これが突然彼女の怒りを招いた。

「とにかく――幸福なの！」彼女は大声を出した。「幸福って何なの？――何が出てくるの？　私たちは、どうして四六時中、お互いの脈拍にさわって、幸福かどうか気にしなくちゃならないの？」

彼女は幸福という言葉を不愉快そうに彼に投げつけた。それは、彼女に関する限り、もっとも純粋なもっとも疲れる神経的な高揚感とははっきりと無関係で、彼女はそれを利用することもできなかった。彼は彼女に代わって泣きたかった、そしてどうしても言いたかった、「もう少し女になれないか?」と。代わりに彼は鷹揚に微笑んで、言った。「君はそうとう我慢が足りないね」「ええ、そうね」と彼女。

「君は君のあらゆる感情に襲いかかって、それらの頭にピストルを突きつけて、その哀れな生き物に自己説明をさせる。チャンスは与えない。シドニー、正直に見て、君はどの感情にもチャンスを与えないんだ」彼はある種のエネルギーを得て言った。

「ああ、はい、はい」シドニーが言った。「怒鳴らないでよ、ジェイムズ! 森はとても静かなんだから。私は聞いてます——あなたの言うことをよく聞いてるわ」

彼女は、結局、こう言って彼が怒るのをとめた。彼は驚いて周囲の木々を見回し、静かな海岸線から叱責されたのか、彼女に合意した。「そうだね、森は静かだ。僕は恐ろしい音を立ててしまった。これから——」

「あら、あら、静寂なんか作らないで——」

「うん、これからは、耳を澄ませて聴くことにする——」

彼女は彼の腕を抱え込んで、恐怖感をたくみに表明した。彼らは耳を澄ませた。

「あなたにそんなことさせないわ」彼女が叫んだ。「必要ないわ——渓谷と同じ、ひどいものよ。私たちはよくもホテルで眠ったりするわね、これを全部あとまわしにして、そして、あのバカみたいに飼いならされた海が、海岸に寄せては返し、寄せては返しを繰り返すの。どういうことなの」

彼女は地団駄を踏み、何度も繰り返し叫んだ。丘でこだまが返った。「さあ、また音がしたから、もう家に帰るわ、ジェイムズ、もうこれで完璧に帰りついたわね」

「シドニー――」何かが彼の注意を引いていた。彼は言葉もなく彼女を見つめた。訊きたいことがあった。彼女は彼の先を行き、彼女の明るいスカーフがオリーブの木を通して炎のようにちらちらと燃えていた。彼は歩幅を大きくして、彼女に追いついた。「シドニー――」と彼は言った。

「ジェイムズ?」

「君は僕と帰国してもいいんだね。この場所を離れても、何の気がかりもないんだね?」

彼女はいつもどおりの上機嫌になった。「気がかりなんて一つもないわ」彼女は大きな声で元気よく言い、明るい瞳で彼を見た。「気がかりなんて一つも……」

＊1 スコットランドの小説家・詩人であるジョージ・マクドナルド（George MacDonald, 1824-1905）の代表作で、古典的児童書とされる *The Princess and Curdie*（1883）の主人公。

23　次の曲がり角

テッサはシドニーの婚約がことのほか嬉しかった。そのことでマレーシアにいる夫のアンソニーに長い手紙を書いた。彼女はボードワンとソファに横になって階上で過ごす時間が減り、居間で油断なく座る時間が増え、友達を迎えて興奮していた。熱心な救道者の雰囲気はよそにやり、既婚女性の威厳で身を包んでいた。このすべてがいかに彼女に似合っているか、憶測できた者はいなかっただろう。飲みこみのよさは絶大だった。疲れも見せずに微笑み、シドニーから目を離さず、呆然としたミルトンといつもより近づけなくなったシドニーに代わって、「愛」のあらゆる苦悩の効力を輝かしく証言し続けた。無意識なカップルにとって、彼女の自信は、もし彼らがそこに立脚するなら、批判や、気晴らしや、憐憫や、果たして「続く」だろうかという批判が入り混じった底流の中の岩となっただろう。これほどふさわしいことはなかった。このカップルを形づくるために「時間」そのものが働いてまとまったのかもしれない。彼女の顔を覗いてみて、その可能性は否定できなかった。彼女の友達はやっと溜息をついて、彼女が喜んでいることを彼らもせいぜい喜んだ。ミセス・カーはコメントした、「あの可愛い女性は見るからに花嫁だわ」と。

テッサは思った、一人ひとりが彼女のシドニーに優しくしてくれていると。魅力的な事柄が本人がいる場で言われ、聞き逃した多くのことは、報告された。テッサは明るく輝くシドニーゆえに輝き、かつてないほど彼女を愛し、物も言えないくらい彼女のことで用心した。ミルトンについては、一向に用心しなかった。彼とは何時間となく、「ビリッとくる共感」について、「健康」について、話し込み、後者のほうをとても大切だと言った。「ご存じでしょうね」彼女は彼を非難するように見て、こう言うのだった。「私たちは誰も病気になるいわれはないのよ」するとミルトンは、生涯ほとんど病気になったことがなく、賢明にも彼女にうなずき返すのだった。彼は、シドニーの愛しい従姉には、特別な柔軟性を発揮していた。テッサはほんとに素晴らしいでしょうねと彼に言った、シドニーが自分自身の家にいて、子供がいて、それも間違いなく、最高に素晴らしい子供がいるのを見るなんて、と。「それに、きっと」彼女は補足した。「あなたたちは二人ともたいそう賢いから、子供たちを間違いなく最初から、間違いなく正しく育てるわね。私たちの健康は、そうなの、土台そのものから育まれるべきものなんですよ。私たちの健康は――」彼はようやく呑み込めた、これが彼女の会話に頻発する小数点なのだと。

テッサは、彼らが英国に帰る前にシドニーの友人のミセス・カーを本当によく知ることは、ジェイムズにとって本当にいいことだと考えた。だから、自分でサプライズを計画し、午後に一台車を雇い、ミセス・カーとミルトンを自分とシドニーとのドライブに誘い、丘の上のヴィラに行くことにした。聞いたところでは、そこから尾根一帯が見渡せて、信じられないくらい多数の丘が見え、互いの丘の類似性に見る世界の大きさには驚かされるのだと。またそこには教会があり、非常に暗い古色蒼然とした油絵があり、ニースから来た婦人がやっているパティスリがあり、そこで申し分のないお茶ができるのだった。天気はテッサを裏切らなかった。その日の午後は爽快だった。ミルトンは前の座席のドライバーの横に座り、ミセス・カーとシドニーはテッサと一緒に後ろの席に、これは理想的に快適だ、身動きできないほどくっついていて、と抗議した。旧式のフィアットは大きな音を立てて渓谷を駆け上がり、ギアを入れ替えて上り坂を力走した。丘は虚空に前のめりになり、彼らが平気で体当たりした百以上ものヘアピンコーナーにテッサは息を呑んだ。「いまにも殺される」ミセス・カーが言った。「もしもミセス・テッサ・ベラミーが殺してはならないほど値打ちのある人ではなかったら」彼女らは頂上に来て、命からがら車を出て、別の側から景色を見て、二人ずつ組んで修道院まで歩くと、町中の少年があとをついてきた。テッサはときどきシドニーに囁いた、ミセス・カーとミルトンは友達になったみたいね――どう？――すごくうまくいってるわね。「きっとそうなれると思ってたわ、二人とも頭がいいもの。私たち、彼らから少し離れましょう。シドニー、彼らはあなたの話がしたいかもしれないでしょ」

教会の油絵はあまりにも暗くて、何が描かれていてもよかっただろう。テッサはいぶかしく思った、どうして鑑定家がこの絵を発見しなかったのかと。これが美人画だったかもしれないという想いがひそかに膨れ上がり、彼女は黙ってしまった。そしてミルトンとシドニーの腕をそれぞれ取って、その場に立たせて絵を見させた。彼らが自分よりも絵を理解して、どう感じるか言って欲しいと思ったのに、一分か二分絵を見たあとに、彼らは振り向いて彼女の前で微笑みを交わしたので、テッサはむきになって一歩前に出た。「あの顔に何かあるでしょ……。あの表情に何かがあるのがわかるのよ。あれが少しでも洗浄されていたら、ただし価値を損なわないで……。私はどうしても同じ気持ちになれないの、フィレンツェにあるどの絵を見ても。どれもみんな知られ過ぎてるでしょ」教会の空気は長い歳月焚《た》かれてきた香《インセンス》で黴臭く、いにしえの死せる会衆の息吹は乱されていなかった。暗がりの中で永久に吐き出される石の呼気で堂内は冷えていた。ミセス・カーは一人で歩き回り、祭壇の前に来て、何となく立っていた。頭上の窓から光線が一筋射しこみ、薄暗がりを斜めに切っている。「きっと」テッサは思った。「彼女はとても信仰心があるんだ」と。そしてまた心が動いたと感じた、油絵で感じたように。テッサはほかの人たちを待たせておいた、ミセス・カーの邪魔をしたくなかったからだ――彼女はミセス・カーの内部にはいつも何かがあるのを知っていたし、この瞬間にそれが近いことがわかっていた。「この空気にはもう我慢できない、気持ちが悪くなりそう」シドニーが突然声を上げ、祭壇のほうを最後に見やると、ドアの革製のカーテンを押し開き、急いで外に出て行った。教会は知られた景色と知られていない景色に挟まれて、もの悲しい前哨地点だった丘の先端に立っており、シドニーは外で待つほうが好ましく、ミルトンはそう思えないのか、彼女が一人で待っていると、彼があとから出てきた。テッサは教会のはじに一人で座り、やがて、一度か二度不安そうな視線を周囲に投げて、ひざまずいた。

　ミルトンは、シドニーに花束を贈呈して、その代金を要求した少年の群れを何とかうまく追い払った。

　いまやテッサの仲良しになった三人は、彼女と一緒に付き添いなしで歩いて村に戻り、遠足仲間のように談笑しながら、青い空気の壁の間を通った。村は壁の中に高く位置していて、もう一つの奇跡的なバランスを実現していた。これまで彼らが探検してきた多くの村と同じように、テッサの村が午後の目的物だったので、彼らはその魅力と奇妙さに歓声を上げた。中に入るともう半ば暗く、アーチ門と、目が見えないほど暗い階段下と、地下室のドアから噴き出してくる冷気が口笛を吹き、悪臭に見舞われた。彼らは半信半疑でパティスリに入ったが、廊下の突き当たりから思いがけず虚空に張り出したテラスに出ることができ、遥か遠い渓谷の全容を見せてくれた。鉄柵を伝って横切り、そこで両手を広げて、景色に見とれて溜息をついた。ミルトンは脇によけて、抑えられないあくびが二、三度出た。遠距離がつねに彼にもたらす現象だった。彼らは一列になってくっついて立っていた。ミセス・カーとシドニーが隣り合っている。

「大きな世界……」ミセス・カーが何となく手を振って言った。

「とっても」

「シドニーは思い出すわね、英国に帰ったら」テッサが言ったが、旅行ばかりしているテッサには、景色は一つしかないと感じていた。彼女の記憶の中では、万華鏡のように一つが次のもう一つに入れ替わるのだった。一回に一つずつ。

「あら、でも、シドニーが出立する話はしないでちょうだい」ミセス・カーが言った。「ぞっとするわ。でもね、シドニー、発つことなんか、まだ考えていないでしょ?」

「あら、来週でも、と思っています」シドニーが言った。「帰国ラッシュが始まる前に戻ったほうがいいと思って」

「私はラッシュになるわ」とミセス・カー。「私って、バカね。どこにいてもシーズンの終わりが来ているのに気づかないいんだから、みんながあっという間に消えるまで」

「それでは」ミルトンが言った。「列車に乗っても座席がありませんね」

「いつも列車の座席はあるみたいなの。おかしいでしょ。だけど、あなたは少し利己主義じゃないこと、ミセス・ベラミー、すぐさま彼にシドニーを連れ出させるなんて?」

「私が提案したんです」テッサがすぐ言った。彼女はこれを信じるようになっていた。

「僕は絶対に――」ミルトンが口を挟んだ。

「ええ、たしかにあなたは連れ出せないわよ」ミセス・カーが微笑した。「だけど、シドニーをひとりずつ毎日連れ戻すチャンスなんかないのよ」そこで少し間が空いて、その間彼女は考えながらそばの鉄柵に置かれたシドニーの手を見下ろして、その上に自分の手を置いた。「みんな旅立つのね」シドニーはテッサに言った。「若い人はみんな。ロナルドもすぐ出て行くわ――シチリアへ」

「あら、あら――あら、まあ」テッサは変化の法則に穏やかに反対して、溜息をついた。ミセス・カーの手がシドニーの手に重なっているのを見ると、喉に塊が詰まった。別れはつらい。ミルトンと一緒に移動して、テラスの反対側に行くべきか?

「でもねえ」とミセス・カー。「あなたたち二人は、いつか一緒にここに戻るわよ。私、二人がここにいるのを想像するの」

「どうも」ミルトンが言って、自信なさそうに笑った。「ぜひ想像してください!」

シドニーはいま言われたことに注意を払わなかった。聞いているようにも見えなかった。テッサとミセス・カーの間に立って、男性が語る物語に出てくる少女のように活気もなく客観的で、少女ゆえに思索も感情も付与されていないのであずかり知らず、彼らが投影する三つの映像のほかには自身の人格もないようだった。ミルトンの婚約者、テッサの若い従妹、ミセス・カーの秘蔵っ子、最近はその友達、になっていた。

「シドニー」ミルトンが大きな声で呼んだ。「僕らはここに戻ってくるかな?」

「ええ、戻ってくるわ」彼女は機械的に言った。「ぜひ戻りましょう。ここに戻ってきましょう――私、この場所が大好きなの」

お茶が終わると、彼らは村はずれの広小路《ピアッツァ》に戻り、フィアットを捜し、フィアットが見つかると、さらに遠くまで行ってやっとドライバーを捜しあてた。格子柄のキャップをかぶった、山賊のような人が、しぶしぶ彼らのほうに戻ってきた。

「なんて素敵なお昼なんでしょう」ミセス・カーが一人ひとりに微笑み、一行は村からしずしずとすべり出た。ピリッとした空気が吹きよせて彼らを出迎えると、彼女は顎を引いて、贅沢な毛皮のコートの襟に埋めた。フィアットは最初の曲がり角を危うくかわし、いちばん座り心地の悪い真ん中の座席のテッサの場所を引き受けたシドニーは横に倒れこんで、毛皮に頬が触れた。「あまり長く乗っていたくないわね」とテッサが言い、一目下を見て、すぐ後ろにもたれ、両目を閉じた。

「進んでいるというより、落っこちているみたい」

「かもね――」シドニーは言って、急に言葉を切った。テッサに悪いと思ったからだ。静かに座り直し、意志と想像力のすべてを集中させていった。「次の曲がり角に来たら」彼女は思った、「真っ逆さまに放り出される――それこそ墜落だ。次の曲がり角でそうくるか……」と、しかし次の曲がり角は過ぎた。空気の突撃と動きが彼女を再び生き返らせ、はっきりと正確に自分にもそう思えた。本当に苦しむ人は、遠くマレーシアにいるアンソニーだけだろう。ジェイムズの兄妹が本気で気に病むとは思わなかった。彼女は彼が習慣的に愛される以上に愛されたことはないと感じ、情熱をかすかに燃やしたり、人生に色を付けたこともないのではと感じた。「ロナルドに関しては」彼女は、刀剣を手にしたように、いちずに高揚して考えた、「ロナルドにはそのほうがいいだろう」と。彼女はドライバーの頭の後ろに目を据えて、何が来るかを完全に把握し、完全に確信していた。

「急ぎすぎてはいけない」彼女は思った。「何か言う時間がなくては」ラグの下で彼女の手がミセス・カーの袖にさわり、そのままひっそりと手を休めた。言いたいことを掻き集めようと頭を絞り、その努力を棄てた。ともあれ互いに見つめる瞬間はあろう、ただ見つめるだけの。それが一番いいのだ。「私はジェイムズは見たくない――将来の問題がついてくるからだ。非常に気まずい思いがする」彼女の心はまた静まって、言葉を続けた、「次の曲がり角……次の曲がり角で」と。

次の角は回った、かろうじて回った、ブレーキが軋《きし》り、車はロックされたハンドルに揺れて、動かなくなった。ドライバーは悪態をつき、前方を左右に覗き、運転席で立ち上がって、自分が言ったことに合点して、もっと汚い言葉を吐いた。ミルトンもその場で立ち上がり、もっとよく見ようとしたが、後ろからははっきり見えない。一瞬見えた、材木運搬の長い荷馬車が横倒しになって交通を遮断し、男たちが怒鳴り、怖がる馬を後ろに下がらせていた。ミルトンはすぐに振り向いて、みなを安心させようと微笑んだ。「バカな連中が」彼が言った。「ここを回るのに大失敗したんだ。みんな大丈夫だが、はっきりするまで少し時間がかかりそうだ。材木の先端が岩にまともにぶつかっていて――横転しても不思議じゃなかった」

「それじゃあ、時間がかかるの？」ミセス・カーは面白がって言った。

ミルトンは、シドニーをちょっと見てから、うなずいた。「あの男は運転ができる」彼はありがたそうに言った。「ここでちょっと――外に出て、一目見たくないか？」

シドニーは首を振った。両手を握りしめて膝に置き、身じろぎもしないで座りこみ、打ち負かされていた。ミルトンを正視できなかったが、彼はミセス・カーとテッサが車から降りるのを助けてから、三人で荷馬車まで歩いて行った。彼は一、二分で戻ってきた。「さあ、君も来るかい?」

彼女はまた石のように首を振った。

「シドニー……君にはちょっとショックだったね?」

彼女は人が「動揺」と描写する状態にいた。

「彼らにはあんな材木をこんな上まで持ってくる権利はないんだ」彼は怒って叫んだ。

「でも、きっとここに家を建てたいのよ、マイ・ディア」これこそ疲労の寛容さが言わせたことだった。彼女は車の横側を見て下の渓谷へと目をやった。「別れ」の挨拶だった。下までずいぶん距離がある——忘れられない深さだった。

「不思議だね、これが前方に見えなかったなんて」ミルトンが荷馬車を思って言った。「または、我々の足もとに見えなかったとは。岩がでこぼこしている場所だから——とても危険だった、実際のところ」

彼女が同意した。「すごく危険な場所だわ。ほら、私も行こうかしら、でもほかの人たちと、どうぞお先に。私は一分か二分、ここにじっとしていますから」

彼らは——この頂上で——下の連中よりも時間的にあとの太陽の光景を眺めていた。もう今頃はテニスコートも静まり返り、海も退色し、ホテルの最初の明かりが蒼白く異国風に灯《とも》り始め、ホテルの壁は残照に映えているだろう。ここではまだ太陽が村全体を、山頂を一段ずつ水平に照らしていた。黄金色がいやいやながら穏やかな薔薇色に座を譲り、薔薇色は凍えて衰え、渓谷から立ち昇る煙のように湧いてくる陰影に変容する。いつものように訪れる夜のしじまを覆う孤立のさまが彼女の心の中につながり、投げ出されて生きることに戻った感覚がショックだった。彼らが閉じこめられた陰影の深さは、彼女には限りなくありがたかったことだろう。この中空で、この不自然な、終わりなき日光が長引く中で、彼女は初めて人生をじかに感じ、死と同様に生がするどく意識を噛み、彼女に、無情にのしかかり、その喉元にナイフを突きつけるのを感じた。そのメッセージに気づいて呆然となり、彼女は自分の両手を、身体を、周囲の丘を凝視した。

後刻、彼女は車から這い出して、不安定なこわばった足でなんとか丘を駆け下り、ジェイムズの名を呼んだ。

荷馬車の回りでは怒声が飛び交い、訓戒、同情、罵倒が乱れ飛んでいた。数人の若者がどこからともなく現われて、押したり引いたり怒鳴ったりしながら、荷馬車の車輪の下に挟まった無数の石をどかそうとしていた。その他の若者や女たちが数人、この騒動に興奮して、本道のジグザグ道路に突き当たる、村から続く険しい切り立った小路に出てきた。荷馬車頭の友達が馬の腹を蹴って後ろに下がらせようとしたり、轡《くつわ》を取って引いたり、その間ほとんど絶え間なく馬の頭を殴っていた。シドニーが見るとミルトンは、真っ赤になって同じく怒鳴り、このすべてを終わらせようとしていたが、友好的にわきに追いやられた、カントリーの、材木の、馬の扱いも知らないからだった。テッサは、フィアットから出られたので十分満足、あちらこちらを徘徊、毛皮のコートのせいで熊が歩いているみたいだった。ミセス・カーより深く哀れな馬に同情できた人は明らかにいなかったが、彼女はミスタ・ミルトンのさらなる介入を押しとどめようとしていた。彼は道路のはじからいまにも弾き出されそうであったからだ。シドニーが近づいてみると、状況は一段と悪化し、短い丸太が一本、丸太を積んだ山から緩んで横滑りして、はずれてしまった車軸の間に入りこんでいた。「ひどいもんだ、クソッ!」ミルトンはかっとなって叫んだ。この危機は、彼の合理性を代償に、彼のうちに潜む英国的なものすべてをさらけ出した。ミセス・カーは肩をすくめて微笑した。

「馬が一頭、血を流している」彼は無力に絶望して言い添えた。

「だったら、そこを離れたら」ミセス・カーが言った。「ともあれ、私たちに求められているのは想像することだけなの、動物がいかに苦しむかは。確かめなくてもいいの――それほどひどくないといいわね。私は車に戻りますよ」

ミルトンは彼女の言葉を半分しか理解できず、シドニーが呼んでいるのは聞こえなかった。彼の気遣いはすべて馬たちに向けられていた。「連中は少なくとも」彼はあとになっても叫び続けた。「行く手にはこれがあると、村にいたときに警告するべきだった」そして振り向くとシドニーが彼の肘のところにいて青ざめていたが、ミセス・カーはもういなかった。

「長くかかるのかしら?」彼女は心配そうに言った。彼がうなずくと、彼女は手を彼の腕に置き、道路のほうに連れて行き、フィアットを通り越すと、ミセス・カーとテッサがまたその中に入っていて、ラグにくるまっていた。シドニーは二人をうつろに見つめ、ミルトンのほうを向いて、同じうつろな様子で何か言おうとしたが、すぐ後方にフィアットがあったので警戒し、彼を急がせて話が聞こえない辺りまで行った。「心配だわ」と彼女。「まったく不可能だわ」

彼はなぜか奇妙な直感で理解していた。しかし、しばし彼女に自分を観察させたまま、下の騒動に耳を澄ませた、切れぎれの叫び声と無数の声がする。「何がまったく不可能なのかい、シドニー?何の話?」

「私たちの結婚よ」

「ああ!」彼は静かに言った。「ああ!」

「わからないの、私たちがどうやってそのことを思いついたりしたのか」

「僕が心配なのは」彼はゆっくり言った。「それがなぜ正しくないのかが、まだ僕にはわからないんだ」

彼女は絶望的な顔をした。「おそらく、私はあなたにわからせられないわ。でも私はもう知ってる」

「いつから？」彼女はある種の高揚感で守られているように見えたので、彼は自分の痛みを皮肉にさらけ出した。「最近かい、シドニー？」

「ちょうどいまよ。生きているというショックのせいだと思う――ああ、どうしたら私、あなたに説明できるかしら？　まったく考えたこともなかった、私たちがこれほどリアルだとは。それがこれほどまでに問題だということに、気づいたこともなかった……。ああ、マイ・ディア、駄目よ、さわらないで。もっと行きましょう――道路を回って行きましょう」

「君にさわろうとしたんじゃない」彼が言ったが、双方ともに気恥かしくなり、彼女に対して本能から動こうとしても、大袈裟に思われるのは、彼女が彼との間に置いた距離のせいだった。焦点がずれたことで、彼が見る彼女は離れて遠くにいた。彼らは辛《つら》い気持ちで丘を上がり、丘は前より険しくなったのか、次の角を曲がると、こだまが返ったように思えたのは、さっきの解消宣言の亡霊だろうか。さらに登ったところで彼女は道路の脇の土手に座った。見ると彼女は疲れ果てて横に倒れそうだったので、彼は彼女のそばに寄り添って座り、抱きかかえ、いわば兄の肩に寄りかからせた。「さあ、話してみて」彼が言った。「話せるようだったら」

「いまなら理解できるの――だけど、理解していないことを言わなければならないように思えたものだから。私たちはここで眠っていたんだと思う。夢の中では、形が素早く軽々と動くわね、形には重さがなく、抵抗するものも何もないの。どこかおかしな便法に支配されていて、完全に理性的と思われているから、衝突しても音は立てないし、離れても被害はないの」

「僕らがその『おかしな便法』に支配されていると思ってるの？」

「そうよ」彼女は躊躇しないでそう言ったが、手を差し伸べて彼を宥《なだ》めた。「私たちは何も計算に入れなかったわね。あなたと私は——どうしてそんなことを思ったのかしら？　あれは本当に夢だったんだ。簡単に見えたわ」

「僕には簡単に見えなかった。一から最後まで戦うつもりだった」

「でもあなたは違うわ——」彼女は言い始めたことを途中でやめ、親密で同時に非個人的な態度で彼の肩に強くもたれた。

「何が違うって？」彼は返事を聞き出そうとして熱心に言った。

「戦士じゃないのよ」

「生まれながらの戦士ではないね、きっと……。僕らはお互いに助け合えると考えたんだ」

「まさか。あなたはまさか、そんなことを考えるはずがないわ」

「君をここで解放したら、僕は『まさか』と言うことを学ばないといけなくなる」

「いま言いなさいよ——それとも私が洗いざらいあなたに話しましょうか？」

「話してもらおうか。でも、話さないで。便法だね。何が来るか、僕には推測できると思う……シドニー？」

返事はない。見ると、彼女の手が顔のほうにそっと上がり、瞼《まぶた》の下から涙がこぼれ、指の先で涙をぬぐっている。「ハンカチを持ってなくて」そうと察した彼を知って彼女が言った。「車の中に置いてきちゃった」彼は何とか苦労して彼女に腕を回し、迷惑にならないように自分の位置を調整して、袖を押し上げたときに使っただけの清潔なハンカチをポケットから取り出した。

「ありがとう」彼女は言って、ハンカチをくしゃくしゃにして持ち上げて、じっと見た。「あなたって――あなたって、ホッとする」

「みんなそう言うよ」彼はそう言ったものの、ホッとする状態を放棄した苦い思いに口元が歪んだ。

「私、独りになりたい。もしよかったら」彼女は言い、涙をぽろぽろとこぼした。

「いいよ――僕が先に行こうか、それとも君が？」

彼女が返事もしないし動きもしないので、彼は立ち上がり、彼女を置いて去った。その辺の道路を放心して巡回し、両手はポケットに突っ込んで、彼女の手が肩に強く置かれたのを思い出し、親しく寄り添った感じがまだ残っていた。哀れな二人だったことを想いながら振り返ると、オリーブの木の下で彼らが互いに困惑して見交わした、もの問いたげなあの長いまなざしを思い出した。遠く離れて揺れ動くこの一瞬、彼は彼女と一体になった、そして言うことができた、「彼女が正しいのだ」と。彼女が座っている場所を何度も何度も通りすぎ、その場所を彼は見たり見なかったりした。どちらも自然だと思われた。そこで姿勢を正して座っている彼女を認めるというよりは、ただ感じた。彼女は手を膝に置き、彼のハンカチが暗闇を染める真っ白な汚点だった。夜の闇がついに潮のように寄せてきて、彼らを呑み込み、丘をもろとも引き集め、渓谷はそこに浮かんでいるような景観となり、静寂の薄い膜が広がって、下方から漂ってくる喧噪はかき消された。ピンク色の最後の光線が丘からゆっくりと色褪せてゆく。月がおぼろに上がり、輝くことなく残照に明るい空にあった。

「用意できるまで来ないでいいんだ」彼女がゆっくり立ち上がるのを見て、彼は言った。

「もう用意できたの」彼女は言って、彼のほうに近づいてきた。

彼は彼女を受け入れる用意ができていた。「やっとわかったよ、君の言うことが」彼は言った。

「やっと理解できた」

「私の目だけど、ヘン《クィア》なところがある？――人が気づくかしら？」彼女は訊いて、彼のほうに心配そうに顔を向けた。彼は薄暮の中で目を凝らしてから安心させた。「ないよ、誰も何も思わないさ」

彼らは車のほうに静かに歩いて行った。テッサが座って背後を見回し、彼らが来るのを見張っていた。

「いい考えがあるみたい」彼女が叫んだ。「あの長い材木をのこぎりで切るんですって。うちのドライバーが自分のアイデアだと言ってるわ。男の人が一人、のこぎりを取りに行ってる」

「それでまた先に行けるのね」ミセス・カーがそう言って、シドニーのために場所をあけてやった。

「動かないものの中にじっと座っていると、もっと疲れるのはなぜかしら？」シドニーは静かに乗り込み、二人の間に座った。道路の一角にさらに後退させた荷馬車を通り過ぎた頃、彼女はもう夕刻が終わったと感じ、帰国して長くたち、このすべてが起きたのは一年前で、記憶の遅れによって、まだ彼らに関わりがあるように感じた。ホテルの階段をゆっくりと上がりながら、腕いっぱいに抱えたひざ掛けなどが重く、気後れするほどまぶしいホテルの照明が彼らめがけて降り注ぎ、ミセス・カーはまた目が覚めたみたいに、シドニーは疲れたのよと言った。「疲れてもう駄目というほどでなかったら、上に行く途中で寄って、私におやすみなさいと言ってね。私たち、もうあまり夜がたくさんないのだから」

「ありがとう」シドニーが言った。「でも、起きて待っていないでくださいね。伺うなら、早めに伺いますから」食後、シドニーはまっすぐ自分の部屋に上がり、目を閉じるとたちまち眠りが波のように寄せ、自らうねった黒い大波が一瞬頭上にあって、無を意識する前にこれを意識した。そして夜を徹して果てしない道路を登り曲がり角につぐ曲がり角を曲がって、頂上にある無人の街を目指した。

24　親切

「それにしても素敵なことになるわね、あなたが彼と一緒にジェノヴァまで行くなんて」ミセス・カーがロナルドにそう言ったのは、三夜あとのことだった。その柔らかな物言いが終わると、彼女にはもうすることがなくなった。彼女はその問いかけは、表から裏から触手を伸ばし、息子の不機嫌にまとわりついた。彼は立ち上がってミセス・カーの部屋を歩き回り、両肩を不安そうに動かし、精神的にラーオコーン[*1]のように身をくねらせ、あらゆる点で締め付けられたと感じた。

「恨めしいよ」彼は拗《す》ねたように言った。「ほんとに恨めしい！」しかし、ミセス・カーは手紙を読んでいる。

　ロナルドは理解できなかった。お互いを知らずにこの場所に来た二人の人間が、完全な人格をたずさえ、相手を探す意図はないのに、煩わされずにここにいるのが許されないとは、いまや結婚する考えも互いに移ろって捨てたのに。または、彼らが出発することが当然だったとしても、「憐みの霊」をぞろぞろと引きつれて出発しなければならなかったのか、後悔、良心の呵責、哀悼、カーニヴァルの許可を得た騒がしい感情と列になって？　ミセス・ベラミーはシドニー（人体模型のようにくるまれ、光も当たらなかった死者のように語られていた）を、フレンチ・リヴィエラのとある場所に「連れ去り」、その後イングランドに連れて行った。ミルトンはフィレンツェに、あるいはアッシジまで移動する予定だった。かの地には曖昧さがただよい、それなりの諦めから、彼がイタリアの先端を越えて海に落ちたりしないと信頼できるものかどうか。彼は、はからずも、出発の時間をロナルドと同じ日の同じ列車に組んでいた。ロナルドは、その相手のために、運命的な愛着のクモの巣を徐々に縮小し、撚糸《よりいと》を一本一本切り離すという旅を思うと青くなり、母に通知した、僕はミルトンとの旅はしないと。できるはずがないと。そしてあと数日は母のもとに留まりたいと申し出た。

「僕らは駅のプラットフォームで出会うだろうね」ロナルドが言った。「プラットフォームで出くわすに決まってるし、呆気にとられて相手の周囲をじろじろ見て、そして違う車両に乗り込むんだ」

「あら、違う車両に乗り込まないで、お互いに話しなさいよ」

「どうやったらそうなるか、見当もつかない。だって、彼は僕がまごついていると思うに決まってる。僕は、彼は人がそうなるのを当てにしている奴だと思う」

多くの人がミルトンにはとまどうので、廊下で出会うのを避け、彼がラウンジに入ってくると場所を移動し、彼の目に捕まったら、どこを見たらいいか途方に暮れて、言い訳をして急いで立ち去った。ミルトンは期待もし望んでもいた、彼とシドニーが何とかうまくこっそりと抜け出すまで、何も「出てこない」ことを。しかし、このことで彼は彼女の率直さを計算に入れていなかった――

彼は、彼女の部屋に届けさせようと、そのためのメモを書いたが、読んでみてすぐ破り捨て（余計な気遣いが最低に思えた）、頭を抱えて座り込み、あらためてメモを書くことができなかった。シドニーはテッサに「話して」いた。テッサは、致命的に選んだ腹心の友達と、ともかく内に抑えた失意の気配をとおして、みんなの知るところとなった。彼は、状況と数人の友達の良心的な思いが彼に強いた何回かの面談であらゆる種類の沈黙が提供されたが、それらの沈黙は彼の飢餓と仲間を求めて突然わいた熱い思いには、粗末にすぎる糧《かて》だった。沈黙はすべて、傷口に当てる綿棒のように、微妙にあてがわれた。沈黙は、盾のように、まっすぐに、無表情に、掲げられた。沈黙はじわじわと彼の脇腹を突いた。ミス・ピムの、デュペリエ大佐の、アイリーン・ロレンスの沈黙もあった。自分の世界を恥じ入るあまり、彼は癲病患者になったような気がしてきた。ここにいるべきかどうかと迷い、苦しむ男よりも見るからに苦しんでいる男の意識を伴う小さな刺のするどい痛みが繰り返し胸に迫り、彼の心に絶え間ない騒音を生み、思索ができなかった。シドニーのことも、彼らが得たものも失ったものについても考えられなかった。ときどき気を引き締めて、冷ややかな高揚感とともに、フィレンツェで出会う試練を予見していた。

ヴェロニカが彼に話しかけた。彼女は気もそぞろに彼に同情を寄せ、返す言葉でそれを取り消した。「もっと悪いこともあるのよ。結婚の約束をしないことよりも悪いことが。私なんか、いまヴィクターに会うくらいなら、どんなことだってするほうがいいわ。――よかったら、私と一緒に歩いてテニスコートを探さない？」これはある早朝のことだった。彼らはコートまでこっそり降りて行って、シングルで試合をしていたら、ほかの人たちが集まってきた。彼は彼女に勝ち点をフィフティーン与え、続く三試合、彼女が勝った。「ねえ、あなたは自分からバラバラになっちゃだめよ」彼女は彼に頭を振りながら言い、一緒に歩いて戻った。「あなたはいい人だったんだから」

「だけど僕はこれで溶けてしまいそうだ！」ミルトンは吐き出すように言った。

あとで、彼らがホテルの門をくぐったとき、彼女にアイデアが浮かんだ。「ねえ、あなたは多くの人を結婚させるわね、そうでしょ——つまり職業として？　これって、ちょっと冗談だわね、あなたが私たちを結婚させたら。苦いジョークね、はっきり言えば」彼女は眉を寄せて言い添え、ラケットの反りを抑える止め具のラケットプレスを固く締めた。しかしその晩、どこからも締め出されて熱でも感じたのか、彼が砂利道を行ったり来たりしていると、彼女が先方の暗闇にふわりと現われ、肩から長くショールをたらし、ヴィクターと一緒に海へ降りた、月光を見るためだった。彼女はまたラウンジに入ってきて、目を輝かせ、キスされて謎めいた感じがあり、ミルトンは、彼女は少なくとも不幸ではないのだと感じた。

ミルトンはロナルドにつきまとわれた。ロナルドは、彼らが出会うたびに、一瞬立ち止まり、口をパクパクさせ、すべてを明らかにして混乱を一掃する発言が口から出かかっているみたいだった。横目で見る一瞥は、見通すようで、目と目を見るというよりは互いの顔立ちに話しかけ、それで通じた。ロナルドはそれから残念そうに微笑んで、急に呼び戻されたように、額の髪の毛を後ろに払い、駆け出して行った。ミルトンはいちいち秤《はか》りにかけられては、物足りないと思われたものと感じていた。彼には間違いなく何かがあって、それがロナルドをたじろがせるのだ。これは問題ないことだと彼は自分に言い聞かせ、二度とロナルドには会わないつもりだった。そして二度とロナルドには会わないと思うと、言葉にならない哀しみに襲われた。ロナルドとシドニーが別々の方向に出て行ったこと、そして、これから会うこともなくなることを思うと、いっそう悲痛になった。損傷は個人的で、一人ともう一人、あるいはどちらもが、彼の一部だった。ロナルドに会うといつも、あの気まずさがあった、ドアがバタンと閉じられたような、失敗した刹那の気まずさではなく、その後ろに山なす記憶に残った失敗の気まずさだった。

「僕は自分から話す」ミルトンはついに自分にそう言い、ロナルドも同じ決意に至ったはずだから、次に会ったら、ただちに二人とも、めいめい勝手に大声で話し始める。これが主に、ジェノヴァまで二人一緒に旅するのをロナルドが嫌がった原因だ。部屋で歩き回りながら、彼はこれを母親に説明しようと、さんざん知恵を絞った。

ミセス・カーは、目はまだ手紙を見ていたが、注意は自分の事柄からしかるべくそれて、クッションに埋もれた中で姿勢を正し、ソファで少し向きを変えて、息子の窮状について考えた。

「あなたを犠牲にしたくないのよ、マイ・ダーリン」彼女は言った。「だけど、もしそうしてくれたら、あなたには感謝します。だって、ロナルド、あの哀れな人はあなたがとっても好きなのよ。あなたが努力して彼に優しくすれば――もっと簡単に言えば――一時間か二時間だけ列車にいればいいのよ」

「イタリアの列車だよ」ロナルドは憂鬱そうに言った。

「そうね、そうよね」とミセス・カーが手もなく絶望してうなずいた。「心配よ」彼女はわけもなく続けた。「彼はこのことで痛い思いをするわね――彼は感じるわね――」

「痛い思いだって？」鸚鵡返しにロナルドが言った。「馬鹿ばかしい！　痛い思い？」

「私はそう思うの、少しはね……私には」ミセス・カーが言い、読書用ランプをちょっと調整した。その動きで彼女の顔がくすんだ赤色の闇から浮かび出て、息子の目には照明が当たった絵画のように見えた。寝そべってクッションに埋もれた顔は疲れて見えたが、明快さ《ルシディティー》と優しさにあふれていた。彼の意識上でその本質を燃やすときの美しさには欠けていたが、その本質は、心理的にも精神的にも、彼には定義できなかった。ロナルドはまた思いまどっていた、これが愛と呼ぶべく学ぶはずのことなのか、あるいは、ほかの何かを経験するのだろうか。そこに焼きつけられた感触は、欲望のための余地を残さなかった。「私は半分だけ考えるの」ミセス・カーは気乗りしないままに続けた、哀れなミルトンの心についてシミが付いた地図から読み解くかのように。「私が干渉していると彼が半分考えていると。もちろん私はシドニーにある種の影響力を持っていますよ、でも、私はそれを彼女の恋愛問題に用いたことは一切ないわ。私は彼女が結婚するのを望んでいるし、彼女が結婚したがっているのも見てきたし、彼女が彼のことをそういう風に思えることに最初は驚いたけど、彼らはそろってお互いが気に入ったようだから、私は彼らを大いに助けたことになったわけよ」

　これはロナルドにとって、不思議だが突然の救いになった――その理由は言葉にならなかったが――母親がこのすべてについて当たり前の声で言うのを聞いたからだった。

「可哀想な老ミルトン」彼は即座に言って、大声で笑いだすのが抑えられなかった。ミセス・カーも微笑んだが、彼の笑い声に感化されて、ミルトンを憐れむ思いはどんどん薄れていった。「可哀想な奴だ」ロナルドは騒がしくまた言った。彼は次に何が来るか待ちかまえたが、母は話を終えたと思ったようだった。「もちろん」相変わらずふざけた調子で彼が続けた。「家族の名誉にかかわることだったら……なんでも僕にできることはするよ……」

　彼のその言い方が愚かしく響き、ミセス・カーはまた微笑んだ。「私はもっと幸福に感じないといけないわね」彼女が告白した。「もしあの気の毒ないとしい人が多少とも幸福に出て行ったとしたら。いいわね、彼はあなたが好きなのよ」

「うん、そうだ、そうだとあえて言うよ。あえて言えば、彼は僕が美しい表現のある声をしていると思っていて、彼の聖歌隊に来て歌って欲しいんだ」

「そういうことかもしれないわね、あえて言えば。でも人は、美しい表現が理由で聖歌隊に入れるというものじゃないわ。真面目な話よ、ロナルド、私がこうしているのは、彼のために私にできることをしたいからよ。何の巡りあわせかしら、予定より早くにあなたを送り出さなくてはならないなんて。寂しくなるわ」ミセス・カーは言って、この弁明から不機嫌に目をそらし、醜くてくだらないとみて、口に出したみたいだった。

「ああ、母さん……」

彼は母の手を取ったが、彼女はその手をまた引っ込めた。「あなたに居残ってもらって、親切にしてほしいわけじゃないの。みんなが私に親切にしてくれるずっと前に、さっさと死んでいたいわ」彼女は身震いした——彼は思った、死という言葉で震えたのではない、と。

「寂しいんですか？」

彼女は瞳にとても小さく映じた彼を取り込み、彼の周囲の部屋と世界を見ると、小さな人々が何百もの潮流に引かれて群がっていた。彼女はうなずき、思考がその前を通った。「いいわね」彼女が言った。「私は、『心を惹かれる人《アトラクティブ・パーソン》』と呼ばれている者だけど、ほかの人たちより、つまり美しい人とか献身的な人より寂しくなるのよ。慰めとか、愛したまたは愛された何百枚もの小さな写真に取り囲まれたりしませんよ」

「大勢の人があなたを愛したと思うよ」ロナルドが言った。動揺していたが、彼はきっぱりと言い、情熱は封印した。重要と思われたのは、あまりに重要なので口が乾いたのだが、彼は母が彼を探り、彼の理解を越えて考え続けるのは許されない、おまけにあの独特の表情を浮かべて、ということだった。「大勢の人が……」彼は繰り返した。

「いいえ、一人もいない、と思う」ここで一瞬思い出そうとしてミセス・カーは言った。そのついでにまた手紙に目をやり、無関心になった。そして微笑した。「とにかく」すでに開封した封筒を引っ張り出して、また話を続けた。「まだ寂しくならないわよ――ここにとても興味深い手紙があるの、招待状よ、パリのエメリー一家から」

「ああ、マーゴット・エメリー……だね？」

「そうよ、マーゴットから。私は彼女が大好きなの。だからあなたは、マイ・ディア、シチリアに走っていきなさい」彼女は彼が知らずにその上に座っていた部屋着《ティー・ガウン》のひだをそっと寄せ、身振りで彼を追い払い、幼い少年に戻ったように、彼はベッドに追いやられそうになった。

「うん。とにかく」ロナルドは言い、うなずいて、ティー・ガウンの上にでんと座り、前のめりになって、一点獲得したことを母親に示した。「シドニーは母さんが好きだよ」

「そのようだわね」ミセス・カーはすぐに応じた。

「だったら、どうして」ロナルドが切り出した。「またどうして……？」彼はまた言葉を切り、目をしばたたき、突如すべてがあまりにも入り組んでいることを知って、彼は自分が描いた映像に欠陥があるのを信じるほかなかった。ミセス・カーがソファの上でそっと動くと、彼女の肘に隠れていた旅行時計の音が急に聞こえた。ロナルドが部屋を見回すと、自分の写真が目に入った――「ロナルド」――そして、なんて奇妙なんだろうと思った、ソファの隣に座っているミセス・カーに息子がいるとは、そしてもっと奇妙だと思った、ロナルドに母親がいるとは。彼は自分が大声で偉そうに独断的に議論していたことに気がついて、酔っぱらったときに二回だけあったことを思い起こしていた。「母さんはご自分に対してフェアじゃないでしょう」彼は繰り返した。「駄目ですよ、母さん、まったくフェアじゃない、フェアに行かなくちゃいけない……」

彼女は眼を上げて、マーゴット・エメリーの手紙越しに一、二度彼を見て、そして言った。「そうね、マイ・ディア・ロナルド、それはあなたにお任せするわ。――ちょっと静かに！……ほら！入ってちょうだい！……ロナルド、たしかに誰かがいるのよ。さあ行って、誰だか見てきて」

「ミス・ウォレンですよ」ロナルドが不承ぶしょうドアを開けると、シドニーが入ってきた。

彼女は疑わしそうに、本を一山持って入ってきて、白い革の長手袋を腕に垂らして抱えている。彼女とロナルドは、部屋でただ一つの光源である読書用ランプ越しにお互いにうわの空で見つめ合った。ランプ・シェードのほの暗い赤色の中で彼らの顔は互いにうつろで、目鼻立ちもほとんど見えず、表情は、あったとしても、まったく見えなかった。春の夜だったので、窓はバルコニーに向かって開け放され、穏やかな空気の吐息でカーテンが吸い込まれたり、膨らんだりしていた。

「僕はもう行かないと」ロナルドはシドニーに言った。

「あら、駄目よ、行かないで」しかし部屋は三人の人物には狭すぎるようだった。

ロナルドは、母の目を求めて捉えられず、混乱して辺りを見回し、ついにカーテンの間からバルコニーに出て、そこで煙草に火を点け、腕を組んで抱え込み、身を乗り出して海を見た。退出で物事は解決しなかった。彼があとにした部屋に彼は依然として存在し、しかも不在だった。シドニーは一山の書物を用心してテーブルに下ろし、冊数を数え、それから手袋をミセス・カーに差し出した。

「私が持っているあなたの本はこれで全部だと思います」彼女が言った。「そしてこれはあなたの手袋だと思って。散歩のあとで二階に持っていってしまって。私の私物の中にありました」

「そうだったの！」ミセス・カーは言って、嬉しそうに驚いて手袋を眺めた。「戻ってきてほんとによかった――でも、なくても困らなかったわ。でもね、マイ・ディア、その本を全部返すことはなかったのに。あなたが持っていたら？　トランクにもう空きがないのよ」

「私のトランクにも空きがなくて」

「すべてにあなたの名前を私が書いてもダメ？」

「残念だけど、やっぱりトランクに空きがないんです」シドニーはそう言って、習慣どおりに微笑した。

「じゃあ、誰かほかの人にあげなくちゃならないわ」ミセス・カーはそう言って溜息をついた。

「うろうろしないで、シドニー――まだ行かなくてもいいんでしょ。ちゃんと座ってよ」

「残念ながら、それはできないんです。今夜中に荷物に目を通して、パックしないと――いくつあるかわからないの。私たち、そうなんです、明後日に発ちます。そして明日の夜はロレンス一家と出かけるので」

「あら、ロレンス一家と？……さぞかし楽しいでしょうね、みなさん、最後の夜をご一緒に過ごすなんて。あなたは本当に明後日に出発するの？」

「ええ。ロナルドもそうですね？」

「そのとおりよ」ロナルドの母は溜息をついた。「時間って、私たちからさっさと逃げていくものなのね……。ミスタ・ミルトンとロナルドは、そうなの、一緒に旅をしたがってるわ……。お気の毒なミスタ・ミルトン……！」

「ええ」とシドニー。「きっと彼は笑い者になるんでしょうね」

ミセス・カーは一瞬眉を吊り上げて彼女を見つめ、唇を噛んだのは、その勢いに圧倒されたからだろうか。これが底知れぬ無作法なのか、彼女はその深さなど計りたくなかった。「そんなことないわよ、私の知る限り、マイ・ディア」彼女は穏やかに言った。「ただし、あなたが彼を笑い者にできるなら、別だけど？」

「私はそれほど笑いたいわけじゃないけど。笑いたがっているように見えますか？」

ミセス・カーは彼女を穏やかに批判的に見つめた。「いいえ、そうは思わないわ。あなたはとても大人に見えるわ、マイ・ディア、ええ、たしかに成長したのね。経験は買うに限るわね、代金は誰かに払ってもらって」

「このすべてに関して、とても敏感になっていらっしゃるのね」シドニーはそう言って、初めて目を上げた。「あなたの何が美しいかというと、感受性ですね。あなたから一つ学びたいことがあるとしたら、残酷さと不公平にうんざりして冷淡になることですね。ほかの人たちがあなたから学んだのがそれだといいと願っています。あなたが次に行く所で、また誰かが学べることがそれだといいと」自分の声がまだしっかりと明瞭であることがわかり、彼女は結論を出すまで続けることができた。「あなたにはたいへん感謝しています。たくさんのことをしていただきました」

しばし間をおいてから、ミセス・カーがカーテンの中をちょっと見て言った。「覚えてるわね、ロナルドがバルコニーにいることは？」

「あら、ロナルドのことは忘れていました……。おやすみなさい、ミセス・カー。おやすみなさい、ロナルド！」

彼女は振り向いてドアのほうに戻ったが、まっすぐ行かないで、家具をよけながら進み、なぜか床に書かれた白いチョークの線をたどっているみたいだった。彼女の手がまだドアに置かれているときに、ミセス・カーが叫んだ、疑うように、「シドニー！」と。そしてのちに、「ねえ、シドニー——私が何をしたの？」シドニーはドア口にたたずみ、不安そうに振り返ると、ミセス・カーが手を差し出していた。彼女はまたドアのほうへ出て行き、ドアを静かに閉めたので、ミセス・カーとロナルドはドアがカチッと鳴る音しか聞こえなかった。ミセス・カーは、その音を聞いて息を呑み、彼女の名前を繰り返したが、絶望と孤独がにじむ声だったので、ロナルドは、耐えがたい何かに逆らって、カーテンから跳び出してきた。

「どうして、母さん？」

「彼女を呼び戻して。追いかけてよ、ロナルド、そして彼女を呼び戻して——彼女に言う事があるの」

「どうかな、僕にはできそうにないけど」

彼女は眼を上げて、動かなくなった。「なぜできないの？」

「いや、まあ、彼女は戻りたくないと思うので」

「ロナルド……」

「すみません」とロナルド。しかし彼の母は軽蔑して彼を置き去りにした。彼女の瞳はドアに釘づけになり、長い奇妙な容赦しない瞳の圧力で、ドアがまた開いてシドニーを引きずり出すかのようだった。彼が一歩前に進むと、彼女は手で彼を払いのけた。彼は母親を見たくなかったが、ほかに見るべきものもなく、とぼとぼとバルコニーに戻ると、そこにはまだ火が点いている煙草があり、彼が一時代も昔に口からとり出して、手すりにバランスよく乗せた煙草だった。彼はそれを指に挟んでくるりと回し、じっと見つめて二、三回ふかし、そして暗闇に投げ捨てたが、まだそこに立ったまま、呼び戻されるのを待った。しばらく待っていると緊張がふたたび解けてきて、空を見て海を見て、木々の頂《いただき》を見ると、いたるところに母親の頭が見え、読書用ランプから出る円形の光を浴びた頭が、暗闇のいたるところに刻印されていた。

＊1　トロイアのアポロの神官で、トロイア戦争時にギリシャ軍の木馬の計略を見破り、アテナイの女神が送った海蛇二匹によって息子と共に締め殺された。バチカン美術館に大理石の彫像がある。

25　旅立ち

帆布地の屋根を張った一頭立ての馬車は英国人の客によって呼ばれたもので、三時頃に来た軽装二輪幌馬車はミスタ・ミルトンとロナルドをジェノヴァ行きの列車まで乗せていく馬車だった。指定した時間の三十分前に来てしまい、ボンネットをかぶった足の悪いほうの馬が、その足で不安そうに砂利道でじっと待ち、蠅がたかってもまるで平気、長く待っているので、誰かが旅立つことをホテル中に宣伝していた。午後のこの時間の旅立ちは珍しく、シエスタがすんで上から降りてきた人や、テニスコートに行く人がドアロ周辺に立っていたり（グランドピアノを通すために、ダブルドアが開いていた）、階段の下に群がっていて、コンシェルジェと雑用係と若いほうのウェイターの一人が手荷物を幌馬車の荷台に詰め込むその能率の悪い様子に微笑をもらしていた。雑用係のアントニオは、とても人気があった。ミルトンの革製のハットボックスや、ロナルドの書類カバンの数々を自分の横を滑らせて砂利道にどしんと置くたびに笑い声が上がり、「ホー、ホー、アントニオ！」と歓声が上がるのだった。そしてアントニオは、これがとても親しまれたイギリスの歌の一節[*1]だと知っていたので、かしこまって微笑した。

この状況で、ミルトンが評価すると思われる「餞別」をいくらにするか、誰もはっきり把握していなかったが、ロナルドを困惑させるまたとない機会を素通りさせるわけにいかなかった。ロナルドはこのホテルに長くいた人の誰にもまして好かれていた。彼について、気楽に楽しむことができたからだ。彼は本物の興味と好奇心を掻き立てる人で、彼の母親が嫌いな人の心中に、保護して慰めたいという活発な本能を掻き立てていた。人々は互いに励まそうと二人または三人で組んで、彼を探し出しては餌をまいて、『モーニング・ポスト』紙の記事を彼に読ませ、統計学で彼をまごつかせたり、ロレンス家の令嬢の一人または誰かに対する愛着のほどを彼に囁いたりした。彼はもっとも愛しい少年で、よきユーモアそのもの、彼がそのすべてを楽しんでいるのを誰一人疑わなかった。彼が握手して回り、ウソっぽい丁寧なあいさつに答え、幌馬車の低い座席の下に顔を赤くして足を二重に折っている光景は、テニスコートを一週間も前に予約したプレーヤーたち、夫にお茶を注文しようとした妻たち、丘の散歩から降りてきた人たちを、ことごとく足止めしていた。

手荷物が整ったあとに間があって、ミルトンがラウンジの薄暗がりに姿を見せ、ドアロに現われ、ちょっと後退し、腕時計を見てぐずぐずしてから、心配そうに微笑した。見るからに世俗的な灰色のソフト帽をかぶっているにもかかわらず、彼は初めて真に典型的なその人に見え、数人の人が、英国国教会の牧師《クラージーマン》が彼らに交じって何週間もここにいたことに気がついた。職業上の外観が恋人をもみ消した。彼はいま一度近づきやすくなり、親しみやすさに献身しているとすら見えた。一斉に彼に向かう動きがみられた。たちまちのうちにすべてを察した友達はみな彼に微笑み、雲一つない空を見上げて、いい天気だとお祝いを述べ、親しい人たちは、幕間が始まる前から寄ってきて、彼が出て行くとは残念だと声高に言い、口々に苦悩ぶって、残念至極と訴えた。ミルトンは絶え間なくうなずいて回り、笑顔で締めくくり、一度か二度は明らかにつばを飲み込んでいた。ミス・ピムは階段の下に立って、一人つぶやいた。「我ら死せんとする者、きみに礼す《モリテューリ・テ・サリュタント》」

出発まぢかの人たちは、いつもこう言っているように彼女には見えた。彼らにはどこか運命づけられた犠牲的なものがあり、彼女は彼らに代わって自意識が募り、そのくせどこか気持ちが昂《たかぶ》るのだった。ほどなくミルトンが何か思いついて、ぶつぶつつぶやき、ラウンジに戻っていった。カーテンが一瞬閉じると、さらなる期待で人々を引き締める効果があり、彼らはまた顔を見交わし、低い声で言った、彼がもう発つなんて、名残は尽きない、と。彼が彼らにとってあり得たであろうすべてのことが、突然目に見えてきた。彼に聞いてもらおうと彼らが持ち込んだかもしれないことどもが、彼を責めたり、彼に問いかけたりした。

ロナルドが誰かに会おうとして、階段を超特急で駆け下りてきた。そしてコートと書類カバンをもう一つ幌馬車に投げ込み、それから荷台に回ってきて、真面目な顔で手荷物を縛ったロープを確かめた。山積みの荷物が脅かすように揺れたので彼は失望したものの、そのままにして、また走って中に入った。また間が空いたその間に、彼は母の部屋か階段で母にキスしてさようならと言ったに相違あるまい。彼らがドア口に現われたとき、母と息子の間でそのすべてが終わったのは明らかだった。彼女はまだ彼の袖に手を置いていたが、どちらもが気づいていないような、何気ない軽い触れ合いだった。彼女はすでに彼を未来に引き渡していた。別れの場面に臆してひるんでいた人々がまた出てきた。ロナルドが彼らの餌食になった。絞首台の見世物然とした様子に青くなって、彼は急ごしらえの台詞でもって母に訴えたが、母はもう彼の背後にはいなかった。離れた所、階段の一番上に彼女は立っていて、帽子もかぶらずに午後の光を浴び、この成り行きで少し疲れ、向かい側の丘を眺めていたが、その向こうの道路と門に生えた松の若木の群れは、出て行くのを穏やかに待っているようだった。

「ねえ、もしミルトンがすぐ出てこなかったら、見切り発車しよう」ロナルドが不自然な大声で怒鳴った。もう一人の別の女だったらこの言い訳に跳び上がり、立ってないで、ただ立ってないでと慌てて叫びながら、急いでホテルに戻っただろう。しかしミセス・カーはそこにただ立っていて、女たちは心を強くした。「あら、駄目よ、ロナルド」彼女は言った。「時間はいくらでもあるでしょ」

ロナルドは奮起して幌馬車に背を向け、顔をしかめて階段の上の暗い内部に目を凝らした。一瞬、彼の顔が輝いた。ミルトンが来たに違いない。ミルトンは来ていたが、階段の途中で帽子を脱ぎ、左右に微笑して一礼して盛んに挨拶しており、ロナルドは幌馬車に半ば入ろうとした。すると声がして――ミセス・ベラミーだ――、「ミスタ・ミルトン」と呼ぶと、ミスタ・ミルトンが振り返った。ミセス・ベラミーの声を聞くのは、不思議だし、不気味ですらあった、彼女とシドニーはうまくやって、もうすでに発ったという印象を作っていたからだ。ランチタイムに彼女たちはさようならと言い、私室に上がったはずであった。彼女らが海岸に行く小旅行にティータイム前に出かけていなかったとは、思えばショックだった。しかもテッサはすでに移動していて、愛すべき幽霊になり、彼女の従妹は固く響く名前とともに、冷たく響くこだまになっていた。ミルトンは正式な同じ微笑を浮かべて階段を駆け上がり、陰影の中に戻っていったようだった。

陰影はドアロから遠からぬ所で彼を迎えた。テッサは息を切らしていた。「――私たち、すごく心配したのよ」彼女が言った。「今朝、あなたが見つけられなくて、」彼女は彼の手を両手で持って揺さぶりながら、切れぎれの文章をさらに続けた。「とっても願ってるの……もしもと願ったの……覚えていてくれるかと……」

シドニーは、黒っぽい色の旅行着を着て不自然で都会的に見えたが、テッサの後ろから一歩出てきた。「では、さようなら」彼女が言って、彼女とミルトンはぎこちなく握手した。

「では、さようなら」彼が言い、ちょっと戸惑って、唐突過ぎる振る舞いを恐れながら、階段を駆け下りて幌馬車に乗り込んだ。シドニーは少し遅れてやってきて、コンシェルジェの机に手を置き、机から封筒を摘まみ上げて混乱して宛名を読み、それからまた彼を探した。その振る舞いには女らしからぬ緊張があった。彼女を下に連れてきた衝動は（テッサのものではありえない）、きわめて不自然だった。彼女は出発を見送ることもせずに、後ろを向いてまた階段をのろのろと上がり、そのあとをテッサが追った。

ミルトンとロナルドはホテルの窓をぼんやり見上げた。誰もが顔を見合わせ、誰もが待った。ついに御者が御者台によじ登り、ついに彼が手綱などを手にまとめた。ミルトンとロナルドは固くなって並んで座り――彼らの足は、幌馬車の限られた領域内で、いやがおうでも《ウィリ・ニリー》絡み合い、ラグとコートの下でもつれ合った――力が抜けて、馬車が発車するといきなりつんのめって、彼らの顔を明るい笑顔にした。彼らの友達がこの時まで深くひそめていた吐息は、「グッドーバイ・イー！」という言葉で一斉に解き放たれた。いままで空気も機会もなかったふざけた言葉が百あまり、大胆に浴びせられた、二度と帰らぬカップルを追って。みんなもう何でも話せた、手遅れにならぬうちに、彼らの思い出は、これ以降、忘却の淵に。歓声は一緒になったり一つになったりして天空に昇った。

ロナルドの母は笑顔を浮かべて立って、手を振っていた。彼女を取り巻いてたくさんのハンカチがひらひらしていた……。「ディア・オールド・ロナルド……頑張るのよ、ロナルド……どこに行くのか、ちゃんとわかってるわね、ロナルド？……」そしてこのすべてのハイライトに、「元気を出して、ミルトン！」と。

誰かが花束をロナルドに投げたら、それがミルトンの頭の横に当たって、それから車輪の下に落ちた。花の茎がつぶれて液状のシミがついた車輪はぐるぐるぐるぐる回転し、御者は砂利の坂道を見事な手綱さばきで乗りこなし、角を曲がって門を出た。コーデリア・バリーは外に駆け出して落ちた花々を拾い、またそれを投げたが、届かずに途中で落ちてしまい、みんながどっと笑った。

ミルトンとロナルドは、互いに視線を避けて、馬車の背にもたれて帽子を振り、意味もないふざけた言葉を叫んだ。御者は鞭を鳴らし、車輪はがたがたと速度を増し、間もなく乗客は、まだ手を振って大きく開いた口から聞こえない言葉を残して、見えなくなった。階段に残った小さな群衆はやり場のない失望を溜息にした。

溜息が消える前に、ミス・エミリ・フィッツジェラルドとミス・エリナ・ピムは単独行動を起こし、赤いパラソルと揺れるバスケットに身を固め、急いでその場を離れていった。彼女らは午後にまだもっとする予定があったから、一瞬も無駄にできなかった。二人は葉が茂り始めた栗の木の下の道路をどんどん進み、ついにミス・ピムがやや息を切らして意見を述べた。「不思議ねえ、彼らがあんなに触れ合ったままだなんて――」

「不思議よねえ――すごく深いわ」

「こういう旅立ちって」彼女はそう言って、縮小する何百もの景色を思って溜息をついた。「旅立ちは単純に一見の価値があっても、別れはまったくそうじゃない……。エミリ、あなた何か言ったの？」彼女は急いで言い足した、返事は否定であって欲しいとほのめかして。「誰もできない感じが私はするの……。できないと感じるけど……」

「告白するわ、私は言いました。私の悲惨な衝動癖ときたら」ミス・フィッツジェラルドは言って、自己卑下の厄介な表現を自作自演した。

「衝動癖ですって……ああ！」ミス・ピムはそう言い、憐みをきもち抑えて微笑した。

「そうなの、人は自分の遺伝形質に向き合うほかないのよ。フィッツジェラルド家はみんな――」

「知ってる」ミス・ピムはきっぱり言った。彼女らは丘を登り始めたところだった。太陽は二人をまともに照らし、ミス・ピムは、発散しないで中に入りこむ熱気がとくに不愉快で体中をチクチクさせながら、フィッツジェラルド家のことを聞くまいとしていた。彼女の心配は、エミリが過去何年にもなるフィッツジェラルドに特有の衝動癖の不運な（だが心を打つ）実例の下稽古を始めてはならないという点にあった。そうなりそうな傾向がエミリの弱点で、失望や不安ないしは倦怠が彼女らを一堂に集めるようなことがあると、互いの弱点に気づかされるのが常であった。彼女らはこれに立ち向かい、互いに率直に淡々と議論を重ねてきた。人の出入りはあっても、いつもそうやってきた。「人生」の素晴らしい土台は「友情」である――あるいは「友情」は「人生」の素晴らしい土台になる。このどちらもが真実だと彼女は思った。ミス・ピムは友人のエミリのことを優しい気持ちで思っていたが、彼女が大袈裟に荒い呼吸をして、丘を急かされて登るのは見せつけないで欲しかった。あまりにも急かされていると思うなら、なぜ自分でそう言わないのか？「もし急ぎすぎなら、そう言ってくれるわね」彼女は声を抑えてやっと言った。

「私たち、これをやるのは、賭けてるからだと思ったけど」ミス・フィッツジェラルドは死にそうに喘《あえ》ぎながら言った。

「私が誰と賭けていたと思う?」

「『賭けていた』のじゃないの?」

二人は黙ってしまい、さらにゆっくりと登り、頂上に着いたら（もう間もなく）、議論することが見つかるかなと思った。彼女らが目指していたテラスは、深遠な議論の場であった。何かがあるに違いなく、地面の傾きとか、木の生え方などだろうか。最近は再訪していなかった——事実、今日になって少し思い出しただけみたいだった。ミス・ピムは、二人で座って涼しい風に顔を向け、背後にはオリーブの木々といういま、こう言うかなと思った。「人生って、それだけでとても素晴らしいのだと思うわ」と。しかしそのためには、質問する必要があった、自分はエミリと完全に仲がいいのか?　と。……やっと到着すると、彼女らはパラソルを閉じて、バスケットをさっと降ろした。だがミセス・ピムは自分の感覚に驚いてしまった、「お気の毒なミスタ・ミルトン!」という言葉が思わず脳裡にあふれたからだ。

ミス・フィッツジェラルドは荒い息を止めて叫んだ。「ええ、そうね」

「リーミティソン家の人たちは、とりわけ、お気の毒だわ。彼らがプログレッシブ・ゲームを立ち上げたの、知ってる?」

「ええ、知ってるわ」ミス・フィッツジェラルドはまたそう言って、むしろぼんやりして、むしろ排他的に海のほうを見た、プログレッシブ・ゲームを持ってこられない人、または、その話ばかりする人みたいに。

これは彼女にはフェアでなかった。「彼らがミスタ・ミルトンをなぜ利用しなければならなかったのか、その理由がわからないというのではないのよ」ミス・ピムは憤慨して言った。「大丈夫かしら、彼は自分の面倒は見られたわね？」ミス・フィッツジェラルドはほのめかしたが、そこには「男性について話す」ときの昔のマナーが残っていた。

ミス・ピムはそうは思わなかったが、あるいは、エミリはそう信じているのか、彼女は冷たい声で言った、「明らかだわ」と。「明らかだ」という言葉は、互いに知り過ぎた人の間で使われると、心を痛める痛ましい響きがする。彼女らは恐れと予感をもってそれを聴いたものの、合意に至ることはできないと感じた。テラスに戻るのではなかったと思いながら、テラスは微妙な影響を受けて変化したように見えた。

そのとき、本能か、ひらめきか、エミリが振り向いて言った。「エリナ、あの日を憶えてる、私たちが互いを失いそうだった日のことを？」

エリナは憶えていた、ミセス・カーと同行し、ランチで彼女に食べさせた恐るべきマカロニのことを。

「エミリ……」

ホテルはこの上から見ると、人形の家のように小さかった。肩と肩を寄せて座り、二人は人形の家をじっと見下ろした。そして手をつないで仲直りして、安全を確保して座り、その日を記憶にとどめた。

＊1　フローリ・フォード（Florrie Forde, 1875-1940）、本名はFlora Flannagan。オーストラリアに生まれ、ロンドンのミュージック・ホールのスターとなり、観衆をまきこむコーラスソングの第一人者。この"Oh, Oh, Antonio"は持ち歌の一つ、第一次世界大戦を代表する行進曲"It's a Long Way to Tipperali"もレパートリーの一つで人気を博した。

訳者あとがき

エリザベス・ボウエンのこと

エリザベス・ボウエンは一八九九年六月七日に父ヘンリーと母フローレンスの結婚九年目にアイルランドのダブリンで誕生した一人娘である。ボウエン家はアイルランド南部に「ボウエンズ・コート」という所領がありながら、ボウエンがダブリンで生まれたのは、父ヘンリーが法廷弁護士として働いていたので、ダブリン市ハーバート・プレイス十五番地（ボウエンの生家なりという銘板《プラーク》あり）にも住居があったからだ。一家は父の仕事の繁忙期の秋冬春をダブリンで過ごし、初夏の五月から九月までボウエンズ・コートで過ごすのを慣例としていた。しかしボウエンが七歳の時、父ヘンリーの神経症が高じたために医師団の勧めに従って、母と娘はイングランドのケント州にわたり、母方の親戚に身を寄せることになり、ケント州の海岸の町ハイズ、フォークストン、シーブルックなどを転々とした。

イングランドに初めて渡って母と二人、いきおい最愛の存在となった母に末期の肺癌が見つかったのは、ボウエンが十三歳の時で、診断後わずか半年で母は他界した。父の発病で発症したボウエンの吃音癖は、母の死去という衝撃でさらに悪化し、とくに「母親《マザー》」と言うとき、「M」の音に顕著に吃音が出たという。ボウエンの吃音は生涯残ったが（現代医学でも完治は難しいとされるが、吃音と共存する社会が築かれている）、それが障害とならずに人々に愛される魅力となったのは、その後作家となったボウエンのしたたかな強靱な人間性と楽天的で多面的な性格をうかがわせる。一方、吃音症は様々に姿を変えてボウエンの作品に登場し、それが作品に深みを与え、あわせてトラウマの昇華になったと見ることもできる。

一九〇〇年に満一歳となったボウエンは、二十世紀と自分は双生児だと言い、二度の世界戦争で激変を遂げる二十世紀の目撃者としての自己を生涯念頭に置いて創作した。一九二三年の短篇集で作家デビューしてから一九六九年の小説『エヴァ・トラウト』まで、二十世紀初頭の束の間の平和と、二度の世界大戦と原爆投下と荒廃した戦後、そして復興しようとする街と市民のかすかな一歩までを写し取った作家は、ボウエンのほかにはいない。

一九一四年ボウエンが十五歳の時に第一次大戦が勃発、当初短期決戦と言われたこの「大戦《グレート・ウォー》」は五年続き、欧州全土は焦土と化し、国家と社会は疲弊し、価値観やモラルは低下した。戦争がつねに隣りにあったと自らが語る女学校生活でボウエンは文章を書き始め、戦後の一九二三年には短篇集 *Encounters*（邦訳書がない著作は原題で示す）を出版、同年にアングロースコティッシュのアラン・キャメロンと結婚、彼女は二十四歳、彼は三十歳だった。アランは第一次大戦に従軍し、ドイツの毒ガス攻撃で眼病の後遺症に苦しんだが、出身校オクスフォード大学の友人らのアカデミック・サークルに新妻を引き合わすなど、作家となるボウエンを実質的に生涯支える存在となる。一九二六年に第二短篇集 *Ann Lee's and Other Stories* を上梓、一九二七年に上梓を見た第一作目の小説が本書『ホテル』（*The Hotel*）である。

第一次大戦で敗北したドイツにヒトラーが台頭して、一九三九年にふたたび世界が大戦に突入した時、ボウエンは四十歳、さらに五冊の小説と二篇の短篇集を出して作家として名を高めていた。ちなみにアメリカの作家アーネスト・ヘミングウェイはボウエンと同年の生まれ、第一次大戦の勃発時（一九一四年）には〈too young〉、第二次大戦の時（一九三九年）には〈too old〉と言われた世代に当たり、二つの戦争にはさまれた戦間期、すなわち「失われた世代」をどう考えていたか。ボウエンの作品は『ホテル』をはじめとして一九二〇年代と三〇年代に書かれた作品には、戦間期に遭遇した世代の懊悩と疎外感に対する考察が見受けられる。十五歳だったヘミングウェイはその年齢で志願兵の道を断たれ、雑誌の従軍記者として戦場に赴く。そして『日はまた昇る』（一九二六年）では第一次大戦の戦傷で性的不能者になった男性を登場させた。第二次大戦は一九四五年に終戦、本土決戦なしだった戦勝国アメリカは名実ともに大国となる。ヘミングウェイは『老人と海』（一九五二年）でノーベル賞を受賞しながら、一九六一年に猟銃で自殺している。ヴァジニア・ウルフは一八八二年の生まれ、十七歳の年齢差はあったが、若いボウエンの才能をある種の羨望をもって認めていた。ウルフは周知のとおり「狂気のしるし」があるため診察と投薬を受けながら（神谷美恵子『ヴァジニア・ウルフ研究』みすず書房、一九八一年）、第一次世界大戦を経験し、親しい人々を失い、『ダロウェイ夫人』（一九二五年）や『灯台へ』（一九二七年）などの傑作小説を発表しつつも、またも全土を襲った第二次世界大戦に絶望して、一九四一年に入水自殺している。アイルランドが生んだ天才作家ジェイムズ・ジョイスもウルフと同じ年に二十世紀を半分以上残して亡命先のスイスで没している。

ボウエンは容赦ないドイツのロンドン空爆のさなかにもリージェント・パークの西端に位置するクラレンス・テラス二番地にとどまり（ボウエンが住んでいたというプラークあり）、空襲監視人を務め、英国情報局（MOI, Ministry of Information）の諜報員として、第二次大戦では中立策を取ったアイルランドの視察・報告などに忙殺された。戦中に短篇集は二冊を出し、就中「恋人は悪魔」、「幻のコー」、「蔦がとらえた階段」等々は、「戦時ストーリー」（ボウエンは自分に書けるのは「戦争ストーリー（War Stories）」ではなく、「戦時ストーリー（War-time Stories）」だと言っている）の傑作とされている。小説として七冊目の『日ざかり』が出せたのは、一九三八年に書いた六冊目の『心の死』から十一年を経た一九四九年のことだった。『日ざかり』はボウエンが英国文壇に確固たる地位を築き、より多くの読者を獲得することになった傑作である。一方、戦時中の一九四一年にはカナダの外交官チャールズ・リッチーと出会い、親交が深まり、やがてボウエンはリッチーを「恋人」と呼ぶ。このあと、ボウエンの作品に出てくる男性にはその裏にリッチーがいると言われる。しかしリッチーは一九四八年に従妹のシルヴィア・スメリーと結婚した。一九五二年には夫アランが逝去、リッチーの結婚と夫の死はボウエンにとっていかなる打撃だったか。

アングロ‐アイリッシュのこと

五世紀にカトリック国となったアイルランドは十二世紀にイングランドの植民地となっていた。一五〇九年に即位した英国王ヘンリー八世は、一五三四年には国王至上法を制定し、国王を首長とするイングランド国教会を成立させて、アイルランドもプロテスタント国に属することとなった。

一五五八年にはエリザベス一世が即位、アイルランドのダブリンにトリニティ・カレッジを創立して神学部を置き、英国国教の強化を図った。その間カトリック教徒によるプロテスタント教徒の虐殺事件が起きた。一六四二年、オリヴァー・クロムウェルの清教徒革命により、国王チャールズ一世が処刑される。イングランドを共和国としたクロムウェルは、対カトリック報復の念に燃えてアイルランドに侵攻、その際クロムウェル軍に従軍したのがイングランドはウェールズ在のヘンリー・ボウエンだった。ヘンリーは果敢な軍功によりアイルランド南部のコーク州に所領を与えられ、そこに定住することになった。こうしてアイルランドに流入した人々を「アングロ-アイリッシュ」と呼び、こののち三百年におよんだ彼らの支配体制を「アセンダンシー（Ascendancy）」という。ヘンリー・ボウエンをボウエン家のヘンリー一世とすれば、一七七五年にヘンリー三世が十年かけて建立したのがボウエンズ・コートである。アングロ-アイリッシュがアイルランドに建てたこうした大邸宅を「ビッグ・ハウス（Big House）」と言い、イングランドのカントリー・ハウスに相当すると考えられる。アングロ-アイリッシュはアイルランドの支配層を形成し、アイルランドの各地にビッグ・ハウスを所有し、結婚や仕事や交流関係の大半をアングロ-アイリッシュ内で行っていた。

ボウエンの母フローレンスの実家コリー家は、アングロ-アイリッシュの中でも裕福な名家で知られ、もしボウエンの父のヘンリーが法廷に立つ法廷弁護士《バリスター》ではなく、裁判用の書類調査に携わる事務弁護士《ソリシター》だったら、コリー家のフローレンスの結婚相手に名前が挙がることはなかっただろう。アングロ-アイリッシュの階級社会は本土イングランドにも劣らぬ優雅で厳格な伝統が守られていたと言える。ボウエンの念頭にそれが一種の上流意識として残っていることが作品に表れている。

アングローアイリッシュは芸術的な感性にとくに優れた血脈を持ち、文学者に限ってみても、ジョナサン・スイフト、オリヴァ・ゴールドスミス、W・B・イエーツ、オスカー・ワイルド、G・B・ショー、サミュエル・ベケット、ウィリアム・トレヴァーらを挙げることができる。イエーツ、ショー、ベケットはノーベル文学賞受賞者である。ビートルズもアイルランドの対岸リヴァプールの出身で、アイリッシュの血統と無関係ではない。

一九三〇年に父ヘンリー（六世）の死去により、ボウエンは三十一歳でボウエンズ・コートの最初で最後の女性相続人になった。コックらの四人の使用人と庭師と雑用夫がコートの管理とコートで開かれる饗宴の任を果たしたが、もともと資金不足で未完成のままだったこのビッグ・ハウス、十九世紀になって洗面所《ラヴァトリ》が二か所入り、一九四九年ボウエンの小説『日ざかり』のヒットで、ようやく浴室が建て増しされた。人件費と維持費はボウエンの印税と小作料とアランの恩給と収入とマネジメントによって支えられてきたが、一九五二年にアランが死去すると、印税は入ったものの、諸物価は戦後にますます高騰し、ボウエンはアメリカに行って大学で何度も講義や講演を行い、書評や序文で執筆量を増やし、ボウエンズ・コートの維持につとめたが、一九五九年にはついにこれを売却するほかなくなった。家具や銀器や絵画などを二日間かけて競売で処分、ボウエンズ・コートの買主は近隣のアイリッシュ、コルネリウス・オキーフだった。オキーフはこうした不動産の売買を専門にする業者だったようで、一年後に建物を解体、土地と石材と森林の木材を売り払った。オキーフの家族が住むものと決めていたボウエンの甘い思惑は完全に外れた。一九九四年、私が当地を訪れた時は、一面の麦畑が広がっていた。

ボウエンの第二作目の小説は『最後の九月』（一九二九年）だった。したがって第一作目の『ホテル』に続いて、今回〈ボウエン・コレクション2〉として出版予定の『友達と親戚』は第三作、『北へ』は第四作となる。これらの三冊には、それぞれにボウエンは初めてという読者の存在が想定されるので、一冊ごとにボウエンの生涯や作品世界について、今回、書き残したことを中心に、「訳者あとがき」を書こうと考えている。

『ホテル』について——ボウエンの初めての小説

ボウエンは生涯で十作の小説と約百篇の短篇（長篇小説を「小説」とし、短篇小説を「短篇」とする）を書いた。小説の十作品を出版順にリストにしてみた。原題と邦訳書の下の括弧内にそれぞれの初版年を書いた。

1 *The Hotel*（1927）『ホテル』（本書、太田良子訳、国書刊行会、二〇二一年）
2 *The Last September*（1929）『最後の九月』（太田良子訳、而立書房、二〇一六年）
3 *Friends and Relations*（1931）『友達と親戚』（太田良子訳、国書刊行会、近刊）
4 *To the North*（1932）『北へ』（太田良子訳、国書刊行会、近刊）
5 *The House in Paris*（1935）『パリの家』（阿部知二・阿部良雄訳『世界文学全集 20世紀の文学第15』所収、集英社、一九六七年。太田良子訳、晶文社、二〇一四年）
6 *The Death of the Heart*（1938）『心の死』（太田良子訳、晶文社、二〇一五年）

7 *The Heat of the Day*（1949）『日ざかり』（吉田健一訳、新潮社、一九五二年。太田良子訳、晶文社、二〇一五年）
8 *A World of Love*（1955）『愛の世界』（太田良子訳、国書刊行会、二〇〇八年）
9 *The Little Girls*（1964）『リトル・ガールズ』（太田良子訳、国書刊行会、二〇〇八年）
10 *Eva Trout, or Changing Scenes*（1969）『エヴァ・トラウト』（太田良子訳、国書刊行会、二〇〇八年）

このうちボウエンの第二の祖国アイルランドが舞台になったのが2番と8番の小説で、あとはイングランドに主要な舞台が移っている。ボウエンは少女時代にライダー・ハガードの幻想小説を愛し、続いてジェイン・オースティン、チャールズ・ディケンズ、E・M・フォースター、ヴァジニア・ウルフ、そしてヘンリー・ジェイムズ、マルセル・プルーストらを愛読し、晩年にはダシール・ハメットやレイモンド・チャンドラーも読んでいる。それぞれにどんな影響を受けたのだろうか。H・ジェイムズは日の当たる明るい大通りばかりのアメリカには、小説のタネがないと言ってパリに移住、のちにはイングランドに移住している（一九一五年には英国に帰化）。ヴィクトリア朝が六十四年の長きにわたり大英帝国の繁栄を見せつけて、イングランドは二十世紀に入っていた。ボウエンにとってアイルランドは、ジェイムズがアメリカに抱いた印象に似たものを感じさせたに違いない。「囲まれた庭」すなわち「エデンの園」に等しいダブリンのアングロ－アイリッシュ社会に暮らし、人里離れた孤高の館ボウエンズ・コートで夏を過ごす。そうした七年ののち初めてイングランドに渡ったボウエンにとって、イングランドの海と街並みと人々は、驚異（a sense of wonder）に満ちた「世界」そのものだったに違いない。その後に思春期を経て見聞したイングランドとイングランド人が何よりもまず小説の題材となったことに不思議はないと思う。『ホテル』には観光客になったような、どこかしら距離を置いた客観的な作家の観察眼が感じられる。そしてイングランド人の老若男女を一か所に集めるには、イタリアン・リヴィエラのホテルのひと夏が最適な場所だったに違いない。

一九二七年に出た『ホテル』については、まず当時の時代背景を考えたいのだが、第一次大戦は終わっても、破壊された街並みのみならず親しい人に先立たれた人心には先の戦争の傷跡が深く残り、消えやらぬ困難と不安によって再び戦雲が感じられる時、すなわち「戦間期（the interwar）」に当たる。このホテルの客たちは、観光や買い物やピクニックやダンスといった型通りのホリデーを黙々とこなしていはいるものの、戦勝がもたらしたはずの平和を祝っている気配は感じられない。ヒロインのシドニー・ウォレンは二十二歳、ということは二十世紀早々に生まれ、幼少時に第一次大戦を経験し、戦間期に育った「失われた世代」の娘である。戦前と戦争をはさむ戦後の二つの世代に挟まれて、激変した新しい世代の実像に馴染むまでに至っていない。戦前であれば母を見習って、結婚して子供を持って夫と共に良き家庭を築く。しかし戦後になると結婚が女性の将来を約束するものではなくなってしまう。大量殺人を可能にした近代兵器が使用された二十世紀の戦争は結婚可能な（"eligible"）男性のあまりにも多くを犠牲にし、生還しても戦闘痴呆症《シェル・ショック》その他で生涯苦しむ若者は無数にいた。イギリス男性の独身主義の伝統や植民地主義政策で現地に多くの男性を送ったことで起きた過剰女性（ジョージ・ギッシング（George Gissing, 1857-1903）の『余計者の女たち』（*The Odd Women*, 1893）はそのテーマを扱った小説）の現象は、十九世紀から続く社会問題であり、二十世紀に入ってますます深刻化していた。シドニーは、将来は医師になるべく様々な国家試験を受けて合格し、疲れた神経を休めるために、既婚者で子供のいない従姉のテッサ・ベラミーの援助でホテルに来ている。ホリデーが終わってロンドンに帰ったら、しないでおいてきたことをまた始めると言う。残る試験を受けて医師免許をとるのだろう。シドニーには生活費として当てにできる親の遺産はないらしく、十九世紀なら年収二十五ポンドのガヴァネス（女家庭教師）になるほかなかっただろう。ホテルの滞在客であるドクタ・ロレンスの三姉妹の一人ヴェロニカが、男はみんな同じで退屈だけど、ロンドンに帰ったら誰かと結婚しなくてはならない、私はどうしても子供が欲しいから、と言うのに対して、「あら、べつに結婚しなくても――」と言うのはシドニーである。「また戦争があるかもしれないのよ」と言うのはロレンス姉妹の一人、ジョーンである。戦間期を思わせる社会の変化と不安が様々に受け止められていることが、ホテル客たちの会話の中に織り込まれている。

さて寡黙で知的なシドニーは、イギリス人ばかりのしかもおしゃべり女が多いホテル客の中で、一人優雅にしているミセス・カーに心惹かれる。四十歳代のミセス・カーは未亡人で、離婚女性でないことは、ホテル客の婦人たちには女性の判断基準として無視できないことである。英国王の王妃は離婚女性であってはならず、二度も離婚しているアメリカ人のシンプソン夫人を選んでエドワード八世が退位したのは、一九三六年のことである。その結果王位についたジョージ六世（1895-1952）は、ボウエンと同世代でボウエンと同じく吃音症に悩みつつ、第二次大戦勃発時には内外の国民に対して国王としての演説を果たしている。未亡人であるミセス・カーには、長らくネグレクトしていた（"neglected"）息子がいた。その息子ロナルド・カーがドイツからこのホテルに来ると、ミセス・カーは手のひらを返したように息子とひと時も離れなくなる。この辺り、ミセス・カーはシドニーを惑わせる「魔女」というよりは、その自意識過剰ぶりが、むしろコミカルなトリックスターと映るが、どうだろう。夫人にネグレクトされたシドニーはホテル客と共にピクニックやダンスを楽しむうちに、宿泊客のジェイムズ・ミルトン牧師と過ごす時間が増え、ミルトン牧師はやがてシドニーに求婚しようと考えるまでになる。そのつもりでシドニーを散歩に誘うと、宿泊客のバリー家の娘で十一歳の少女コーデリアが出てきて、一緒に行っていいかと言う。求婚の機会を奪われるとばかり、ミルトン牧師は赤くなって断ったにもかかわらず、シドニーはいとも簡単にOKを出してしまう。二人には恋愛の気配があっただろうに、シドニーにとっての恋愛は、恋する相手がないのではなく、恋する主体がないのである。これは時代の変化を裏付けるアイデンティティの揺らぎと思われ、シドニー一人の迷いではあるまい。

コーデリアは本が好きで、小説をたくさん読んでいて、生きているのは小説の中の人たちで、ホテルの人たちはまるで生きていない、と言う。好きな作家はライダー・ハガードとバロネス・フォン・ハットン。ライダー・ハガードはボウエンが少女時代に読みふけった作家で、のちに書いた短篇「幻のコー」(Mysterious Kor, 1944) はハガードに素材を得た戦時ストーリーの傑作である。シドニーとコーデリアはミルトン牧師が怒って帰った後、二人で一緒に共同墓地の門をくぐる。色褪せたリボンや白い天使が見守る墓石が並んでいる。まだ土が埋め戻されていない墓は、死者が埋葬されたばかりの墓だ。シドニーは空を飛ぶ一羽の鳥を見て、気づかされる、「いままでの生き方で生きてきた自分は、自分自身を使って未来に投資してきたのだ。現在は、つねに滑り落ちていて、幽霊のように一刻一刻が次の一刻への懸念に消費され、こうした懸念、こうした色褪せた期待が彼女の記憶の場所を奪い、彼女が達成したことは締め出されて過去を必ず不毛にする、だから、現在に戻っていかざるを得なくなる」と（本文一五九頁）。過去が意味を失い、現在は未知の未来に座を奪われる。この「失われた世代」の喪失感が二十世紀以降の世界の底流となる。他方、コーデリアは言う、墓地は小さすぎるし、死者がどんどん増えるので、死体を掘り返して入れ替えるのよ、掘り返されないで同じ場所に居たければお金をたくさん払うのよ、と。コーデリアと言えば、シェイクスピアの戯曲『リア王』で、長女と次女のおもねるだけの甘言をよそに沈黙を通し、畢竟、父王リアの悲劇を招いたのが三女のコーデリアである。真実の代価はあまりにも大きいと言わねばならない。死者が増えて墓地が足りないという一見無邪気なコーデリアの言葉は、その実、第一次大戦で落命した無数の死者たちを思わせないではいない言葉であろう。コーデリアは姓をバリーといい、バリー（James Barrie, 1860-1937）は少年が少年のままでいられる「ネバーランド」の『ピーター・パン』の生みの親である。

ボウエンは女学校の一年次に第一次大戦の勃発を知り、戦争は卒業時にも続いていた。新聞やラジオは戦況を時々刻々伝えていても、父や叔父や兄を戦争で失った学友は、その事実についてはむしろ口を閉ざしていたという。机に飾るのは家族写真のほか、美男子の誉れ高い詩人のルパート・ブルックの写真が人気だったという。本書の13章「共同墓地」に続く19章は「ティー・ガーデン」で、「ティー・ガーデン」と言えば「グランチェスタ」が思い浮かぶ。これはケンブリッジ郊外にある牧歌的なティー・ガーデンで、ここを愛して、「古い牧師館・グランチェスタ」という詩を書いたルパート・ブルック（1887-1915）の名をすぐ想起するイングランド人は今も少なくない。「ウォー・ポエット」と呼ばれるのはブルックのほか、エドワード・トマス（1878-1917）、ウィルフレッド・オーウェン（1893-1918）らを数え、この三人は第一次大戦で病死（ブルック）または戦死している。彼らが経験したフランス戦線のアラス（トマス戦死）とソンムの塹壕戦の惨状は以下の如し。

雪とぬかるみと水、凍るような寒さの中、乾くことの決してない軍服を着続けて、……飛んでくる弾丸と毒ガスへの恐怖が兵士たちの神経をすり減らしていった。〔オーウェンは〕戦闘不能になる。砲撃のショックによる「戦闘痴呆症《シェル・ショック》」と診断された。そして本国に療養のため送還された。

（草光俊雄『明け方のホルン――西部戦線と英国詩人』みすず書房、二〇〇六年）

先に触れたロレンス姉妹の一人ヴェロニカがみんなでピクニックに出たときにキスした若者ヴィクター・アメリングは（四十三歳のミルトン牧師は男女がキスする場面を見たのはこれが初めて。ボウエンは男性のヴァジニティ〈童貞性〉にも女性の場合と同等に扱おうとしていたと思われる）、第一次大戦に従軍し、シェル・ショックを発症して帰国、今は両親とホテルに滞在している若者で、『タイムズ』紙の個人欄に求人広告を出しているが、まだオファーがなく無職の身である。毒ガス等の残酷な近代兵器の導入で死者の数が増え、長引く塹壕戦で「戦闘痴呆症」に生涯苦しむ帰還兵士など、ヴィクター・アメリングは前代未聞の無残な世界大戦経験者の問わず語りの青年として登場している。

もう一つ、大戦後の一九一八年に欧州全土から全世界に流行した「スペイン風邪」（大戦時中立国だったスペインに名を借りたと言われている）を考えないわけにはいかない。発生から四年後の一九二一年にようやく終息するまで猛威を振るった。全世界の人口の二十五％から三十％に当たる五億人が罹患、死者は二千万〜四千万、五千万人とも言われている。「スペイン風邪」による日本の患者数は約二千四百万人、死者は四十八万人あったとされる。ボウエンの小説『リトル・ガールズ』では、三人組のリトル・ガールズの一人ダイナの母ミセス・ピゴットは疎開して大戦を回避しながら、一九一八年に「スペイン風邪」に斃《たお》れている。

「スペイン風邪」は二十世紀最悪のパンデミックだったわけだが、その百年後の今、全世界が二十一世紀早々に最悪のパンデミックに襲われている。二〇二〇年に入って猛威を振るっている新型コロナ（Covid-19）は二〇二一年二月現在、全世界の感染者は一億一千万人を超え、死者は二百五十万人を超えて、なお終息の気配はまだ見えない。デフォーの『ペスト』（一七二二年）や、カミュの『ペスト』（一九四七年）が書店に並んでいる。

『ホテル』にはもう一人の少女がいる。イギリス人観光客のために「フニクリ・フニクラ」や「オー・ソレ・ミオ」に合わせて踊る少女である。見物に出てきたロナルドは、人が群がるバルコニーを見て、「公開処刑の版画に似てますね」と言い、「あの小さな鬼っ子は目が見えないんだ」と言う。人々は少女の目が陶器のように白いのを見る。父親は吟遊詩人の流れを引くのか、マンドリンをますます早くかき鳴らすと、少女の短いスカートが円盤のように旋回する。バルコニーからパラパラと落ちてくる硬貨に歓声を上げて手探りで掻き集める少女。金額が大きい硬貨が落ちてくる重い音に、溜息とおののいた笑い声が混じる。この音を少女の耳は聞き分けているだろうか。目が見えない分、その他の感覚は鋭いのだろうか。「だけど、彼女は幸福よ」と言うシドニーに相槌を打つのはミルトン牧師である。

ともあれコーデリアはシドニーとともに共同墓地を訪れて、墓と死者について発言し、世界大戦の傷跡が『ホテル』の裏にあるという誰もが口にしない真実を証言した。子供を本来大人のためだった小説に登場させ、しかも中心人物とした最初の作家はディケンズであるとされるが（廣野由美子『視線は人を殺すか』ミネルヴァ書房、二〇〇八年）、ディケンズが「ロマン派的な子供像、つまり、成長が停止した天使のように無垢な子供たち」を好んだとすれば、ボウエンの子供はそうではない。ボウエンの子供は大人が見ないもの（見ようとしないもの）を見る力があり、見たもののことを口に出すか出さないかは、子供自身が決めている。ボウエンの子供は何歳であれ、成長とは関係のない（成長に邪魔されない）言動を取り、それが修正や取り消しの必要なく作品に作用している。子供が見ても言わないことは、小説ならではの「語り」で伝えられる。ケンブリッジ大学英文科講師（当時）のモード・エルマンは、著書Maud Ellmann, *Elizabeth Bowen: The Shadow Across The Page* (Edinburgh University Press Ltd, Edinburgh, 2003)で、シドニーとミセス・カーのペアを三人目に登場したロナルドが裂いたように、コーデリアはシドニーとミルトン牧師の仲を裂いた三人目と見て、フロイトの心理学を応用しながら「三人目」とボウエンの文学について試論を展開している。さらにエルマンは『ホテル』を書く前の一九二三年に書いた短篇「第三者の影」(Shadowy Third)と一九二六年の短篇「脱落」(Secession)を挙げて、三人目の人物または不在の人物の存在がボウエン文学の特徴と見ている。また、私が代表を務めている「エリザベス・ボウエン研究会」がまとめた研究書『エリザベス・ボウエン——二十世紀の深部をとらえる文学』（彩流社、二〇二〇年）に寄稿している伊藤節《せつ》は、第五章「ボウエン文学の土壌としての少女領域」で、少女だったボウエンと小説の少女との相関関係に関心を見せている。ボウエンの小説を大きく分けて、1アイルランド　2子供たち　3戦争と三項目に絞って論じているのはNeil Corcoran, *Elizabeth Bowen: The Enforced Return* (Oxford University Press, Oxford, 2004) である。イギリスは独自の伝統を不文律で守る国家、それを背景にしたイギリス文学は、東は東、私のごとき人間を寄せ付けない深さと高さがある。加うるに異邦人には通じかねる彼ら独自のアイロニーとヒューマー。最初の「アイルランド」は遠い国。三番目の「戦争」は、一九三九年に東のはじの日本で生まれた私には、応召して大卒者なのですぐ中尉になった父の軍服姿、その父を見て敬礼する兵隊さんがいたこと、庭に穴を掘って食器や花瓶などを埋めたこと、集団疎開列車で鳥取に行く兄と姉を母と弟と一緒に見送ったこと、空襲で真っ赤になった空、食糧難で母がミシンの裁縫をして近所の農家からヤギの乳を譲ってもらって飲ませてくれたことなど、覚えていることはけっこうある。ちなみに向田邦子は一九二九年生まれ、彼女の才能はこの年齢に助けられて、戦時体験の詳細を優れた小説や随筆に残している。最後に残ったコーコランの二番目のテーマ、「子供たち」に希望を託して、ボウエンの小説に読者と共にできるだけ分け入りたいと考えている。「子供たち」は〈ボウエン・コレクション2〉の次の『友達と親戚』にも『北へ』にも登場していて、「子供たち」はボウエンのフィクションで何をしているのか。それを考察するうちに、「アイルランド」と「戦争」と「子供たち」につながりがあり、そのどこかでゴーストに出会うのがボウエンの世界だと思う。

さて、二〇二〇年は年明け早々に中国で新型コロナが発生したというニュースが入り、Covid-19と名付けられてアッという間に世界中に感染拡大、わが国でも非常事態宣言が出て、自宅待機が要請された。「ステイホーム」で動けない中、翻訳作業は幸いつねにホームでする仕事、春夏秋冬、思い切り時間が取れた。『ホテル』の翻訳作業で心と頭はイタリアン・リヴィエラに飛び、イギリス人のホリデーに付き合うことができた。最初と最後に出てくる中年の二人の未婚女性《スピンスター》は、リアルなホリデーそのものと、小説の『ホテル』の双方になくてはならないお二人で、ミス・フィッツジェラルドはミス・ピムと同室を取り、飽くことなき二人の会話は、神さまから人間にいたる「大問題（たとえば「人生（Life）」とか「責任感（Responsibilities）」とか「他人（Other People）」など、文中でも頭文字が大文字で書かれている）」、とあって、結論はつねに次回に持ち越される。『ホテル』の最後、みんながホテルを出ていく頃に、ミス・フィッツジェラルドは、「フィッツジェラルド家」のことを言おうとして、ミス・ピムの「知ってる」の冷たいひと言で一蹴される。ミス・フィッツジェラルドはアイリッシュなのだ。ホテルで他人同士が知り合って、束の間カップルになり、また他人同士になって別れるホテルにあって、ミス・フィッツジェラルドとミス・ピムのカップルだけは、最後まで安泰である。アイルランドを三人目の存在としてそのトラブルを持ち出さない限り。

今回〈ボウエン・コレクション2〉として、『ホテル』、『友達と親戚』、『北へ』の三冊が国書刊行会から刊行されますが、編集者の鈴木冬根さんには訳稿を詳細に見ていただきました。編集長清水範之さんにも加勢していただきました。ありがとうございました。誤訳や勘違いがあれば、そのすべては訳者の責任です。どうかご指摘ご教示くださいますよう、よろしくお願いいたします。

最後になりましたが、本書を買って読んでくださった読者のみなさん、どうもありがとうございます。いかがでしたか？　あとまだ二冊が続きますので、ぜひ読んでください。ボウエンはいま欧米でも読者を増し、ボウエンが提起した時代や社会の問題は二十一世紀に入って、文学を越えた各方面の分野でも多くの研究者を刺激しています。二〇一九年にはエヴリマンズ・ライブラリに七十九篇の短篇を収めた *Elizabeth Bowen Collected Stories* が出版され（アンガス・ウィルソンが序文を書いて編んだ *The Collected Stories of Elizabeth Bowen*, Alfred A. Knopf, 1981 に新たに序文を加えたもの）、新しい序文はマン・ブッカー賞受賞者のアイリッシュ作家ジョン・バンヴィルが書いています。ベタボメしています。同じく二〇一九年には新しい伝記（Patricia Laurence, *Elizabeth Bowen: A Literary Life*, Palgrave, Macmillan, 2019）が出版されました。ボウエンのフィクションの世界は、中の見えないお暗《ぐら》き森、入ったら出られない迷路のようで、無意識の領域にまでわけ入るボウエンのミステリーは人を虜《とりこ》にすることでしょう。

三十七歳で大学院に入った私を翻訳の道に誘ってくださった恩師小池滋先生、ボウエン初の短篇集『あの薔薇を見てよ』の出版に尽力してくださった高橋哲雄先生、ボウエンズ・コートにも同行した今は亡き夫太田文嘉、一緒に勉強した長女明子（現村上）、そしてマイ・ディア、エリザベス・ボウエン、おかげさまでここまで来ました。これからも応援してください。

二〇二一年二月　コロナの終息を主イエスに祈りつつ

太田良子

エリザベス・ボウエン

Elizabeth Bowen　1899-1973

300年続いたアングロ－アイリッシュの一族として、1899年アイルランド・ダブリンで生まれ、1973年ロンドンの病院で永眠した。二つの祖国を持ち、二度の世界戦争と戦後の廃墟を目撃し、10篇の小説と約100篇の短篇その他を遺した。ジェイムズ・ジョイスやヴァジニア・ウルフに並ぶ20世紀を代表する作家の一人。気配と示唆に富む文章は詩の曖昧性を意図したもの。最後の長篇『エヴァ・トラウト』はブッカー賞候補となった。近年のボウエン研究は、戦争と戦争スパイ、人間と性の解放、海外旅行熱と越境、同性愛とジェンダー問題等々、ボウエンの多面的なフィクション世界を明らかにしつつある。

太田良子

おおた・りょうこ

1939年東京生まれ、旧姓小山。東京女子大学卒、1962年受洗、1964年結婚、1971-75年夫と長女とともにロンドン在住。1979年東京女子大学大学院修了、1981年東洋英和女学院短期大学英文科に奉職。1994-95年ケンブリッジ大学訪問研究員、1998-2009年東洋英和女学院大学国際教養学部教授。東洋英和女学院大学名誉教授、日本文藝家協会会員、エリザベス・ボウエン研究会代表、日本基督教団目白教会会員。主な翻訳書にアンジェラ・カーター『ワイズ・チルドレン』(早川書房)、ルイ・ド・ベルニエール『コレリ大尉のマンドリン』(東京創元社)、E. ボウエン『エヴァ・トラウト』『リトル・ガールズ』『愛の世界』(国書刊行会)、『パリの家』『日ざかり』『心の死』(晶文社) 他。

ボウエン・コレクション 2

ホテル

2021 年 4 月 20 日　初版第 1 刷発行

著者　エリザベス・ボウエン

訳者　太田良子

発行者　佐藤今朝夫

発行所　株式会社国書刊行会

〒 174-0056 東京都板橋区志村 1-13-15
Tel.03-5970-7421　Fax.03-5970-7427
https://www.kokusho.co.jp

印刷・製本　中央精版印刷株式会社

装幀　山田英春

ISBN978-4-336-07102-6